O BARÃO
NAS ÁRVORES

ITALO CALVINO

O BARÃO
NAS ÁRVORES

Tradução
Nilson Moulin

5ª reimpressão

Copyright © 1990 by Palomar srl
Proibida a venda em Portugal

Grafia atualizada segundo o Acordo Ortográfico da Língua Portuguesa de 1990, que entrou em vigor no Brasil em 2009.

Título original
Il barone rampante

Capa
Jeff Fisher

Preparação
Márcia Copola

Revisão
Adriana Moretto
Renato Potenza Rodrigues

Os personagens e situações desta obra são reais apenas no universo da ficção; não se referem a pessoas e fatos concretos, e sobre eles não emitem opinião.

Dados Internacionais de Catalogação na Publicação (CIP)
(Câmara Brasileira do Livro, SP, Brasil)

Calvino, Italo
 O barão nas árvores / Italo Calvino ; tradução Nilson Moulin.
— São Paulo : Companhia das Letras, 2009.

 Título original: Il barone rampante.
 ISBN 978-85-359-1535-8

 1. Romance italiano I. Título.

09-07779 CDD-853

Índice para catálogo sistemático:
1. Romances : Literatura italiana 853

2023
Todos os direitos desta edição reservados à
EDITORA SCHWARCZ S.A.
Rua Bandeira Paulista, 702, cj. 32
04532-002 — São Paulo — SP
Telefone: (11) 3707-3500
www.companhiadasletras.com.br
www.blogdacompanhia.com.br
facebook.com/companhiadasletras
instagram.com/companhiadasletras
twitter.com/cialetras

O BARÃO
NAS ÁRVORES

1

Foi em 15 de junho de 1767 que Cosme Chuvasco de Rondó, meu irmão, sentou-se conosco pela última vez. Lembro como se fosse hoje. Estávamos na sala de jantar da nossa vila de Penúmbria, as janelas enquadravam as densas ramagens do grande carvalho ílex do parque. Era meio-dia e, seguindo antiga tradição, a família ia para a mesa naquele horário, embora já predominasse entre os nobres a moda, importada da pouco madrugadora corte da França, de almoçar no meio da tarde. Recordo que soprava vento do mar e mexiam-se as folhas. Cosme disse: "Já falei que não quero e não quero!", e afastou o prato de escargots. Nunca tínhamos visto desobediência tão grave.

Ocupava a cabeceira o barão Armínio Chuvasco de Rondó, nosso pai, com a peruca descendo até as orelhas, à Luís XIV, fora de moda como tantas coisas suas. Entre mim e meu irmão sentava-se o abade Fauchelafleur, dependente da família e preceptor dos jovens. Em frente estava a generala Corradina de Rondó, a mãe, e nossa irmã Batista, a freira da casa. Na outra extremidade da mesa, contrapondo-se ao pai da família, ficava, vestido à turca, o cavaleiro advogado Eneias Sílvio Carrega, administrador e engenheiro das propriedades familiares e nosso tio natural, enquanto irmão ilegítimo de papai.

Havia poucos meses, tendo Cosme completado doze anos e eu oito, tínhamos sido admitidos na mesma mesa dos genitores; ou seja, fui beneficiado antes do tempo pela promoção de meu irmão, pois não quiseram deixar-me comendo sozinho. Beneficiado é um modo de dizer: na verdade, tanto para Cosme quanto para mim terminara o tempo feliz e lamentávamos não fazer mais as refeições na saleta, os dois sozinhos com o abade Fauchelafleur. O abade era um velhote seco e encarquilhado, com fama de jansenista e, de fato, fugira do Delfinado, onde nascera, para escapar de um processo da Inquisição. Mas o caráter rigoroso que em geral nele louvavam, a severidade interior que impunha a si e aos outros cediam lugar continuamente a uma fundamental vocação para a indiferença e o deixar andar, como se as longas meditações com os olhos fixos no vazio só tivessem levado a um grande tédio e falta de vontade, vendo em toda dificuldade, por menor que fosse, o sinal de uma fatalidade à qual não pretendia opor-se. As refeições em companhia do abade começavam após longas orações, marcadas por complicados movimentos de colheres, rituais, silenciosos, e coitado de quem levantasse os olhos do prato ou fizesse o menor barulho tomando o caldo quente; mas, no final da sopa, o abade já estava cansado, chateado, olhando o vazio, enquanto estalava a língua a cada gole de vinho, como se apenas as sensações mais superficiais e efêmeras pudessem atingi-lo; ao chegar o prato principal já podíamos comer com as mãos, e terminávamos a refeição fazendo guerra com restos de pera, enquanto o abade emitia de vez em quando um dos seus molengos: "...Ooo *bien*!... Ooo *alors*!".

Mas agora, estando à mesa com a família, tomavam corpo os rancores familiares, capítulo triste da infância. Pai e mãe sempre pela frente, comer frango com talheres, e fica direito, e tira os cotovelos da mesa, o tempo todo!, e ainda por cima aquela antipática da Batista. Começou uma série de berros, de birras, de castigos, de teimosias, até o dia em que Cosme recusou os escargots e decidiu separar sua sorte da nossa.

Desse acúmulo de ressentimentos familiares só me dei conta depois: naquela época eu tinha oito anos, tudo me parecia um jogo, a guerra dos meninos contra os adultos era a de sempre, a de todos os moleques, não percebia que a teimosia de meu irmão era algo de mais profundo.

O barão nosso pai era um homem chato, sem dúvida, embora não fosse mau: chato porque sua vida era dominada por pensamentos desencontrados, como tantas vezes acontece nos períodos de transição. A agitação da época transmite a muitos a necessidade de agitar-se também, mas tudo ao contrário, fora de foco: assim era o pai, com o tema do momento: tinha pretensões ao título de duque de Penúmbria e não pensava em outra coisa a não ser em genealogias e sucessões e rivalidades e alianças com os potentados vizinhos e distantes.

Por isso lá em casa vivíamos sempre como se fosse a véspera de um convite para a corte, não sei se a da imperatriz da Áustria ou a do rei Luís, ou talvez a dos montanheses de Turim. Servia-se um peru e papai a controlar-nos para ver se conseguíamos trinchá-lo e despolpá-lo conforme todas as regras reais, e o abade quase não o saboreava para não ser apanhado em flagrante, ele que devia apoiar o patriarca nos seus vitupérios. Do cavaleiro advogado Carrega havíamos descoberto o fundo falso: fazia desaparecer pernis inteiros sob a fralda da chimarra turca, para depois comê-los com as mãos como gostava, escondido na vinha; e seríamos capazes de jurar (embora nunca o tivéssemos apanhado em ação, tão rápidos eram seus movimentos) que já vinha para a mesa com um bolso cheio de ossos limpos, para deixar no prato no lugar dos quartos de peru amoitados inteirinhos. Mamãe generala não contava, pois assumia bruscos gestos militares também ao servir-se à mesa — *So! Noch ein wenig! Gut!* —, e ninguém contestava; mas em relação a nós se preocupava, se não com a etiqueta, pelo menos com a disciplina, e dava mão forte ao barão com suas ordens de praça de armas — *Sitz' ruhig!* E limpa o focinho! A única que ficava à vontade era Batista, a freira da casa, que limpava galetos com uma dedicação minuciosa, fibra por fibra, com umas faquinhas pontiagudas que só ela possuía, espécie de bisturis de cirurgião. O barão, que deveria apresentá-la como um exemplo para nós, não se atrevia a encará-la, pois, com aqueles olhos arregalados sob as asas da touca engomada, os dentes cerrados naquela amarelada focinheira de rato, provocava medo até nele. Assim, dava para entender por que a mesa era o lugar em que vinham à luz todos os antagonismos, as incompatibilidades entre nós e também todas as loucuras e hipocrisias; e por que justamente à mesa se determinasse a rebelião de Cosme. Por isso entro em detalhes no relato, pois de mesas postas não ouviremos mais falar na vida de meu irmão, isso é certo.

Também era o único lugar em que nos encontrávamos com os adultos. Durante o resto do dia, mamãe ficava fechada nas suas dependências a fazer rendas, bordados e filé, pois a generala só era capaz de se ocupar dessas tarefas tradicionais de mulher e apenas nelas desafogava a sua paixão guerreira. Eram rendas e bordados que, em geral, representavam mapas geográficos; e, estendidos em almofadas ou painéis para tapeçaria, mamãe os enchia de alfinetes e bandeirinhas, assinalando os planos de batalha das Guerras de Sucessão que conhecia na ponta da língua. Ou então bordava canhões, com as várias trajetórias que partiam da boca de fogo, e as forquilhas de tiro e os ângulos de projeção, porque era muito competente em balística e além disso tinha à disposição toda a biblioteca de seu pai, o general, com tratados de arte militar, mesas de tiro e atlas. Nossa mãe era uma Von Kurtewitz, Konradine, filha do general Konrad von Kurtewitz, que vinte anos antes ocupara as terras da família sob o comando das tropas de Maria Teresa d'Áustria. Órfã de mãe, ela ia com o general para os campos de batalha; nada de romanesco, viajavam bem equipados, hospedavam-se nos melhores castelos, com um bando de criadas, e ela passava os dias fazendo rendas na almofada de bilros; o que se conta, que também ela participasse das batalhas, a cavalo, não passava de lendas; sempre fora uma mulherzinha de pele rosada e nariz arrebitado como a recordamos, mas mantivera a mesma paixão militar do pai, quem sabe como protesto contra o marido.

Papai era um dos poucos nobres da região que se alinhara contra os imperiais naquela guerra: acolhera de braços abertos o general Von Kurtewitz em seu feudo, colocara à disposição dele seus homens e, para melhor demonstrar dedicação à causa imperial, casara com Konradine, tudo sempre na esperança do ducado, no que se deu mal, como de hábito, pois os imperiais foram logo embora e os genoveses o sobrecarregaram de impostos. Apesar de tudo, ganhara uma boa esposa, a generala, como passou a ser chamada depois que o pai morreu na expedição da Provença e Maria Teresa mandou-lhe um colar de ouro num coxim de damasco; uma esposa com a qual quase sempre se deu bem, embora ela, educada nos acampamentos, só pensasse em exércitos e batalhas e o reprovasse por não passar de um intrometido sem sorte.

Mas no fundo ambos haviam parado no tempo das Guerras de Sucessão, ela com a artilharia na cabeça e ele com as árvores genealógicas; ela que sonhava para os filhotes um posto num exército, qualquer um, ele que, ao contrário, nos via casados com alguma grã-duquesa eleitora do Império... Apesar disso foram pais ótimos, mas tão distraídos que nós dois podíamos crescer quase por conta própria. Foi bom ou ruim? E quem será capaz de dizê-lo? A vida de Cosme foi tão fora do comum, a minha tão regulada e modesta, mesmo assim passamos a infância juntos, ambos indiferentes às trapalhadas dos adultos, buscando vias diferentes daquelas percorridas pelas pessoas.

Trepávamos nas árvores (esses primeiros jogos inocentes recobrem-se agora na minha lembrança como de uma luz de iniciação, de presságio; mas então quem pensaria nisso?), subíamos as torrentes saltando de uma pedra para outra, explorávamos cavernas à beira-mar, escorregávamos pelas balaustradas de mármore das escadarias da vila. Foi numa dessas brincadeiras que teve origem para Cosme uma das maiores razões de brigas com os genitores, porque foi punido, injustamente, acha ele, e desde então incubou um rancor contra a família (ou a sociedade? ou o mundo em geral?) que se expressou depois na sua decisão de 15 de junho.

Para dizer a verdade, tínhamos sido proibidos de escorregar pela balaustrada de mármore das escadas, não por medo de que quebrássemos uma perna ou um braço, pois nossos pais nunca se preocuparam com isto e foi justamente por isso — penso eu — que nunca arrebentamos nada; mas porque crescendo e aumentando de peso podíamos derrubar as estátuas dos ancestrais que papai mandara colocar nas últimas pilastras das balaustradas em cada lance de escada. De fato, uma vez Cosme já havia jogado no chão um trisavô bispo, com mitra e tudo; foi punido e desde então aprendeu a frear um instante antes de atingir o fim da rampa e a saltar exatamente um segundo antes de bater contra a estátua. Também aprendi, pois o acompanhava em tudo, só que eu, sempre mais modesto e prudente, já saltava lá pelo meio da rampa, ou então escorregava aos bocados, com freadas contínuas. Um dia, ele descia pela balaustrada como uma flecha, e quem é que subia pelas escadas? O abade Fauchelafleur, que andava às tontas com o breviário aberto no peito mas com o olhar fixo no vazio feito uma galinha. Se pelo menos estivesse meio adormecido como de hábito! Não, estava num daqueles momentos raros, de extrema atenção e apreensão com todas as coisas. Vê Cosme, pensa: balaustrada, estátua, agora nos chocamos, vão dar bronca em mim também (porque a cada molecagem nossa gritavam com ele também, que não sabia tomar conta de nós), e se lança sobre a balaustrada para conter meu irmão. Cosme choca-se com o abade, arrasta-o para baixo (era um velhinho que parecia só ter ossos), não pode frear, bate com impulso redobrado na estátua do nosso antepassado Caçaguerra Chuvasco, cruzado na Terra Santa, e tombam todos no pé da escadaria: o cruzado em pedaços (era de gesso), o abade e ele. Foram repreensões a não acabar mais, chicotadas, curativos, castigos a pão e sopa fria. E Cosme, que se julgava inocente pois a culpa não fora sua mas do abade, saiu-se com aquela tirada feroz: "Estou me lixando para todos os seus antepassados, senhor meu pai!", o que já anunciava sua vocação de rebelde.

No fundo, igual a nossa irmã. Também ela, embora o isolamento em que vivia tivesse sido imposto por papai, depois da história do marquezinho da Maçã, fora sempre uma alma rebelde e solitária. O que acontecera com o marquezinho daquela vez, nunca se soube direito. Filho de uma família que tinha hostilidade por nós, como havia conseguido entrar na casa? E por quê? Para seduzir, ou melhor, para violentar nossa irmã, foi dito na briga interminável que se seguiu entre as famílias. De fato, não dava para imaginar aquele idiota sardento como um sedutor e menos ainda com Batista, na certa mais forte do que ele e famosa pelas quedas de braço até com os rapazes da estrebaria. E mais: por que foi ele quem gritou? E, ainda, em que condições foi encontrado, pelos empregados que acorreram junto com papai, as calças em tiras, como se tivessem sido rasgadas pelas garras de um tigre? Os Da Maçã jamais quiseram admitir que o filho deles tivesse atentado contra o pudor de Batista e consentir no matrimônio. Assim, nossa irmã acabou enterrada em casa, com trajes de monja, mesmo sem ter feito votos nem de terciária, dada a sua duvidosa vocação.

Seu ânimo triste extravasava sobretudo na cozinha. Era excelente cozinhando, pois não lhe faltava nem a diligência nem a fantasia, dotes elementares para qualquer cozinheira, mas era impossível imaginar que surpresas surgiriam à mesa quando ela punha as mãos na massa: certas torradas com patê, que ela havia preparado uma vez, finíssimas para dizer a verdade, eram de fígado de rato e ela não dissera nada até que as tivéssemos comido e elogiado; isso para não falar das patas de gafanhoto, as traseiras, duras e serrilhadas, postas em forma de mosaico numa torta; e os rabinhos de porco assados como se fossem roscas; e daquela vez que cozinhou um porco-espinho inteiro, com todos os espinhos, quem sabe por que razão, talvez só para nos impressionar quando foi levantado o abafador, pois nem ela, que sempre comia todo tipo de porcaria que houvesse preparado, quis prová-lo, embora fosse um filhote, rosado, certamente macio. De fato, grande parte da sua horrorosa cozinha era estudada só para impressionar, mais do que pelo prazer de fazer-nos saborear junto com ela alimentos com sabores extravagantes. Eram, tais pratos de Batista, obras de fina ourivesaria animal ou vegetal: cabeças de couve-flor com orelhas de lebre dispostas sobre uma gola de pelo de lebre; ou uma cabeça de porco de cuja boca saía, como se este pusesse a língua para fora, uma lagosta vermelha, a qual segurava com as tenazes a língua do porco como se a tivesse arrancado. Depois os escargots: conseguira decapitar não sei quantos moluscos, e as cabeças, aquelas cabeças de cavalinhos, moles moles, conseguira fixá-las, creio que com um espetinho, cada uma num bolinho, e pareciam, como foram arrumados, um bando de minúsculos cisnes. E, mais ainda que a visão daquelas iguarias, impressionava-nos o zelo extremado que certamente Batista tivera ao prepará-las, imaginem suas mãos sutis enquanto desmembravam aqueles corpinhos de animais.

O modo pelo qual os escargots excitavam a macabra fantasia de nossa irmã levou-nos, meu irmão e eu, a uma rebelião, que era ao mesmo tempo de solidariedade, para com os pobres animais despedaçados, de desgosto pelo sabor dos escargots cozidos e de impaciência contra tudo e todos, tanto que não há razão para estranhar se foi a partir dali que Cosme amadureceu o seu gesto e o que se seguiu.

Havíamos arquitetado um plano. Como o cavaleiro advogado levasse para casa um cesto cheio de escargots comestíveis, eles eram colocados na despensa, em um barril, a fim de permanecerem em jejum, comendo só farelo, e se purgarem. Ao deslocar-se a tampa de madeira do barril, aparecia uma espécie de inferno, em que os escargots se moviam pelas aduelas acima com uma lentidão que já era um presságio de agonia, entre refugos de farelo, marcas de opaca baba coagulada e coloridos excrementos de moluscos, memória do bom tempo com ar livre e ervas. Alguns estavam fora da concha, com a cabeça espichada e os chifrinhos separados; outros totalmente encolhidos, deixando aparecer só desconfiadas antenas; outros em roda como comadres; outros adormecidos e fechados; outros mortos com a concha virada. Para salvá-los do encontro com aquela sinistra cozinheira e para proteger-nos das suas guarnições, fizemos um furo no fundo do barril e dali traçamos, com fios de erva triturada e mel, um caminho escondido ao máximo, atrás de tonéis e utensílios da despensa, para induzir os escargots à fuga, até uma janelinha que dava para um canteiro inculto e espinhoso.

No dia seguinte, quando descemos à despensa para verificar os efeitos do plano e, à luz de velas, inspecionamos as paredes e os corredores — "Aqui uma!... E outra lá!", "...E veja esta onde chegou!" —, já uma fila de escargots arrastava-se, a pequenos intervalos, do barril até a janelinha, pelo chão e pelas paredes, seguindo a nossa trilha. "Rápido, lesminhas! Andem logo, fujam!", não pudemos deixar de dizer-lhes, vendo os bichinhos andar vagarosamente, não sem desviar-se em voltas ociosas pelas rústicas paredes da despensa, atraídos por ocasionais depósitos e montes de mofo e borra; mas o lugar era escuro, entulhado, acidentado: esperávamos que ninguém pudesse descobri-los e que todos tivessem tempo de escapar.

Contudo, aquela alma penada que era Batista percorria a casa inteira de noite, caçando ratos, segurando um candelabro e com a espingarda debaixo do braço. Passou pela despensa, naquela noite, e a luz do candelabro desenhou um escargot errante no teto, com a estria de gosma prateada. Ressoou uma fuzilaria. Todos saltamos na cama, mas logo afundamos a cabeça nos travesseiros, arredios que éramos às caçadas noturnas da freira da casa. Porém, Batista, após destruir a lesma e derrubar um pedaço de reboco com aquele tiro irracional, começou a gritar com seu fio de voz estridente: "Socorro! Estão fugindo todos! Socorro!". Acorreram os empregados seminus, papai armado com uma baioneta, o abade sem peruca e o cavaleiro advogado, que, antes de entender alguma coisa, com medo de confusões fugiu para os campos e foi dormir num palheiro.

À luz de tochas, todos começaram a caçar escargots despensa afora, embora ninguém os apreciasse; mas como tinham acordado não queriam, por causa do habitual amor-próprio, admitir terem sido incomodados à toa. Descobriram o buraco no barril e entenderam logo que tínhamos sido nós. Papai foi nos buscar na cama, chicote de cocheiro em punho. Acabamos cobertos de marcas roxas nas costas, nas nádegas e nas pernas, trancados no quartinho miserável que funcionava como prisão.

Mantiveram-nos ali três dias, a pão, água, salada, couro de boi e sopa fria (de que, felizmente, gostávamos). Depois, primeira refeição em família, como se nada tivesse acontecido, todos bem-comportados, naquele meio-dia de 15 de junho: e o que havia preparado Batista, responsável pela cozinha? Sopa de escargots e iguarias da mesma porcaria. Cosme não quis tocar sequer em uma concha. "Comam ou voltam imediatamente para o quartinho!" Cedi e comecei a engolir os moluscos. (Foi uma deslealdade de minha parte e contribuiu para que meu irmão se sentisse mais sozinho, de modo que, ao abandonar-nos, lançava um protesto contra mim, que o desiludira; mas eu tinha apenas oito anos e de que vale comparar a minha força de vontade, ou melhor, a que poderia ter como criança, com a obstinação sobre-humana que marcou a vida de meu irmão?)

— E então? — disse o pai a Cosme.

— Não e não! — insistiu Cosme e afastou o prato.

— Fora da mesa!

Mas Cosme já dera as costas a todos e estava saindo da sala.

— Aonde é que você vai?

Podíamos vê-lo através da porta de vidro, enquanto no vestíbulo pegava o tricórnio e o espadim.

— É problema meu! — Correu para o jardim.

Logo, pelas janelas, vimos que ele trepava no carvalho ílex. Estava vestido e penteado com muito esmero, como papai exigia que fosse para a mesa, apesar de ter só doze anos: cabelos empoados com uma fita atando a trança, tricórnio, gravata de renda, calções cor de malva, espadim e longas polainas de couro branco até o meio da coxa, única concessão a um modo de vestir-se mais de acordo com nossa vida de interior. (Eu, tendo só oito anos, estava isento da fita nos cabelos, a não ser nas ocasiões de gala, e do espadim, que gostaria de poder usar.) Assim ele subia pela árvore nodosa, movendo braços e pernas pelos ramos com a segurança e rapidez que advinham da longa prática a que ambos nos havíamos dedicado.

Já disse que passávamos horas e horas em cima das árvores, e não por motivos utilitários como fazem tantos meninos que sobem nas árvores apenas para apanhar frutas ou ninhos de pássaros, mas pelo prazer de superar difíceis saliências do tronco e forquilhas, e chegar o mais alto possível, e encontrar bons lugares para ficar olhando o mundo lá embaixo e brincando com quem passasse por ali. Portanto, achei natural que a primeira reação de Cosme àquela injusta ferocidade contra ele fosse subir no carvalho ílex, árvore que nos era familiar e que, lançando os ramos à altura das janelas da sala, impunha seu comportamento desdenhoso e ofendido à vista de toda a família.

— *Vorsicht! Vorsicht!* Vai cair, o pobrezinho! — exclamou ansiosa mamãe, que gostaria de ver-nos em ataques com canhões mas ficava apreensiva com qualquer brincadeira nossa.

Cosme trepou até a forquilha de um grande ramo onde podia ficar à vontade e sentou-se ali, pernas pendentes, braços cruzados com as mãos sob as axilas, cabeça enterrada no pescoço, tricórnio calcado na testa.

Papai debruçou-se na sacada.

— Quando você estiver cansado de ficar aí, vai mudar de ideia — gritou.

— Nunca hei de mudar de ideia — respondeu meu irmão, do ramo.

— Você vai ver o que é bom, assim que descer!

— Não vou descer nunca. — E manteve a palavra.

2

COSME ESTAVA NO CARVALHO ÍLEX. Os ramos se multiplicavam, elevadas pontes sobre a terra. Soprava um vento ligeiro; fazia sol. A luz filtrava-se entre as folhas, e para ver Cosme tínhamos de proteger os olhos com as mãos. Cosme observava o mundo da árvore: qualquer coisa, vista lá de cima, era diferente, e isso já era um divertimento. A alameda ganhava uma outra perspectiva, e também os canteiros, as hortênsias, as camélias, a mesinha de ferro para tomar café no jardim. Mais adiante, as copas das árvores adensavam-se e a horta derramava-se em pequenos campos em forma de escada, sustentados por muros de pedra; o outro lado da encosta era coberto de olivais, e, na parte de trás, o povoado de Penúmbria espetava seus tetos de tijolo lavado de chuva e ardósia, e despontavam vergas de embarcações, lá pelos baixios do porto. Ao fundo, estendia-se o mar, dominando o horizonte, onde um veleiro deslizava.

Então o barão e a generala, depois do café, saíram para o jardim. Observavam uma roseira, fingiam não ligar para Cosme. Andavam de braços dados, e depois se distanciavam para discutir e gesticular. Fui para debaixo do carvalho ílex como se brincasse sozinho, mas na realidade tentando atrair a atenção de Cosme; ele, porém, guardava rancor de mim e continuava lá em cima a olhar para longe. Parei a brincadeira e me agachei atrás de um banco para poder continuar a observá-lo sem ser visto.

Meu irmão parecia uma sentinela. Controlava tudo, e nada lhe chamava a atenção. Entre os limoeiros passava uma mulher com um cesto. Subia um tropeiro pela encosta, agarrado ao rabo da mula. Não se viram entre si; a mulher, com o rumor dos cascos ferrados, virou-se e avançou para a estrada, mas não chegou a tempo. Aí começou a cantar, mas o tropeiro já fazia a curva, apurou o ouvido, estalou o chicote e exclamou para a mula: "Aah!". E tudo acabou ali. Cosme via a um e a outro.

O abade Fauchelafleur cruzou a alameda com o breviário aberto. Cosme apanhou alguma coisa do ramo e deixou cair na cabeça dele; não entendi o que era, talvez uma pequena aranha, ou um pedaço de casca; o abade não ligou. Com o espadim Cosme pôs-se a cutucar num oco do tronco. Apareceu uma vespa zangada, ele a enxotou sacudindo o tricórnio e acompanhando o voo dela com o olhar até um pé de abóbora, onde se refugiou. Rápido como sempre, o cavaleiro advogado saiu de casa, desceu pelas escadarias do jardim e perdeu-se entre as fileiras da vinha; Cosme, para ver onde ele ia, trepou noutro ramo. Lá, entre as folhagens, ouviu-se um adejar, e um melro alçou voo. Cosme ficou mal porque estivera ali tanto tempo e não se dera conta daquela presença. Contra a luz, começou a procurar outros pássaros. Não, não havia mais nenhum.

O carvalho ílex estava perto de um olmo; as duas copas quase se tocavam. Um ramo do olmo passava meio metro acima de um ramo da outra árvore; foi fácil para meu irmão dar um salto e assim conquistar o topo do olmo, que não havíamos explorado porque os ramos começavam lá em cima e eram de difícil acesso por terra. Do olmo, sempre buscando um lugar onde um ramo passava lado a lado com os ramos de outra planta, saltava para uma alfarrobeira e depois para uma amoreira. Assim, eu via Cosme avançar de um ramo para outro, caminhando suspenso no jardim.

Certos galhos da grande amoreira atingiam e superavam o muro que circundava nossa vila, e do outro lado ficava o jardim dos Rodamargem. Nós, embora vizinhos, não sabíamos nada sobre os marqueses de Rodamargem e nobres de Penúmbria, pois eles desfrutavam havia várias gerações de determinados direitos feudais pretendidos por papai; uma aversão recíproca dividia as duas famílias, bem como um muro alto que parecia um torreão de fortaleza dividia nossas vilas, não sei se mandado construir por papai ou pelo marquês. Acrescente-se a isso o ciúme com que os Rodamargem cercavam o jardim deles, repleto, segundo se dizia, de espécies de plantas nunca vistas. De fato, já o pai dos atuais marqueses, discípulo de Lineu, movimentara toda a enorme parentela de que a família dispunha nas cortes da França e Inglaterra para receber as mais preciosas raridades botânicas das colônias e, durante anos, os navios tinham desembarcado em Penúmbria sacos de sementes, feixes de estacas, arbustos em vasos e mesmo árvores inteiras, com enormes envoltórios de blocos de terra em torno das raízes; até que naquele jardim acabara por crescer — diziam — uma mistura de florestas das Índias e das Américas, e até mesmo da Nova Holanda.

Tudo o que nós conseguíamos ver eram, debruçadas sobre a divisa do muro, as folhas escuras de uma planta recentemente importada das colônias americanas, a magnólia, que nos ramos negros exibia uma carnosa flor branca. Da nossa amoreira Cosme alcançou o cimo do muro, deu alguns passos equilibrando-se e depois, apoiado nas mãos, atirou-se para o outro lado, onde ficavam as folhas e a flor da magnólia. Dali sumiu de vista; e o que agora contarei, como muitas outras coisas desta narrativa de sua vida, me foi contado por ele mais tarde ou fui eu mesmo quem reconstituiu a partir de testemunhos e induções esparsas.

Cosme estava na magnólia. Embora dotada de ramos densos essa planta era bem acessível para um jovem conhecedor de todas as espécies de árvores como meu irmão; e os galhos resistiam ao peso, apesar de não serem muito grossos e de sua madeira doce descascar ao contato da ponta dos sapatos de Cosme, abrindo brancas feridas no negro da casca; e a planta envolvia o rapaz num perfume fresco de folhas, conforme o vento as tocava, revirando suas páginas num verdejar ora opaco ora brilhante.

Mas era todo o jardim que exalava perfume e, se Cosme ainda não conseguia percorrê-lo com a vista, tão irregularmente denso era, já o explorava com o olfato e tratava de distinguir os diversos aromas, que lhe eram familiares desde quando, levados pelo vento, chegavam até o nosso jardim e pareciam constituir uma coisa só com os segredos daquela vila. Depois observava as frondes e via folhas novas, algumas grandes e lustrosas como se escorresse sobre elas um fio d'água, outras minúsculas e recortadas, e troncos bem lisos ou cheios de lascas.

Reinava um grande silêncio. Só se ergueu um voo de pequeninas carriças, álacres. E ouviu-se uma vozinha que cantava: "Oh lá lá lá! *La ba-la-nçoire...*". Cosme olhou para baixo. Dependurado no ramo de uma grande árvore perto dele agitava-se um balanço, no qual se sentava uma menina de uns dez anos.

Era uma criança loura, com um penteado alto um tanto engraçado para uma menina e um vestido azul, também de alguém mais velho, de cuja saia agora, erguida no balanço, transbordavam rendas. A menina mantinha os olhos entreabertos e o nariz empinado, como por um capricho de bancar a dama, e mordiscava uma maçã, cada vez dobrando a cabeça para o lado da mão que devia segurar a fruta e apoiar-se na corda do balanço ao mesmo tempo, e dava impulso batendo com a ponta dos sapatinhos no chão sempre que o balanço atingia o ponto mais baixo de seu arco, e soprava dos lábios os fragmentos de casca de maçã mastigada, e cantava: "Oh lá lá lá! *La ba-la-nçoire...*", como uma menina a quem não importasse mais nada além do brinquedo, da canção e (porém um tantinho mais) da maçã, e já tinha outros pensamentos na cabeça.

Cosme, do alto da magnólia, descera ao patamar mais baixo e agora estava com os pés plantados em duas forquilhas e os cotovelos apoiados diante dele como numa sacada. Os voos do balanço traziam-lhe a menina para perto do nariz.

Ela estava distraída e não percebera. De repente ela o viu, enfiado na árvore, de tricórnio e polainas.

— Oh! — disse.

A maçã caiu-lhe da mão e rolou ao pé da magnólia. Cosme desembainhou o espadim, alcançou a fruta com a ponta do metal, espetou-a e ofereceu-a à menina que, nesse ínterim, fizera um percurso completo do balanço e estava ali de novo.

— Pegue-a, não se sujou, só está meio amassada de um lado.

A menina loura já se arrependera por ter demonstrado tanto estupor diante daquele rapazinho desconhecido que surgira ali na magnólia e retomara seu ar tranquilo com o nariz empinado.

— O senhor é um ladrão? — indagou.

— Ladrão? — repetiu Cosme, ofendido; pensou bem: até que a ideia não lhe desagradava. — Sim, sou — disse, enfiando o tricórnio na cabeça. — Algo em contrário?

— E o que veio roubar?

Cosme olhou a maçã que enfiara na ponta do espadim e lhe veio em mente que estava com fome, que quase não tocara na comida à mesa.

— Esta maçã — disse e começou a descascá-la com a lâmina do espadim, a qual mantinha, a despeito das proibições familiares, afiadíssima.

— Então é um ladrão de fruta — disse a menina.

Meu irmão pensou nos bandos de meninos pobres de Penúmbria, que pulavam os muros e as sebes e saqueavam os pomares, um tipo de gente que lhe ensinaram a desprezar e evitar, e pela primeira vez pensou quanto devia ser livre e invejável aquela vida. Era isso: talvez pudesse tornar-se alguém como eles e viver assim doravante.

— Sim — disse. Cortara a maçã em gomos e começou a mastigá-la.

A menina loura explodiu numa risada que durou uma volta completa do balanço.

— Deixe disso! Os rapazes que roubam fruta eu conheço! São todos meus amigos! E aqueles lá andam descalços, em mangas de camisa, despenteados, e não com polainas e peruca!

Meu irmão ficou vermelho como a casca da maçã. Ser gozado não só pelo penteado, do qual não gostava, mas também pelas polainas, que apreciava muitíssimo, e ser considerado como de aspecto inferior ao de um ladrão de fruta, aquela gentinha desprezada até poucos momentos atrás, e sobretudo descobrir que a jovem dama com ares de proprietária no jardim dos Rodamargem era amiga de todos os ladrões de fruta mas não sua amiga, tudo isso junto o encheu de despeito, vergonha e ciúme.

— Oh lá lá lá... Com polainas e chinó! — cantarolava a menina no balanço.

Ele foi tomado por um sentimento de orgulho.

— Não sou um ladrão daqueles que você conhece! — gritou. — Não sou ladrão de jeito nenhum! Disse aquilo para assustá-la, porque, se soubesse quem sou na verdade, havia de morrer de medo: sou um bandido! Um terrível bandoleiro!

A menina continuava a voar até bem perto do nariz dele, dava para pensar que pretendia chegar a tocá-lo com as pontas dos pés.

— Deixe disso! E onde está a espingarda? Todos os bandidos têm uma espingarda! Eu já vi alguns! Já nos pararam a carruagem cinco vezes nas viagens do castelo para cá!

— Mas o chefe não! Eu sou o chefe! O chefe dos bandidos não anda de espingarda! Só carrega espada! — E empunhou o espadim.

A menina deu de ombros.

— O chefe dos bandidos — explicou — é um tipo que se chama João do Mato e sempre vem nos trazer presentes, no Natal e na Páscoa!

— Ah! — exclamou Cosme de Rondó, golpeado por uma onda de sectarismo familiar. — Então tem razão meu pai, quando diz que o marquês de Rodamargem é o protetor de todo o banditismo e o contrabando na região!

A menina passou perto do chão, e em vez de dar o impulso freou com um rápido movimento da perna e saltou fora. O balanço vazio dançou no ar regido por suas cordas.

— Desça imediatamente daí! Como se permitiu entrar no nosso terreno? — disse, apontando um dedo contra o menino, maldosa.

— Não entrei e não descerei — disse Cosme no mesmo tom. — No terreno de vocês jamais pus os pés e não o farei nem por todo o ouro do mundo!

A menina então, com grande calma, pegou um leque que estava numa poltrona de vime e, embora não fizesse muito calor, abanou-se passeando para a frente e para trás.

— Agora — afirmou com toda a calma —, chamarei os empregados e farei com que lhe apliquem umas bordoadas! Assim aprenderá a não penetrar em nossas terras! — Mudava sempre de tom, esta menina, e meu irmão todas as vezes ficava perturbado.

— Onde estou não é terra e nem é de vocês! — proclamou Cosme, e já ficava tentado a acrescentar: "E além disso sou o duque de Penúmbria e portanto senhor de todo o território!", mas se conteve, pois não lhe agradava repetir as coisas que dizia sempre seu pai, depois de sair da mesa brigando com ele; não lhe agradava e não lhe parecia justo, mesmo porque aquelas pretensões sobre o ducado sempre lhe pareceram apenas fixações; tinha cabimento agora até ele, Cosme, começar a posar de duque? Mas não queria desmentir-se e continuou o discurso conforme fluía. — Aqui não é de vocês — repetiu —, porque lhes pertence o solo e se eu pusesse um pé então seria um invasor. Mas aqui em cima não, e eu ando por onde me der na veneta.

— Sim, então é seu, lá em cima...

— Claro! Território pessoal, tudo aqui por cima. — E fez um vago gesto em direção aos ramos, às folhas e ao céu. — Nos ramos das árvores é tudo território meu. Diga a eles que venham me apanhar, se é que são capazes!

Agora, após tantas bravatas, esperava que ela o gozasse de alguma forma. Para surpresa sua, mostrou-se interessada.

— É mesmo? E até onde chega este seu território?

— Vai até onde se consegue ir caminhando em cima das árvores, por aqui, por ali, além do muro, no olival, até o cimo da colina, do outro lado da colina, no bosque, na torre do bispo...

— Até a França?

— Até a Polônia e a Saxônia — disse Cosme, que de geografia sabia só os nomes que ouvira de mamãe quando falava das Guerras de Sucessão. — Mas não sou egoísta como você. Está convidada para o meu território. — Já se tratavam com mais intimidade, mas fora ela quem começara.

— E o balanço, de quem é? — perguntou ela, acomodando-se no assento, com o leque aberto na mão.

— O balanço é seu — definiu Cosme —, mas, como está pendurado neste ramo, depende sempre de mim. Assim, ao tocar a terra com os pés, você está do seu lado; ao levantá-los, já está nos meus domínios.

Ela deu um impulso e voou, com as mãos apertadas nas cordas. Da magnólia Cosme saltou para o grande ramo que sustentava o balanço e dali agarrou as cordas e começou a balançar a menina. O balanço ia cada vez mais alto.

— Está com medo?
— Eu não. Qual é o seu nome?
— Cosme... E o seu?
— Violante, mas me chamam de Viola.
— Costumam me chamar de Mino, mesmo porque Cosme é nome de velho.
— Não gosto.
— Cosme?
— Não, Mino.
— Ah... Então me chama de Cosme.
— Nem pensar! Escute aqui, temos que jogar limpo.
— O que você disse? — indagou ele, que não conseguia manter o mesmo pique.
— Eu posso subir no seu território e serei uma visita sagrada, está bem? Entro e saio quando quiser. Você é sagrado e inviolável enquanto estiver nas árvores, no seu território, mas, logo que tocar no chão do meu jardim, tornar-se-á meu escravo e será acorrentado.
— Não, não desço no seu jardim nem no meu. Para mim é igualmente território inimigo. Você vem para cima comigo, e virão seus amigos que roubam fruta, talvez também meu irmão Biágio, apesar de ser meio pilantra, e vamos montar um exército em cima das árvores e conduzir à razão a terra e seus habitantes.
— Não, nada disso. Deixa que eu explico como são as coisas. Você tem o domínio das árvores, certo? Mas, se tocar uma vez o chão com um pé, perde todo o reino e se torna o último dos escravos. Entendeu? Mesmo que se quebre um ramo e você caia, tudo perdido!

— Jamais caí de uma árvore na vida!
— Sim, mas, se cair, vira cinza e o vento o carrega.
— Quanta história. Não piso no chão porque não quero.
— Mas como você é chato.
— Não, não, vamos brincar. Por exemplo, no balanço posso ficar?
— Se conseguir sentar no balanço sem tocar a terra, pode. Perto do balanço de Viola tinha outro, pendurado no mesmo galho, mas puxado para cima com um nó nas cordas para que não se chocassem. Do ramo, Cosme escorregou por uma das cordas, exercício no qual era exímio porque mamãe nos obrigava a fazer muita ginástica, chegou ao nó, desmanchou-o, ficou em pé no balanço e para dar o impulso deslocou o peso do corpo, dobrando-se nos joelhos e partindo para a frente. Assim chegava cada vez mais alto. Os dois balanços iam em sentido contrário e agora atingiam a mesma altura, aproximando-se na metade do percurso.

— Mas, se você tentar sentar e der um empurrão com os pés, vai ainda mais alto — insinuou Viola.

Cosme fez uma careta.

— Vem aqui me dar um empurrão, seja cavalheiro — disse ela, sorrindo-lhe, gentil.

— Mas não, eu, o combinado era que não podia descer de jeito nenhum... — E Cosme voltava a não entender.

— Seja gentil.

— Não.

— Ah, ah! Estava quase caindo. Se pusesse um pé no chão, perderia tudo! — Viola desceu do balanço e começou a dar leves empurrões no balanço de Cosme. — Uh! — De repente, agarrou o assento do balanço em que meu irmão mantinha os pés e o revirou. Sorte que Cosme estava bem firme nas cordas! Caso contrário teria caído no chão como um presunto.

— Traidora! — gritou e pôs-se a subir, segurando-se nas duas cordas, mas a subida era muito mais difícil do que a descida, sobretudo porque a menina loura estava num de seus momentos malignos e puxava a corda em todas as direções.

Finalmente alcançou o grande ramo e nele montou a cavalo. Com a gravata de renda enxugou o suor do rosto.

— Ah! Ah! Não conseguiu!
— Por um fio!
— Mas eu pensava que você fosse minha amiga!
— Pensava! — E recomeçou a abanar-se.
— Violante! — irrompeu naquele momento uma aguda voz feminina. — Com quem você está falando?

Na escadaria branca que conduzia à vila aparecera uma senhora: alta, magra, com uma enorme saia; usava monóculo. Cosme retraiu-se entre as folhagens, intimidado.

— Com um jovem, *ma tante* — disse a menina —, que nasceu em cima de uma árvore e por encanto não pode pôr os pés na terra.

Cosme, todo vermelho, interrogando-se se a menina falava daquele jeito para gozá-lo na frente da tia ou para gozar a tia na frente dele, ou só para continuar a brincadeira, ou ainda porque não lhe interessava nem ele nem a tia nem a brincadeira, via-se examinado pelo monóculo daquela dama, que se aproximava da árvore como se fosse contemplar um estranho papagaio.

— *Uh, mais c'est un des Piovasques, ce jeune homme, je crois. Viens, Violante.*

Cosme fervia de humilhação: tê-lo reconhecido com aquele ar natural, sem sequer perguntar por que ele estava ali, e ter chamado imediatamente de volta a menina, com firmeza mas sem severidade, e Viola que dócil, sem nem ao menos olhar para trás, atendia ao chamado da tia; tudo parecia indicar que ele não contasse nada, que quase nem existia. Assim, aquela tarde extraordinária mergulhava numa nuvem de vergonha.

Mas eis que a menina faz um sinal para a tia, esta abaixa a cabeça, a menina lhe diz algo no ouvido. A tia torna a apontar o monóculo para Cosme.

— E então, jovem senhor — diz-lhe —, aceita tomar uma taça de chocolate? Assim poderemos conhecer-nos — e dá uma olhadela de soslaio a Viola —, visto que já é amigo da família.

Cosme ficou imóvel, olhando tia e sobrinha com olhos bem abertos. O coração dele batia forte. Ei-lo convidado pelos de Rodamargem e de Penúmbria, a família mais pedante daquela região, e a humilhação de momentos antes se transformava em revanche e se vingava do pai, sendo acolhido por adversários que sempre o olharam de cima para baixo, e Viola intercedera por ele, e agora era oficialmente aceito como amigo de Viola e teria brincado com ela naquele jardim diferente de todos os jardins. Tudo isso experimentou Cosme, porém, ao mesmo tempo, um sentimento oposto, embora confuso: um sentimento feito de timidez, orgulho, solidão, capricho; e nesse contraste de sentimentos meu irmão agarrou-se ao ramo acima dele, trepou, deslocou-se pela parte mais frondosa, passou para outra árvore e desapareceu.

3

Foi uma tarde que não acabava nunca. De vez em quando se ouvia um baque, um sussurro, como é comum nos jardins, e corriam esperando que fosse ele, que tivesse decidido descer. Nada disso, vi oscilar o topo da magnólia de flor branca e Cosme aparecer além do muro e saltá-lo.

Fui ao seu encontro na amoreira. Ao me ver, pareceu contrariado; ainda estava zangado comigo. Sentou-se num dos ramos da amoreira acima de mim e começou a fazer sinais com o espadim, como se não quisesse me dirigir a palavra.

— Dá para subir fácil na amoreira — disse, falando por falar —, não tínhamos subido antes...

Ele continuou a espetar o ramo com a lâmina, depois disse, ácido:

— E então, gostou dos escargots?

Estendi-lhe um cestinho:

— Trouxe-lhe dois figos secos, Mino, e um pedaço de bolo...

— Foram *eles* que mandaram você? — perguntou, sempre arredio, mas já olhava para o cesto engolindo saliva.

— Não, se você soubesse, tive de sair às escondidas do abade! — disse rápido. — Queriam que fizesse lições a noite inteira para não me comunicar com você, mas o velho adormeceu. Mamãe está preocupada que você possa cair e queria que o procurassem. Mas papai, desde que o perdeu de vista na amoreira, diz que você desceu e se meteu em algum canto para meditar sobre o malfeito e que não é preciso preocupar-se.

— Não desci em nenhum momento! — exaltou-se meu irmão.

— Você esteve no jardim dos Rodamargem?

— Sim, mas sempre de uma árvore para outra, sem tocar o chão!

— Por quê? — perguntei; era a primeira vez que o escutava enunciar aquela sua regra, mas falara dela como de uma coisa já combinada entre nós, como se quisesse garantir-me que não a transgredira; tanto que nem me atrevi a pedir mais explicações.

— Sabe — disse, em vez de me responder —, é um lugar que exige dias inteiros para explorá-lo todo, o parque dos Rodamargem! Com árvores das florestas da América, só vendo! — Depois se lembrou de que estava brigado comigo e não podia ter nenhum prazer em me comunicar suas descobertas. Cortou, brusco: — Contudo, não o levo lá. Doravante você pode passear com Batista ou com o cavaleiro advogado!

— Não, Mino, me leva junto! — falei —, você não pode ficar bravo comigo por causa dos escargots, eram nojentos, mas eu não aguentava mais ouvi-los gritar!

Cosme estava se empanturrando de bolo.

— Vou fazer um teste — disse —, você deve me demonstrar que está do meu lado e não do deles.

— Diga-me tudo o que eu tenho de fazer.

— Você tem de me conseguir cordas, compridas e fortes, pois preciso me amarrar para completar certas passagens; e também uma roldana, ganchos e pregos grandes...

— Mas o que você vai fazer? Um guindaste?

— Temos de transportar muita coisa para cima, a gente vê depois: mesas, canos...

— Quer construir uma cabana em cima da árvore! E onde?

— Se for o caso. O lugar vem depois. Por enquanto meu endereço é o carvalho oco. Baixarei o cestinho com a corda e você vai pondo tudo aquilo que vou precisar.

— Mas por quê? Até parece que vai ficar escondido muito tempo... Não acha que vão perdoá-lo?

Virou-se com o rosto vermelho.

— Que me importa se me perdoam? E além do mais não estou escondido: não tenho medo de ninguém! E você, está com medo de me ajudar?

Eu bem que tinha entendido que meu irmão por enquanto se recusava a descer, mas fingia não entender para obrigá-lo a manifestar-se, a dizer: "Sim, quero ficar nas árvores até a hora da merenda, ou até o pôr do sol, a hora do jantar ou enquanto não ficar escuro", algo que afinal estabelecesse um limite, uma proporção ao seu ato de protesto. Contudo, não dizia nada disso e eu sentia um certo medo.

Chamaram, de baixo. Era papai que gritava:

— Cosme! Cosme! — E a seguir, já convencido de que Cosme não responderia: — Biágio! Biágio! — me chamava.

— Vou ver o que estão querendo. Depois venho contar — falei apressado.

Essa premência de informar meu irmão, admito, combinava-se com uma pressa de escapar, por medo de ser surpreendido confabulando com ele em cima da amoreira e ter de partilhar a punição que lhe caberia. Mas Cosme não pareceu ler no meu rosto esta sombra de covardia: deixou-me ir, não sem demonstrar com um sacudir de ombros a sua indiferença pelo que papai pudesse ter para lhe dizer.

Quando voltei estava no mesmo lugar; encontrara um bom assento, num tronco desgalhado, tinha o queixo nos joelhos e os braços apertados em torno das canelas.

— Mino! Mino! — gritei, trepando, sem fôlego. — Perdoaram você! Esperam por nós! A merenda está na mesa, papai e mamãe já estão sentados e põem as fatias de bolo no prato! Porque tem um bolo de creme e chocolate, mas não foi feito por Batista, fique sabendo! Ela deve estar trancada no quarto, espumando bile verde! Eles me passaram a mão na cabeça e me disseram: "Vai dizer ao Mino que ficamos de bem e não se fala mais nisso!". Depressa, vem comigo!

Cosme mordiscava uma folha. Não se mexeu.

— Bem — falou —, trata de pegar um cobertor, escondido, e me traz. Aqui deve fazer frio à noite.

— Mas você não está pensando em passar a noite aqui!

Ele não respondia, o queixo nos joelhos, mastigava uma folha e olhava para a frente. Acompanhei seu olhar, que terminava no muro do jardim dos Rodamargem, onde reinava a branca flor da magnólia, e mais alto voava uma águia.

* * *

Desceu a noite. Os empregados iam e vinham arrumando a mesa; na sala, os candelabros já estavam acesos. Da árvore, Cosme devia ver tudo; e o barão Armínio, dirigindo-se às sombras fora da janela, gritou: "Se quiser ficar aí, vai morrer de fome!".

Naquela noite, pela primeira vez sentamos para jantar sem Cosme. Ele estava montado num ramo alto do carvalho ílex, de lado, de forma que só víamos suas pernas pendentes. Quer dizer, veríamos se nos debruçássemos na sacada e perscrutássemos na sombra, porque a sala estava iluminada e lá fora, escuro.

Até o cavaleiro advogado sentiu-se na obrigação de debruçar-se e dizer alguma coisa, mas como de hábito não conseguiu exprimir uma posição sobre o caso. Disse: "Oooh... Madeira resistente... Dura cem anos...", depois algumas palavras turcas, talvez o nome da azinheira; em resumo, como se o problema fosse a árvore e não meu irmão.

Ao contrário, nossa irmã Batista deixava transparecer uma espécie de inveja em relação a Cosme, como se, habituada a manter a família com o fôlego suspenso por suas esquisitices, agora tivesse encontrado alguém que a superasse; e continuava a roer as unhas (roía sem levantar o dedo até a boca, mas abaixando-o, com a mão virada, o cotovelo erguido).

A generala lembrou-se de certos soldados de sentinela em árvores num acampamento não sei mais se na Eslavônia ou na Pomerânia, e de como lograram, avistando o inimigo, evitar uma emboscada. Esta recordação, repentina, transportou-a, do abandono em que se achava devido à apreensão materna, ao clima militar seu favorito, e, como conseguisse finalmente encontrar uma razão para o comportamento do filho, ficou mais tranquila e quase orgulhosa. Ninguém ligou para ela, exceto o abade Fauchelafleur, que assentiu com gravidade no relato guerreiro e na analogia estabelecida por minha mãe, porque se agarraria a qualquer argumento para considerar natural o que estava ocorrendo e tirar da cabeça responsabilidades e preocupações.

Após o jantar, íamos cedo para a cama, e nem naquela noite mudamos de horário. Já então nossos pais tinham decidido não dar mais a Cosme a satisfação de ocupar-se dele, esperando que o cansaço, a falta de conforto e o frio da noite o desalojassem. Cada um subiu para seus aposentos e, na fachada da casa, as velas acesas abriam olhos de ouro na moldura dos panejamentos. Que nostalgia, que lembrança de calor devia transmitir aquela casa tão conhecida e próxima a meu irmão que pernoitava no sereno! Debrucei-me na janela do nosso quarto e adivinhei a sombra dele encolhida num oco do carvalho ílex, entre ramo e tronco, enrolado na coberta e — acho — com várias voltas de corda para não cair.

A lua levantou-se tarde e resplandecia sobre os galhos. Nos ninhos dormiam as toutinegras, encolhidas como ele. Na noite, ao ar livre, o silêncio do parque era atravessado por centenas de rumores distantes e por um farfalhar persistente. De vez em quando chegava um remoto bramido: o mar. Da janela, eu estendia o ouvido a esse entrecortado respiro e tentava imaginá--lo sem o alvéolo familiar da casa, alguém que se encontrava só alguns metros mais adiante, mas totalmente entregue a si, tendo apenas a noite em volta; único objeto amigo ao qual se abraçar, um tronco de árvore de casca áspera, percorrido por minúsculas galerias sem fim em que dormiam as larvas.

Fui para a cama, mas não quis apagar a vela. Talvez aquela luz na janela do quarto pudesse fazer-lhe companhia. Tínhamos um quarto em comum, com dois leitos de solteiro. Eu olhava o dele, intacto, e a escuridão fora da janela em que se achava, e me agitava entre os lençóis percebendo quem sabe pela primeira vez o prazer de estar nu, descalço, numa cama quente e limpa e, como se sentisse o desconforto dele amarrado lá no cobertor grosseiro, as pernas presas nas polainas, sem poder virar-se, os ossos moídos. É um sentimento que não me abandonou desde aquela noite, a consciência de que sorte significa ter uma cama, lençóis limpos, colchão macio! Nesse sentimento os meus pensamentos, por tantas horas projetados na pessoa que era objeto de todas as nossas ânsias, vieram fechar-se sobre mim e assim adormeci.

4

NÃO SEI SE É VERDADE o que se lê nos livros, que em tempos antigos um macaco que saísse de Roma pulando de uma árvore para outra podia chegar até a Espanha sem tocar no chão. No meu tempo, lugares assim tão cheios de árvores a gente só encontrava no golfo de Penúmbria, de uma ponta à outra, incluindo o vale até a crista dos montes: e por isso mesmo aquelas terras eram famosas além das fronteiras.

Agora, esses lugares ficaram irreconhecíveis. Tudo começou quando vieram os franceses, derrubando bosques como se fossem prados que são ceifados a cada ano e depois renascem. Não voltaram a crescer. Parecia uma coisa da guerra, de Napoleão, daqueles tempos: ao contrário, nunca mais parou. Os morros ficaram tão pelados que, nós que os conhecemos antes, nem acreditávamos.

Naquela época, onde quer que se andasse, havia sempre ramos e frondes entre nós e o céu. A única zona de vegetação mais baixa eram os limoeiros, porém mesmo entre eles erguiam-se tortos os pés de figo, que mais no alto enchiam todo o céu dos hortos, com as copas de folhagem pesada, e se não eram figueiras eram cerejeiras frondosas e escuras ou mais delicados marmelos, pessegueiros, amendoeiras, pereiras novas, pródigas ameixeiras e depois sorveiras, alfarrobeiras, quando não era uma amoreira ou uma nogueira bem antiga. Acabando os pomares, começava o olival, cinza prateado, uma nuvem que explode no meio da encosta. No fundo, amontoava-se a aldeia, entre o porto na parte baixa e o rochedo no alto; e também ali, entre os telhados, um contínuo despontar de penachos de plantas: azinheiras, plátanos, também carvalhos, uma vegetação mais desinteressada e orgulhosa que se desafogava — um ordenado desafogo — na zona onde os nobres tinham construído as vilas e cercado de muros os seus parques.

Acima dos olivais começava o bosque. Em outros tempos, os pinheiros deveriam ter dominado aquelas plagas, pois ainda se infiltravam em lâminas e tufos de bosque morro abaixo até as areias do mar, e igualmente os lariços. Os carvalhos eram mais frequentes e grossos do que aparentam hoje, porque foram as primeiras e mais preciosas vítimas dos machados. Mais acima, os pinheiros cediam caminho aos castanheiros, o bosque subia pela montanha e não se distinguiam os confins. Este era o universo de seiva dentro do qual vivíamos, habitantes de Penúmbria, quase sem nos dar conta disso.

O primeiro que parou para pensar foi Cosme. Percebeu que, a vegetação sendo tão densa, ele podia deslocar-se muitas milhas pulando de um ramo para outro, sem nunca descer. Às vezes, um pedaço de terra nua o obrigava a enormes voltas, mas ele logo aprendeu todos os itinerários obrigatórios e media as distâncias não mais segundo nossos parâmetros, mas tendo em mente os traçados sinuosos que devia seguir sobre os ramos. E, onde nem com um salto se atingia o galho mais próximo, passou a usar de astúcia; mas contarei isso mais adiante; por enquanto ainda estamos na madrugada em que, ao acordar, encontrou-se no alto de um carvalho ílex, entre a algazarra dos pardais, encharcado de orvalho frio, inteiriçado, ossos moídos, cãibras nos braços e nas pernas, e feliz começou a explorar o novo mundo.

Alcançou a última fronteira dos parques, um plátano. Embaixo estendia-se o vale sob um céu de coroas de nuvens e fumaça que subia de algum teto de ardósia, casebres ocultos atrás das ribanceiras como montes de pedras; um céu de folhas dançantes sopradas das figueiras e cerejeiras; e, mais abaixo, as ameixeiras e os pessegueiros abriam-se em ramos encorpados; tudo era visível, também o capim, lâmina por lâmina, mas não a cor da terra, recoberta por preguiçosas folhas de abóbora ou pelo derramar-se de alfaces e couves nos canteiros; e assim era de um lado a outro do V em que se abria o vale, num elevado funil do mar.

E essa paisagem era percorrida como uma onda, não visível e tampouco, a não ser por intervalos, audível, mas o que se ouvia bastava para propagar a inquietude: uma explosão de gritos agudos, e depois uma espécie de concerto de tombos e talvez também o estalido de um ramo quebrado, e mais gritos, diferentes, de vozeirões furiosos, que iam convergindo nos lugares de onde tinham vindo os gritos agudos. A seguir nada, uma sensação feita de vazio, como o transcorrer de algo que se devesse aguardar não ali mas noutro lugar, e de fato recomeçava aquele conjunto de vozes e barulhos, e aqueles locais de provável proveniência eram, de um lado e outro do vale, sempre onde se moviam ao vento as pequenas folhas denteadas das cerejeiras. Por isso Cosme, com a parte de sua mente que velava distraída — outra parte dele conhecia e entendia tudo com antecedência —, formulou este pensamento: as cerejeiras falam.

Cosme dirigia-se para a cerejeira mais próxima, ou melhor, para uma fila de altas cerejeiras com lindo verde frondoso e carregado de frutos negros, mas meu irmão ainda não tinha o olho educado para distinguir logo entre os ramos o que havia e o que não havia. Ficou ali: primeiro ouvia-se um rumor e agora não. Ele estava nos ramos mais baixos e sentia todas as cerejas que estavam por cima como se pesassem em suas costas, não saberia explicar como, pareciam convergir sobre ele, parecia uma árvore com olhos em vez de cerejas. Cosme ergueu o rosto e uma cereja muito madura caiu-lhe na testa com um tchac! Semicerrou as pálpebras para olhar para cima, contra a luz (onde o sol crescia), e viu que aquela em que estava e as árvores vizinhas encontravam-se cheias de meninos empoleirados.

Ao serem descobertos não ficaram mais quietos e, com vozes agudas se bem que abafadas, diziam alguma coisa como: "Olhem como é bonito!", e, apartando as folhas que tinham pela frente, cada um desceu do ramo em que estava para aquele mais baixo, em direção ao rapaz com o tricórnio na cabeça. Traziam as cabeças descobertas ou usavam esfiapados chapéus de palha, alguns tinham sacos na cabeça; vestiam molambos com forma de camisa e calças compridas; quem não estava descalço usava faixas de pano nos pés, e alguns carregavam os tamancos amarrados no pescoço, retirados para trepar na árvore; eram o grande bando de ladrões de fruta, de quem Cosme e eu — nisso obedecendo às imposições familiares — nos mantínhamos bem distantes. Naquela manhã, meu irmão parecia não procurar outra coisa, embora nem para ele estivesse claro o que poderia esperar.

Ficou parado à espera deles enquanto desciam examinando-o e lançando-lhe, no seu áspero murmúrio, frases do tipo: "O que este cara anda procurando por aqui?", e cuspindo-lhe alguns caroços de cereja ou jogando-lhe as que estavam bichadas ou bicadas por um melro, depois de fazê-las girar no cabinho com movimentos de malabaristas.

— Uuuh! — gritaram todos juntos. Tinham visto o espadim que lhe pendia da traseira. — Estão vendo o que ele carrega? — E tome risadas. — O bate-bunda!

Depois fizeram silêncio e sufocavam o riso porque estava para acontecer uma coisa de estourar de rir: dois dos pequenos malandros, caladinhos, tinham subido para um ramo bem em cima de Cosme e baixavam a boca de um saco sobre a cabeça dele (um daqueles sacos imundos que lhes serviam para enfiar o butim e quando estavam vazios punham na cabeça como capuzes que desciam pelas costas). Dentro em pouco meu irmão estaria ensacado sem sequer entender como e poderiam amarrá-lo como um salame e carregá-lo como um tapete.

Cosme intuiu o perigo, ou talvez nem de longe percebeu algo: sentiu-se provocado por causa do espadim e quis desembainhá-lo por uma questão de honra. Brandiu-o no alto, a lâmina tocou o saco, ele o viu, e com um movimento sobre si mesmo arrancou-o das mãos dos pequenos ladrões e o fez voar.

Foi um belo golpe. Os outros fizeram alguns "Oh!" de desapontamento e espanto e, aos dois companheiros que se tinham deixado arrancar o saco, lançaram insultos dialetais como: *"Cuiasse! Belinùi!"*.

Cosme não teve tempo de desfrutar do sucesso. Uma fúria oposta desencadeou-se do chão; ladravam, jogavam pedras, gritavam: "Desta vez não nos escapam, bastardinhos ladrões!", e erguiam-se pontas de forcados. Entre os pequenos ladrões nos ramos foi um tal de agachar-se, levantar pernas e cotovelos.

Havia sido aquele barulho em torno de Cosme que dera o alarme aos agricultores que estavam alertas.

O ataque fora preparado para valer. Cansados de ver roubarem a fruta assim que madurava, vários pequenos proprietários e arrendatários do vale tinham se unido entre si; porque, à tática dos espertalhões de atacar juntos um pomar, saqueá-lo e fugir para outro lado e ali recomeçar, não havia resposta possível a não ser adotar tática semelhante: isto é, ficar de guarda numa propriedade onde apareceriam cedo ou tarde e agarrá-los em grupo. Agora os cães soltos latiam erguendo-se em duas patas nos pés das cerejeiras com bocas que eram só dentes, e no ar agigantavam-se os forcados de feno. Três ou quatro dos pequenos ladrões saltaram para o chão bem em tempo de furar as costas nas pontas dos tridentes e os fundilhos das calças com mordidas de cães, e fugir berrando e rompendo a cabeçadas as fileiras dos vinhedos. Assim nenhum outro ousou mais descer: estavam apavorados nos galhos, tanto eles quanto Cosme. Os agricultores já apoiavam as escadas nas cerejeiras e subiam precedidos pelos dentes afiados dos forcados.

Passaram alguns minutos antes que Cosme percebesse que ficar também apavorado só porque aquele bando de vagabundos estava com medo não tinha sentido, bem como não tinha pé nem cabeça a ideia de que eles fossem legais e ele não. O fato de que ficassem ali como tontos já era uma prova: o que esperavam para fugir pelas árvores ao redor? Meu irmão chegara ali desse modo e assim podia ir embora: enfiou o tricórnio na cabeça, alcançou o ramo que lhe servira de ponte, passou da última cerejeira para uma alfarrobeira, e desta balançou-se para uma ameixeira, e assim por diante. A garotada, quando o viu circular pelos galhos como se estivesse no meio da praça, entendeu que devia imitá-lo, caso contrário iria penar um bocado antes de reencontrar seu caminho; os moleques seguiram-no silenciosos, agachados, durante todo o itinerário tortuoso. Entretanto, ele subia por uma figueira, cavalgava a sebe da propriedade, caía num pessegueiro, com ramos tão frágeis que era preciso passar um de cada vez. O pessegueiro só servia para agarrar-se ao tronco torto de uma oliveira que despontava de um muro; da oliveira, com um salto se atingia um carvalho que alongava um sólido braço além da torrente e se podia passar para as árvores do outro lado.

Os homens com os forcados, crentes que desta vez tinham nas mãos os ladrões de fruta, viram-nos escapar pelos ares como pássaros. Perseguiram-nos, correndo junto com os cachorros que latiam, mas tiveram de contornar a sebe, depois o muro, e além disso naquele ponto do riacho não havia pontes, e para encontrar um vau perderam tempo e os moleques já estavam bem longe em sua corrida.

Corriam como cristãos, com os pés na terra. Nos ramos só ficara meu irmão.

— Onde foi parar aquele passarinho com polainas? — perguntavam, não o vendo mais pela frente. Ergueram o olhar: estava lá trepando nas oliveiras. — Ei, você, pode descer, pois já não nos pegam!

Ele não desceu, saltou de tronco em tronco, passou de uma oliveira para outra, desapareceu de vista entre as densas folhas prateadas.

O bando de pequenos vagabundos, tendo os sacos como capuzes e caniços nas mãos, agora assaltava algumas cerejeiras no fundo do vale. Trabalhavam com método, debulhando ramo por ramo, quando, sobre a planta mais alta, empoleirado com as pernas cruzadas, arrancando com dois dedos os cabinhos das cerejas e colocando-as no tricórnio apoiado nos joelhos, quem viram? O menino com polainas!

— Ei, de onde é que você vem? — perguntaram, arrogantes. Mas tinham ficado desnorteados, pois parecia que tivesse chegado ali voando.

Meu irmão agora pegava uma a uma as cerejas no tricórnio e as levava até a boca como se fossem doces. Depois cuspia os caroços com um sopro, atento para que não lhe manchassem o cinturão.

— Este fresco — disse um deles —, o que quer de nós? Por que vem encher o saco da gente? Por que não come as cerejas do seu jardim? — Mas estavam um pouco intimidados, porque haviam percebido que em cima das árvores ele era mais esperto do que todo o grupo.

— Entre esses frescos — disse o outro —, de vez em quando nasce por engano algum mais esperto: vejam a Sinforosa...

Perante o nome misterioso, Cosme apurou o ouvido e, sem saber por que, enrubesceu.

— A Sinforosa nos traiu! — disse outro.

— Mas era legal, por ser uma fresca ela também, e se tivesse tocado o berrante hoje de manhã não nos teriam agarrado.

— Até um fresco pode ficar com a gente, se quiser ser um dos nossos!

(Cosme entendeu que *fresco* queria dizer morador das vilas, ou nobre, ou alguém de alta posição.)

— Ouça aqui — disse-lhe um deles —, jogo aberto: se quiser ficar com a gente, as caçadas são em conjunto e você nos ensina todos os truques que sabe.

— E nos deixa entrar no pomar do seu pai! — disse outro.
— Uma vez me deram um tiro com sal!

Cosme continuava a ouvir, mas como absorto num pensamento seu. Depois perguntou:

— Digam uma coisa, quem é a Sinforosa?

Então todos aqueles esfarrapados no meio das árvores estouraram de rir, tanto que alguns por pouco não caíam da cerejeira, e outros jogavam-se para trás com as pernas no ramo, e outros balançavam pendurados pelas mãos, sempre debochando e berrando. Com aquele barulho, é claro, voltaram a ter os perseguidores nos calcanhares. Ou melhor, já devia estar ali o batalhão com os cachorros, porque se levantou um barulho terrível e lá estavam eles com os forcados. Só que desta vez, vacinados pela derrota anterior, antes de mais nada ocuparam as árvores em redor, subindo nelas com escadas especiais, e dali com tridentes e ancinhos os circundavam. No chão, os cães, em meio àquele derrame de homens em cima das árvores, não entenderam logo para onde deviam lançar-se e ficaram espalhados latindo com o focinho para os ares. Assim, os pequenos ladrões puderam descer rápido, fugir cada um para o seu lado, entre os cães desorientados e, se alguns levaram uma mordida numa nádega, uma bordoada ou uma pedrada, a maioria escapou ilesa.

Cosme ficou sozinho na árvore.

— Desce! — gritavam-lhe os outros enquanto fugiam. — Qual é? Está dormindo? Pula enquanto o caminho está livre!

Mas ele, com os joelhos fincados no ramo, desembainhou o espadim. Das árvores vizinhas, os agricultores apontavam os forcados com bastões amarrados na ponta, e Cosme, agitando a lâmina, os mantinha afastados, até que lhe apontaram um em pleno peito, pregando-o no tronco.

— Pare! — gritou uma voz. — É o baronete de Chuvasco! O que faz por aqui, patrãozinho? Como é que se misturou com aquela pandilha?

Cosme reconheceu Chuá da Banheira, um empregado de papai.

Os forcados se retraíram. Muitos do grupo tiraram o chapéu. Também meu irmão levantou com dois dedos o tricórnio da cabeça e inclinou-se.

— Ei, vocês aí embaixo, prendam os cães! — gritaram.

— Façam-no descer! Pode descer, patrãozinho, mas cuidado, pois a árvore é alta! Espere, vamos pôr uma escada! Depois eu o levarei para casa!

— Não, obrigado, muito obrigado — disse meu irmão. — Não se incomodem, sei o meu caminho, isso é comigo!

Desapareceu atrás do tronco e reapareceu num outro ramo, girou outra vez atrás do tronco e reapareceu num ramo mais alto, voltou a aparecer atrás do tronco e se viram só os pés num ramo mais alto, porque em cima havia grossas frondes, e os pés saltaram, e não se viu mais nada.

— Onde foi parar? — indagavam os homens, e não sabiam para onde olhar, para cima ou para baixo.

— Ei-lo! — Estava em cima de outra árvore, distante, e reapareceu.

— Lá está! — Estava numa outra, ondulava como se fosse levado pelo vento e deu um salto.

— Caiu! Não! Olha ele lá! — Só se distinguiam, sobre os recortes do verde, o tricórnio e o chinó.

— Mas que espécie de patrão você tem? — perguntaram os homens a Chuá da Banheira. — É gente ou animal selvagem? Ou é o diabo em pessoa?

Chuá da Banheira perdera a voz. Benzeu-se.

Ouviu-se o canto de Cosme, uma espécie de grito solfejado.

— Ó a Sin-fo-ro-saaa...!

5

A SINFOROSA: POUCO A POUCO, dos discursos dos pequenos ladrões Cosme apreendeu muitas coisas a propósito dessa personagem. Com aquele nome chamavam uma menina das vilas, que passeava num cavalinho branco e se tornara amiga dos esfarrapados, e durante algum tempo os protegera, e também, prepotente como era, comandara. No cavalinho branco, galopava pelas estradas e atalhos, e, quando via fruta madura em pomares não vigiados, avisava-os, acompanhando os assaltos deles a cavalo como um oficial. Carregava preso ao pescoço um chifre de caça; enquanto eles saqueavam amendoeiras ou pereiras, corria no cavalinho para cima e para baixo pelas encostas, de onde se dominava o campo, e, assim que via movimentos suspeitos de patrões ou camponeses que podiam descobrir os ladrões e cair-lhes em cima, soprava o berrante. Ao escutar o alerta, os moleques pulavam das árvores e corriam; deste modo jamais foram apanhados, enquanto a menina ficara junto deles.

O que acontecera depois era mais difícil de entender: aquela "traição" que Sinforosa praticara em detrimento deles parecia ter sido atraí-los à sua vila para comer fruta e depois fazê-los apanhar dos empregados; outro problema parecia ter sido haver privilegiado um deles, um tal de Bonitão, que por isso era ainda alvo de provocações, e ao mesmo tempo um outro, um certo Hugão, e tê-los jogado um contra o outro; e que justamente aquela surra dos empregados não tivesse acontecido por ocasião de um roubo de fruta mas de uma expedição dos dois favoritos ciumentos, que finalmente haviam se aliado contra ela; e se falava também de certos bolos que ela prometera várias vezes e afinal lhes dera mas preparados com óleo de rícino, razão pela qual tiveram cólicas durante uma semana. Qualquer desses episódios ou no gênero destes ou todos eles juntos haviam provocado uma ruptura entre Sinforosa e o bando, e agora falavam dela com rancor, mas ao mesmo tempo lamentavam a perda.

Cosme ouvia tudo isso muito atento, concordando como se cada detalhe se recompusesse numa imagem que lhe fosse familiar, e no final decidiu-se a perguntar:

— Mas em que vila mora, esta Sinforosa?

— Como, quer dizer que não a conhece? Se vocês são vizinhos! A Sinforosa da vila de Rodamargem!

Certamente Cosme não precisava daquela confirmação para ter certeza de que a amiga dos vagabundos era Viola, a menina do balanço. Era — creio eu — exatamente pelo fato de ela ter-lhe dito que conhecia todos os ladrões de fruta dos arredores que ele saíra logo à procura do bando. Contudo, a partir daquele momento, a inquietação que dele se apoderara, embora indeterminada, tornou-se mais forte. Gostaria de chefiar o bando para saquear as plantações da vila de Rodamargem, ou então colocar-se a serviço dela contra o grupo, talvez incitando-os antes a chateá-la para depois poder defendê-la, ou ainda praticar bravatas que chegassem aos ouvidos dela; e no meio dessas proposições seguia cada vez com menor interesse o bando e, quando eles desciam das árvores, ficava sozinho e um véu de melancolia cobria seu rosto, como as nuvens cobrem o sol.

Depois saltava de improviso e, ágil feito um gato, pendurava-se nos galhos e passeava pelos pomares e jardins, cantarolando qualquer coisa entre os dentes, um cantarolar nervoso, quase mudo, os olhos fixos adiante parecendo não ver nada, e se mantendo em equilíbrio por instinto próprio como os gatos.

Assim enlevado pudemos vê-lo passar várias vezes nos ramos do nosso jardim. "Está ali! Está lá!", começávamos a gritar, porque então, o que quer que fizéssemos, era sempre ele a nossa preocupação, e contávamos as horas, os dias em que estava nas árvores, e papai dizia: "Está louco! Possuído pelo demônio!", e brigava com o abade Fauchelafleur: "O único jeito é exorcizá-lo! O que está esperando, o senhor, estou falando com o senhor, *l'abbé*, por que continua aí parado?! Tem o diabo no corpo, meu filho, entendeu, *sacré nom de Dieu*!".

O abade parecia despertar de repente, a palavra *diabo* parecia provocar-lhe na mente uma precisa concatenação de pensamentos, e começava um discurso teológico muito complicado sobre como devia ser entendida corretamente a presença do demônio, e não conseguíamos entender se queria contradizer papai ou falar de forma genérica: em resumo, não se pronunciava sobre o fato de que uma relação entre o diabo e meu irmão tivesse de ser considerada possível ou estava excluída *a priori*.

O barão perdia a paciência, o abade perdia o fio, eu já estava chateado. Ao contrário, em mamãe, o estado de ansiedade materna, de sentimento fluido que domina tudo, se consolidara, como nela costumava ocorrer com qualquer sentimento, em decisões práticas e busca de instrumentos adequados, como, aliás, devem ser resolvidas as preocupações de um general. Retirara do baú uma luneta de campanha, comprida, com tripé; ajustava o olho e assim passava as horas no terraço da vila, regulando continuamente as lentes para manter em foco o jovem em meio às folhagens, mesmo quando teríamos jurado que estava fora de alcance.

"Dá para vê-lo ainda?", perguntava papai do jardim, indo para a frente e para trás sob as árvores, e não conseguia distinguir Cosme, a não ser quando passava em cima da cabeça dele. A generala fazia sinais afirmativos e ao mesmo tempo para ficarmos calados, que não a perturbássemos, como se acompanhasse movimentos de tropa numa determinada altura. Era evidente que não o via de jeito nenhum, mas se convencera, quem sabe por quê, de que deveria reaparecer naquele ponto e em nenhum outro, e mantinha a luneta apontada. De vez em quando devia admitir para si própria que havia se enganado, e então tirava o olho da lente e começava a examinar um mapa cadastral que conservava aberto sobre os joelhos, com uma das mãos na boca em atitude pensativa e a outra que acompanhava os hieroglifos do mapa, até definir o ponto que o filho deveria ter atingido, e, calculada a angulação, apontava a luneta para qualquer topo de árvore naquele mar de folhas, punha lentamente em foco as lentes, e quando lhe aparecia nos lábios um trêmulo sorriso compreendíamos que o vira, que ele estava realmente ali!

Então, pegava certas bandeirinhas coloridas que tinha ao lado do banquinho e sacudia uma depois da outra com movimentos decididos, ritmados, como mensagens de uma linguagem convencional. (Senti um certo despeito, pois não sabia que mamãe possuía aquelas bandeirinhas e soubesse manejá-las, e certamente teria sido bom que nos tivesse ensinado a brincar de bandeirinhas com ela, sobretudo antes, quando éramos menores os dois; mas mamãe nunca fazia as coisas de brincadeira, e agora era tarde.)

Devo dizer que, apesar de todo o seu equipamento de batalha, continuava a ser mãe do mesmo modo, com o coração aflito e o lenço amassado na mão, porém poder-se-ia dizer que fazer o papel de generala a descansasse, ou que viver essa apreensão nos trajes de generala em vez dos de uma simples mãe a impedisse de desmoronar, justamente por ser uma mulher delicada, que como única defesa tinha aquele estilo militar herdado dos Von Kurtewitz.

Estava ali agitando uma das suas bandeirinhas, observando com a luneta, e eis que se lhe ilumina todo o rosto e ri. Entendemos que Cosme lhe respondera. Como, não sei, talvez sacudindo o chapéu ou podando um ramo. O certo é que a partir daí mamãe mudou, não ficou mais apreensiva como antes e mesmo que seu destino de mãe fosse tão diferente do de qualquer outra, com um filho tão estranho e perdido para a vida afetuosa normal, acabou sendo a primeira a aceitar a excentricidade de Cosme, como se estivesse gratificada por aquelas saudações que desde então, de vez em quando e de forma imprevisível, lhe mandava, por meio daquelas silenciosas mensagens que trocavam.

O curioso foi que mamãe não teve ilusões de que Cosme, havendo lhe enviado uma saudação, se dispusesse a pôr fim à sua fuga e voltasse ao nosso convívio. Pelo contrário, papai vivia perpetuamente nesse estado de ânimo e toda novidade que dissesse respeito a Cosme, por menor que fosse, o fazia cismar: "Ah, sim? Vocês o viram? Voltará?". Mas mamãe, talvez a mais distante dele, parecia a única que conseguia aceitá-lo como era, exatamente porque não buscava uma explicação.

Mas voltemos àquele dia. Por trás de mamãe assomou por um momento Batista, que não aparecia nunca, e com expressão suave estendia um prato com alguma papa e levantava uma colherzinha: "Cosme... Quer?". Levou uma bofetada do pai e voltou para casa. Quem sabe que monstruosa gororoba havia preparado. Nosso irmão desaparecera.

Eu estava louco para segui-lo, sobretudo agora, sabendo que ele participava das ações daquele bando de pequenos mendigos e parecia ter me aberto as portas de um novo reino, a ser olhado não mais com medrosa desconfiança mas com solidário entusiasmo. Eu me movia entre o terraço e uma água-furtada alta de onde conseguia pairar sobre as copas das árvores e de lá, mais com o ouvido do que com a vista, acompanhava as explosões de algazarra do bando pelos pomares, via agitarem-se as extremidades das cerejeiras, de vez em quando aflorar certa mão que testava e arrancava, uma cabeça despenteada ou encapuzada com um saco, e entre as vozes distinguia também a de Cosme e me perguntava: Mas como é que ele consegue ficar lá em cima? Agora mesmo estava aqui no parque! Move-se mais rápido que um esquilo?

Estavam sobre as rubras ameixeiras acima do Reservatório Grande, lembro, quando se ouviu o berrante. Também eu o escutei, mas, não sabendo do que se tratava, não liguei. Eles, não! Meu irmão contou que ficaram mudos, e perante a surpresa de tornar a ouvir o chifre parecia que não se recordavam que era um sinal de alarme, mas se perguntavam apenas se haviam escutado bem, se era de novo Sinforosa que circulava pelas estradas no cavalo anão para avisá-los do perigo. Num piscar de olhos sumiram do pomar, mas não fugiam por fugir, escapavam para procurá-la, para alcançá-la.

Somente Cosme ficou ali, o rosto vermelho como uma chama. Mal viu correr os moleques e entendeu que iam ao encontro dela, começou a dar saltos pelos ramos arriscando o pescoço a cada passo.

Viola estava na curva de uma ladeira, parada, uma das mãos com as rédeas pousadas na crina do cavalinho, a outra que brandia o chicote. Olhava a garotada de cima a baixo e levava a ponta do chicote à boca, dando pequenas mordidas. O vestido era azul, o chifre era dourado, preso ao pescoço por uma corrente. Os garotos tinham parado todos juntos e também eles mordiscavam, ameixas ou dedos, ou cicatrizes que tinham nas mãos ou nos braços, ou pontas dos sacos. E pouco a pouco, de suas bocas que mordiscavam, quase constrangidos a vencer um mal-estar e não movidos por um verdadeiro sentimento, quem sabe desejosos de ser contrariados, começaram a emitir frases quase sem voz, que soavam em cadência como se procurassem cantar:

— O que você... veio fazer... Sinforosa... agora volta... não é mais... nossa companheira... ah, ah, ah... ah, tratante...

Um farfalhar nos ramos e eis: numa alta figueira aparece a cabeça de Cosme, entre folha e folha, ofegante. Ela, de baixo para alto, com aquele chicote na mão, olhava para ele e para o grupo, achatando todos num mesmo olhar. Cosme não resistiu; ainda com a língua de fora, desabafou:

— Sabe que ainda não desci das árvores desde aquele dia?

As tarefas que se baseiam numa tenacidade interior devem permanecer mudas e obscuras; por pouco que alguém as anuncie ou delas se vanglorie, tudo parece supérfluo, sem sentido ou até mesquinho. Assim, tão logo meu irmão pronunciou aquelas palavras, arrependeu-se de tê-las dito, e não lhe importava mais nada, e teve até vontade de descer e acabar com aquilo. Ainda mais quando Viola afastou lentamente o chicote da boca e disse, em tom gentil:

— É mesmo?... Que tonto!

Das bocas daqueles piolhentos saiu uma risada em forma de mugido, antes mesmo que se abrissem e explodissem em berros animalescos, e Cosme lá na figueira teve um tal sobressalto de raiva que o pé de figo, sendo de madeira traiçoeira, não aguentou, um galho quebrou sob os pés dele. Cosme caiu como uma pedra.

Tombou de braços abertos, não se sustentou. Foi aquela a única vez, para dizer a verdade, durante a sua permanência nas árvores, que não teve força e instinto para manter-se agarrado.

Acontece que uma aba do fraque enrolou-se num ramo baixo: a poucos palmos do chão, Cosme encontrou-se pendurado no ar com a cabeça para baixo.

O sangue na cabeça lhe parecia pressionado pela mesma força do vermelho da vergonha. E seu primeiro pensamento ao abrir os olhos ao contrário e vendo de ponta-cabeça os moleques que urravam, agora atingidos por uma febre geral de cambalhotas em que reapareciam um por um na posição normal como se estivessem pendurados numa terra à beira do abismo, e a menina loura esvoaçante no cavalinho empinado, só pensou que aquela fora a primeira e última vez em que havia falado de sua permanência em cima das árvores.

Com um salto dos seus agarrou-se ao galho e voltou a se empoleirar. Viola, mantendo o cavalo outra vez sob controle, agora parecia não ter notado nada do que acontecera. Cosme esqueceu por um momento seu desconcerto. A menina levou o berrante aos lábios e emitiu a densa nota de alarme. Com aquele som os moleques (a quem — comentou mais tarde Cosme — a presença de Viola provocava uma estranha excitação como de lebres à luz do luar) saíram em disparada. Deixaram-se levar assim, como por instinto; mesmo sabendo que ela estava brincando, eles aceitaram o jogo, e corriam ladeira abaixo imitando o som do chifre, atrás dela, que galopava no cavalinho de pernas curtas.

E desciam correndo às cegas, de modo que às vezes perdiam-na de vista. Afastara-se, saíra da estrada, deixando-os espalhados. Por onde seguir? Galopava morro abaixo pelos olivais que desciam rumo ao vale num suave degradar de prados e procurava a oliveira na qual naquele momento se agitava Cosme, dava um galope ao redor, e tornava a fugir. Depois reaparecia no pé de outra oliveira, enquanto entre as copas se agarrava meu irmão. E assim, seguindo linhas tortas como os ramos das oliveiras, desciam juntos para o vale.

Os pequenos ladrões, quando se deram conta, e perceberam o namorico daqueles dois do galho à sela, começaram a assobiar todos juntos, um silvar maligno de troça. E, aumentando o volume do assobio, afastavam-se em direção à Porta das Alcaparras.

A menina e meu irmão ficaram sozinhos perseguindo-se no olival, mas com pesar Cosme notou que, sumindo o bando, a alegria de Viola com aquele jogo tendia a diminuir, como se já estivesse para ceder ao tédio. E lhe veio a suspeita de que ela fizesse tudo só para provocá-los, mas ao mesmo tempo também a esperança de que agora fizesse de propósito para enfurecê-lo: o que é certo é que precisava sempre provocar alguém para fazer-se mais preciosa. (Todos estes sentimentos foram entendidos por Cosme mais tarde: na realidade, trepava por aquelas ásperas cascas sem perceber nada, como um tonto, imagino.)

Ao contornar um morro, eis que se levanta uma pequena mas violenta rajada de bolotas. A menina protege a cabeça atrás do pescoço do cavalinho e foge; meu irmão, num cotovelo de galho bem à vista, permanece sob a mira. Mas os seixos chegam lá demasiado oblíquos para fazer mal, excetuando-se alguns na testa ou nas orelhas. Assobiam e riem, aqueles endiabrados, gritam: "Sin-fo-ro-sa é hor-ro-ro-sa...", e fogem.

Agora os moleques atingiram a Porta das Alcaparras, coberta de cascatas verdes de alcaparras ao longo dos muros. Dos casebres em torno vem uma gritaria de mães. Mas esses são meninos cujas mães, à noite, não gritam para fazê-los retornar a casa, e sim por terem voltado, porque vêm comer em casa em vez de ir procurar comida em outros cantos. Ao redor da Porta das Alcaparras, em casinhas e barracas com estacas, carroções cambaleantes, tendas, amontoava-se a gente mais pobre de Penúmbria, tão pobre que era mantida fora das portas da cidade e afastada dos campos, gente expulsa em bandos de terras e aldeias distantes, oprimida pela carestia e pela miséria que se expandia em todos os lugares. Era hora do pôr do sol, e mulheres despenteadas com crianças no colo abanavam pequenos fornos fumacentos, e mendigos espalhavam-se exibindo as feridas, outros jogando dados com berros ensurdecedores. Os companheiros do bando da fruta agora se misturavam àquela fumaça de fritura e àquelas brigas, levavam tabefes das mães, lutavam entre si rolando pela poeira. E seus trapos já tinham assumido a cor de todos os outros trapos, e sua alegria de pássaros misturada naquele amontoado humano se desfazia numa densa insipidez. Tanto que, ante a aparição da menina loura a galope e de Cosme nas árvores em torno, só ergueram os olhos intimidados, retiraram-se, trataram de perder-se entre a poeira e a fumaça dos fogareiros, como se entre eles de repente se tivesse erguido uma muralha.

Tudo isso para os dois foi um momento, um piscar de olhos. Agora Viola deixara para trás a fumaça das barracas que se misturava com as sombras da noite e os gritos de mulheres e crianças, e corria entre os pinheiros da praia.
Lá estava o mar. Ouvia-se rolar nas pedras. Tudo escuro. Um escorregar mais metálico: era o cavalinho que corria lançando faíscas contra as pedrinhas. De um baixo pinheiro retorcido, meu irmão observava a sombra clara da menina loura atravessar a praia. Uma onda recém-formada elevou-se do mar negro, ergueu-se dobrando-se sobre si mesma, caminhava para a frente toda branca, rompia-se, e a sombra do cavalo com a menina a tocara em grande velocidade e, no pinheiro, um espirro branco de água salgada molhou o rosto de Cosme.

6

AQUELAS PRIMEIRAS JORNADAS DE COSME nas árvores não tinham objetivos ou programas, mas eram dominadas apenas pelo desejo de conhecer e apropriar-se do seu reino. Gostaria de tê-lo explorado logo até as fronteiras, estudar todas as possibilidades que ele lhe oferecia, descobri-lo planta por planta e ramo por ramo. Explico: ele gostaria, mas de fato nós o víamos passar continuamente sobre nossas cabeças, com aquela expressão atarefada e apressadíssima dos animais selvagens, que talvez observemos neles mesmo quando agachados, mas sempre como se estivessem prestes a dar um bote.

Por que voltava ao nosso parque? Ao vê-lo pular de um plátano a uma azinheira no raio da luneta de mamãe, éramos tentados a dizer que a força que o movia, a sua paixão dominante era sempre aquela polêmica conosco, provocar-nos pena ou raiva. (Digo nós porque ainda não conseguira descobrir o que ele pensava de mim: quando precisava de algo parecia que a aliança comigo não podia ser posta em dúvida; outras vezes, passava por cima de mim como se não me visse.)

Ao contrário, aqui estava só de passagem. Era o muro da magnólia que o atraía, era lá que o víamos desaparecer sempre, mesmo quando a menina não se levantara ou quando o enxame de governantas e tias a obrigava a recolher-se. No jardim dos Rodamargem, os galhos se lançavam como trombas de extraordinários animais, e no chão abriam-se estrelas de folhas rendilhadas pela verde pele dos répteis, e ondeavam bambus amarelos e leves com barulho de papel. Da árvore mais alta, Cosme, ansioso por aproveitar ao máximo aquele verde diferente e a luz especial que nele transparecia e o silêncio particular, lançava-se com a cabeça para baixo, e o jardim de ponta-cabeça se tornava floresta, uma floresta fora da terra, um mundo novo.

Então surgia Viola. Cosme a descobria de repente já no balanço que tomava impulso, ou então na sela do cavalo anão, ou escutava, vindo do fundo do jardim, o crescendo do berrante.

Os marqueses de Rodamargem jamais se preocuparam com as aventuras da menina. Enquanto andava a pé, tinha todas as tias atrás dela; assim que montava, ficava livre como o ar, pois as tias não andavam a cavalo e não podiam ver para onde ia. E também a intimidade dela com aqueles vagabundos era uma ideia demasiado inconcebível para passar-lhes pela cabeça. Porém, logo se deram conta daquele baronete que se pendurava nos galhos, e estavam alertas, embora com ares de superior desdém.

Ao contrário, papai juntava a amargura pela desobediência de Cosme com sua aversão pelos Rodamargem, como se quisesse culpá-los, atribuindo-lhes responsabilidades pelas incursões no jardim, imaginando que o encobrissem e o encorajassem naquele jogo rebelde. De repente, tomou a decisão de fazer uma excursão para capturar Cosme, não em nossos domínios, mas justamente quando estivesse no jardim dos Rodamargem. Como se pretendesse sublinhar tal intenção agressiva em relação aos vizinhos, não quis ser ele a conduzir a batida, a apresentar-se em pessoa aos Rodamargem pedindo que lhe restituíssem o filho — o que, por mais injustificável que fosse, estaria num nível digno, entre nobres senhores —, mas enviou um grupo de empregados sob as ordens do cavaleiro advogado Eneias Sílvio Carrega.

Chegaram os servidores armados de escadas e cordas aos portões dos Rodamargem. O cavaleiro advogado, vestindo chimarra e fez, gaguejou se lhe permitiam entrar e muitas desculpas. Num primeiro momento, os empregados dos Rodamargem pensaram que tivessem ido podar algumas plantas do nosso lado que entravam no deles; depois, ao ouvir as meias palavras ditas pelo cavaleiro: "Laçam... Laçam...", olhando entre os ramos com o nariz para cima e dando corridinhas desajeitadas, perguntaram:

— Mas o que deixaram fugir: um papagaio?

— O filho, o primogênito, o rebento — disse o cavaleiro advogado às pressas e, depois de apoiar uma escada num castanheiro-da-índia, começou a subir ele próprio.

Entre os galhos via-se Cosme, que balançava as pernas como se não fosse com ele. Viola, também como se não tivesse nada a ver com aquilo, caminhava pelos canteiros brincando com um aro de metal. Os empregados estendiam ao cavaleiro advogado cordas que não dava para imaginar como prenderiam meu irmão. Mas Cosme, antes que o cavaleiro chegasse ao meio da escada, já estava em cima de outra planta. O cavaleiro deslocou a escada, o que repetiu quatro ou cinco vezes, e em cada movimento estragava um canteiro, enquanto Cosme com dois pulos passava para a árvore vizinha. Viola viu-se de repente cercada por tias e suas ajudantes, levada para dentro a fim de não presenciar aquele alvoroço. Cosme quebrou um galho e, brandindo-o com as duas mãos, deu uma bordoada sibilante no vazio.

— Caros senhores, não poderiam dirigir-se ao vosso espaçoso parque para continuar esta caçada? — disse o marquês de Rodamargem aparecendo solenemente na escadaria da vila, de roupão e barrete, o que o tornava estranhamente parecido com o cavaleiro advogado. — Falo convosco, toda a família Chuvasco de Rondó! — e fez um amplo gesto circular que abrangia o baronete na árvore, o tio natural, os servidores e, além do muro, tudo o que era nosso debaixo do sol.

Nessa altura, Eneias Sílvio Carrega mudou de tom. Trotou para o lado do marquês e, como se não fosse com ele, gaguejando, começou a falar-lhe dos jogos d'água do tanque situado diante deles e de como lhe viera a ideia de um esguicho bem mais alto e de efeito, que também poderia servir, trocando-se uma roseta, para aguar os prados. Essa era uma nova prova de quão imprevisível e não confiável era a índole do nosso tio natural: fora mandado ali pelo barão com uma tarefa precisa e com uma intenção de firme polêmica com os vizinhos; que sentido havia em conversar amigavelmente com o marquês, como se quisesse agradecer-lhe? Ainda mais que tais qualidades de conversador o cavaleiro advogado só as demonstrava quando lhe era conveniente e justamente quando se confiava em seu caráter teimoso. E o melhor foi que o marquês lhe deu corda, fez-lhe perguntas e o levou junto para examinar todos os tanques e repuxos, vestidos iguais, ambos com aqueles longos casacões, imensos, quase da mesma altura, o que daria para confundi-los, e atrás o regimento de criados nossos e deles, alguns com escadas nas costas, que não sabiam mais o que fazer.

Enquanto isso, Cosme saltava impassível pelas árvores vizinhas às janelas da vila, tentando descobrir atrás das cortinas o quarto onde haviam encerrado Viola. Finalmente descobriu-a e lançou uma bolota contra os cortinados.

Abriu-se a janela, surgiu o rosto da menina loura, que disse:
— Por sua culpa estou trancada aqui — fechou de novo, puxou a cortina.

Cosme ficou desesperado.

Quando meu irmão tinha ataques, havia razão para preocupar-se. Nós o víamos correr (se é que a palavra *correr* tem sentido fora da superfície terrestre e referida a um mundo de sustentáculos irregulares em diversas alturas, tendo o vazio no meio) e parecia que de um momento para o outro lhe faltaria pé e ele cairia, coisa que jamais aconteceu. Saltava, movia passos rapidíssimos sobre um galho oblíquo, pendurava-se e erguia-se de repente num ramo superior, e em quatro ou cinco desses precários zigue-zagues já desaparecera.

Onde andava? Daquela vez correu a bom correr, das azinheiras às oliveiras e às faias, e chegou ao bosque. Parou sem fôlego. Debaixo dele estendia-se um prado. O vento baixo movia uma onda, pelos tufos densos de capim, numa constante alteração de nuances de verde. Esvoaçavam impalpáveis penugens das esferas daquelas flores chamadas dentes-de-leão. No meio erguia-se um pinheiro isolado, inalcançável, com pinhas oblongas. Os pica-paus cinzentos, pássaros rapidíssimos, pousavam nas copas cheias de agulhas, em ponta, em posições enviesadas, alguns revirados com as caudas para cima e o bico para baixo, bicando lagartas e pinhas.

Aquela necessidade de entrar num elemento difícil de ser possuído, que pressionara meu irmão a tornar seus os caminhos das árvores, agora ruminava dentro dele, insatisfeita, e lhe comunicava a ânsia de uma penetração menor, de uma relação que o unisse a todas as folhas e lascas e penas e voos. Tratava-se daquele amor que tem o homem caçador pelo que é vivo e não sabe exprimir a não ser apontando-lhe o fuzil; Cosme ainda não sabia reconhecê-lo e tratava de desabafá-lo insistindo na sua exploração.

O bosque era denso, impraticável. Cosme precisava abrir caminho a golpes de espadim, e pouco a pouco esquecia todas as obsessões, inteiramente preso pelos problemas que devia enfrentar e por um medo (que não queria reconhecer mas existia) de estar afastando-se muito dos locais familiares. Assim, abrindo espaço no intrincado, chegou a um ponto em que viu dois olhos que o fixavam, amarelos, entre as folhas, bem na sua frente. Cosme ergueu o espadim, afastou um ramo, deixou-o voltar de mansinho ao seu lugar. Respirou aliviado, riu do temor que sentira; tinha visto de quem eram aqueles olhos amarelos, eram de um gato.

A imagem do gato, entrevista ao deslocar o ramo, permanecia nítida em sua mente, e após um momento Cosme estava de novo tremendo de medo. Porque aquele gato, em tudo igual a um gato, era um gato terrível, espantoso, de fazer medo só em vê-lo. Não dá para dizer o que tivesse de tão espantoso: era uma espécie de gato-do-mato, maior que todos os gatos-do-mato, mas isso não queria dizer nada, era terrível nos bigodes agudos como dardos de porco-espinho, no bafo que se sentia quase mais com a vista do que com o ouvido sair de uma dupla fila de dentes afiados como ganchos; nas orelhas que eram algo mais do que aguçadas, eram duas chamas de tensão, guarnecidas por uma penugem falsamente tênue; no pelo, todo eriçado, que exibia em volta do pescoço retraído um colar claro, e dali dividiam-se as estrias que fremiam nos flancos como acariciando-se; na cauda firme, numa pose tão artificial que parecia insustentável; a tudo isso que Cosme vira num segundo atrás do ramo logo abandonado para voltar ao próprio lugar acrescentava-se aquilo que não tivera tempo de ver mas imaginava: o tufo exagerado de pelo que em volta das patas ocultava a força lancinante das garras, prontas a jogar-se contra ele; e o que via ainda: íris amarelas que o fixavam entre as folhas rodando em torno da pupila negra; e o que sentia: o rosnar sempre mais pesado e intenso; tudo isso o fez entender que se encontrava diante do mais feroz gato selvagem do bosque.

Silenciavam todos os chilreios e voos. Saltou, o gato-do-mato, mas não contra o rapaz, um salto quase vertical que mais surpreendeu do que assustou Cosme. O susto veio depois, ao ver o felino num ramo exatamente em cima de sua cabeça. Estava lá, encolhido, via sua barriga com o longo pelo quase branco, as patas tesas com as garras na madeira, enquanto arqueava o dorso e fazia fff... e certamente se preparava para lançar-se sobre ele. Cosme, com um movimento perfeito que não foi sequer pensado, passou para um galho mais baixo. Fff... fff... fez o gato selvagem, e a cada fff... dava um pulo, para lá e para cá, e terminou no ramo sobre Cosme. Meu irmão repetiu a manobra, mas acabou montado no ramo mais baixo daquela faia. Embaixo, havia uma certa distância para alcançar o chão, mas não tanto que não fosse preferível saltar em vez de esperar o que ia fazer o animal, assim que terminasse de emitir aquele dilacerante som entre o sopro e o grunhido.

Cosme ergueu uma perna, como se fosse para pular, mas como nele se combatiam dois impulsos — o natural de colocar-se a salvo e o da obstinação de não descer, ainda que com o risco da vida — apertou ao mesmo tempo a coxa e os joelhos no galho; pareceu ao gato que aquele era o momento de lançar-se, enquanto o jovem estava ali oscilante; voou em cima dele numa confusão de pelos, garras eretas e bafo; Cosme não soube fazer nada melhor que fechar os olhos e avançar o espadim, um movimento idiota que o gato evitou e caiu-lhe na cabeça, seguro de arrastá-lo para o chão debaixo das garras. Uma unhada atingiu Cosme na bochecha, mas em vez de cair, colado aos galhos como estava com os joelhos, alongou-se deitando sobre o galho. Exatamente o contrário do que esperava o gato, o qual se viu projetado de lado, caindo ele. Tentou segurar-se, enfiar as garras no tronco, e naquele salto girou sobre si mesmo no ar; um segundo, o quanto bastou a Cosme, num imprevisto impulso de vitória, para dar-lhe uma estocada profunda na barriga e enfiá-lo no espadim.

Estava salvo, imundo de sangue, com a fera metida no espadim como num espeto e um lado do rosto arranhado dos olhos até o queixo por uma tríplice unhada. Urrava de dor e júbilo e não entendia nada, mantendo-se unido ao ramo, à espada, ao cadáver do gato, no momento desesperado de quem venceu a primeira vez e agora sabe que desgraça é vencer, e sabe que doravante será obrigado a continuar no caminho que escolheu e não lhe será dada a salvação de quem falha.

Assim o vi chegar pelas plantas, todo ensanguentado até o cinturão, o chinó desfeito sob o tricórnio deformado, e trazia pelo rabo aquele gato selvagem morto que agora parecia um gato e nada mais.

Corri até a generala no terraço.

— Senhora mãe — gritei —, está ferido!

— *Was?* Ferido como? — E já apontava a luneta.

— Tão ferido que parece de fato um ferido! — disse eu.

E a generala pareceu julgar pertinente minha definição, porque, seguindo-o com a luneta enquanto saltava mais ágil que nunca, disse:

— *Das stimmt.*

Imediatamente ocupou-se em preparar gaze, esparadrapo e bálsamos como se tivesse de equipar a ambulância de um batalhão, e me deu tudo, para que entregasse a ele, sem que nem ao menos lhe despertasse a esperança de que ele, devendo medicar-se, decidisse voltar para casa. Com o pacote de curativos, corri para o parque e me coloquei à espera na última amoreira vizinha ao muro dos Rodamargem, pois ele já desaparecera magnólia abaixo.

No jardim dos Rodamargem ele surgiu triunfante com a fera morta nas mãos. E o que viu no largo em frente à vila? Uma carruagem pronta para partir, com os empregados que carregavam as bagagens na imperial e, em meio a um enxame de governantas e tias zangadas e severíssimas, Viola vestida para viagem abraçando o marquês e a marquesa.

— Viola! — gritou e ergueu o gato pela cauda. — Aonde é que você vai?

Todo mundo em volta da carruagem ergueu o olhar para os ramos, e ao vê-lo rasgado, ensanguentado, com cara de louco, a fera morta nas mãos, sentiram um calafrio.

— *De nouveau ici! Et arrangé de quelle façon!* — E como tomadas de fúria todas as tias empurravam a menina para a carruagem.

Viola virou-se de nariz empinado e com ar de despeito, um despeito aborrecido e provocante contra os parentes mas que também poderia ser contra Cosme, escandiu a frase (certamente em resposta à pergunta dele):

— Mandam-me para o colégio interno! — E virou-se para subir na carruagem. Não se dignara a dirigir-lhe um olhar, nem a ele nem à sua caça.

A portinhola já estava fechada, o cocheiro no assento, e Cosme, que não podia admitir aquela partida, tratou de atrair a atenção dela, demonstrar que lhe dedicava aquela vitória cruel, mas não soube explicar-se a não ser gritando-lhe:

— Derrotei um gato!

O chicote estalou, a carruagem partiu entre o sacudir de lenços das tias, e da portinhola ouviu-se um "Viva, bravo!" de Viola, que tanto podia ser de entusiasmo como de provocação.

Essa foi a despedida deles. E em Cosme, a tensão, a dor dos arranhões, a desilusão de não obter glória em sua empreitada, o desespero por aquela separação imprevista, tudo se engasgou e prorrompeu num pranto feroz, cheio de berros e ramos arrancados.

— *Hors d'ici! Hors d'ici! Polisson sauvage! Hors de notre jardin!* — berravam as tias, e todos os empregados dos Rodamargem acorriam com longos bastões ou atirando pedras para expulsá-lo.

Cosme jogou o gato morto na cara do que estava mais próximo, soluçando e gritando. Os servos pegaram o bicho pela cauda e o jogaram numa estrumeira.

Quando soube que nossa vizinha havia partido, por algum tempo esperei que Cosme descesse. Não sei por quê, relacionava com ela, ou também com ela, a decisão de meu irmão de ficar nas árvores.

Contudo, nem se tocou no assunto. Subi para levar-lhe bandagens e esparadrapo, e ele tratou sozinho dos arranhões do rosto e dos braços. Depois pediu uma linha de pesca com um anzol. Utilizou-os para recuperar, do alto de uma oliveira que pairava sobre o monturo dos Rodamargem, o gato morto. Arrancou-lhe o couro, ajeitou a pele da melhor maneira e fez um gorro. Foi o primeiro gorro de pele que o vimos usar.

7

A ÚLTIMA TENTATIVA DE CAPTURAR COSME foi feita por Batista. Iniciativa sua, naturalmente, executada em segredo, sem consultar ninguém, como ela costumava fazer as coisas. Saiu de madrugada, com uma vasilha de visgo e uma escada portátil, e lambuzou uma alfarrobeira de cima a baixo. Era uma árvore em que Cosme costumava ficar todas as manhãs.

De manhã, na alfarrobeira encontraram-se grudados pintassilgos que batiam as asas, cambaxirras completamente empapadas de visgo, mariposas, folhas trazidas pelo vento e também uma aba arrancada da casaca de Cosme. Quem sabe se ele se sentara num galho e depois conseguira libertar-se ou se, ao contrário — mais provavelmente, uma vez que havia alguns dias não o víamos usando aquela roupa —, colara o pedaço de propósito para provocar-nos. De qualquer modo, a árvore ficou asquerosamente melada de visgo e depois secou.

Começamos a convencer-nos de que Cosme não voltaria, inclusive papai. Desde que meu irmão pulava nas árvores de todo o território de Penúmbria, o barão já não se atrevia a passear, pois temia que a dignidade ducal fosse comprometida. Ficava cada dia mais pálido e com o rosto escavado, e não sei até que ponto se tratava de ânsia paterna ou de preocupação pelas consequências dinásticas: mas as duas coisas já constituíam uma só, pois Cosme era seu primogênito, herdeiro do título, e assim, se é difícil tolerar um barão que salta de galho em galho feito um francolim, menos ainda se pode admitir que o faça um duque, embora sendo uma criança, e o título controvertido certamente não encontraria naquela conduta do herdeiro um argumento favorável.

Preocupações inúteis, é claro, pois os habitantes de Penúmbria riam das pretensões de papai; e os nobres que possuíam vilas nos arredores o consideravam doido. Entre a nobreza já era costume morar em vilas, em lugares amenos, deixando os castelos dos feudos, e isso contribuía para que se tendesse a viver como cidadãos e evitar aborrecimentos. Quem ainda se preocuparia com o antigo ducado de Penúmbria? O belo de Penúmbria é que era casa de todos e de ninguém: em relação a certos direitos, dependente dos marqueses de Rodamargem, senhores de quase todas as terras, mas cidade autônoma havia algum tempo, tributária da República de Gênova; podíamos ficar tranquilos, com as terras que tínhamos herdado e outras que havíamos comprado a preço vil da prefeitura num momento em que estava cheia de dívidas. O que se poderia exigir mais? Havia uma pequena sociedade aristocrática, nas imediações, com vilas, parques e pomares até o mar; todos viviam alegremente entre visitas e caçadas, a vida custava pouco, gozavam-se certas vantagens de quem está na corte sem as chateações, os compromissos e as despesas de quem tem uma família real da qual cuidar, uma capital, uma política. Ao contrário, papai não apreciava essas coisas, sentia-se um soberano despojado de poder e acabara rompendo todas as relações com os nobres da região (mamãe, estrangeira, jamais tivera tais relações); o que também tinha suas vantagens, pois não frequentando ninguém evitávamos muitas despesas e disfarçávamos a penúria de nossas finanças.

Com a população de Penúmbria não dá para dizer que tivéssemos as melhores relações; vocês sabem como são os penúmbrios, gente um tanto rústica, que cuida dos seus negócios; naqueles tempos começavam a vender bem os limões, com o hábito das limonadas com açúcar que se difundia nas classes ricas: e haviam plantado limoeiros por toda a parte e recuperado o porto destruído pelas incursões de piratas de outros tempos. Estando no meio da República de Gênova, possessão do rei da Sardenha, Reino da França e territórios episcopais, traficavam com todos e se lixavam para todos, com exceção daqueles tributos que deviam a Gênova e que faziam suar nos períodos de pagamento, motivo de tumultos anuais contra os cobradores da República.

O barão de Rondó, quando explodiam os tumultos por causa das taxas, achava sempre que estavam a ponto de vir oferecer-lhe a coroa ducal. Então se apresentava em praça pública, oferecendo-se como protetor dos penúmbrios, mas todas as vezes logo fugia sob uma saraivada de limões podres. Aí, dizia que fora montada uma conspiração contra ele: pelos jesuítas, como de hábito. Porque enfiara na cabeça que entre os jesuítas e ele existia uma guerra mortal, e a companhia não pensava em outra coisa a não ser tramar contra seus interesses. De fato, tinham ocorrido alguns choques, por causa de um pomar cuja propriedade era disputada pela nossa família e a Companhia de Jesus; disso resultara um litígio, e o barão, estando naquela altura em boas relações com o bispo, conseguira fazer com que afastassem o padre provincial da diocese. Desde então papai estava convencido de que a companhia mandava agentes para atentar contra a vida dele e seus direitos; e por outro lado tentava organizar uma milícia de fiéis que libertassem o bispo, prisioneiro dos jesuítas em sua opinião; e dava asilo e proteção a todos os que se declarassem perseguidos pelos jesuítas, por isso escolhera como nosso pai espiritual aquele meio-jansenista com a cabeça nas nuvens.

Papai só confiava numa pessoa, o cavaleiro advogado. O barão tinha um fraco por aquele irmão natural, como por um filho único e desgraçado; e agora não sei dizer se nos dávamos conta disso, mas certamente devia existir, na maneira de considerar o Carrega, um pouco de ciúme, pois papai gostava mais daquele irmão cinquentão do que de nós, rapazes. De resto, não éramos os únicos a olhá-lo atravessado: a generala e Batista fingiam respeitá-lo, mas não o aturavam; ele, sob aquela aparência submissa, lixava-se para tudo e para todos, e talvez nos odiasse, inclusive ao barão, a quem tanto devia. O cavaleiro advogado falava pouco, às vezes parecia surdo-mudo ou que não entendia a língua: quem sabe como conseguia trabalhar como advogado, antes, e se já então era tão estranho, anteriormente à chegada dos turcos. Talvez até tivesse sido uma pessoa inteligente, já que aprendera com os turcos todos aqueles cálculos de hidráulica, a única coisa à qual conseguia se dedicar hoje e sobre o que papai fazia elogios exagerados. Jamais conheci bem seu passado, nem quem fora sua mãe, nem quais tivessem sido, na juventude, as relações dele com vovô (é claro que também devia apreciá-lo, para permitir que estudasse direito e fazer com que lhe atribuíssem o título de cavaleiro), e tampouco sabia como acabara na Turquia. Nem ao menos sabíamos bem se estivera exatamente na Suíça ou em algum país meio bárbaro, Tunísia, Argélia, enfim, em terras maometanas, e se comentava ter aderido ao islamismo também ele. Tantas coisas contavam: que ocupara cargos importantes, grande dignitário do sultão, engenheiro hidráulico do Divã ou algo semelhante, e após um complô palaciano ou uma ciumada de mulheres ou uma dívida de jogo o teria feito cair em desgraça e ser vendido como escravo. Sabe-se que foi encontrado a remar entre os escravos numa galera otomana aprisionada pelos venezianos, que o libertaram. Em Veneza, vivia em condições pouco melhores que as de um mendigo, até que não sei o que aprontou, uma briga (com quem poderia brigar um homem tão esquivo é difícil imaginar), e foi parar de novo na masmorra. Papai o resgatou, com os bons meios da República de Gênova, e ele voltou a conviver conosco, um homenzinho careca e de barba preta, todo assustado, meio mudo (eu era criança, mas a cena daquela noite ficou marcada), engolido por roupas que não eram dele. Papai o impôs a todos como uma pessoa competente, nomeou-o administrador, destinou-lhe um gabinete que se foi enchendo de papéis sempre em desordem. O cavaleiro advogado usava uma longa chimarra e um barrete em forma de fez, como era comum então entre nobres e burgueses, nos gabinetes de estudo; só que, para dizer a verdade, no gabinete ele quase não parava e começou-se a vê-lo andar vestido dessa maneira também fora, pelos campos. Acabou por aparecer também à mesa trajado à turca, e o mais estranho foi que papai, tão preocupado com as regras, demonstrou tolerá-lo.

Não obstante suas tarefas de administrador, o cavaleiro advogado não conversava quase nunca com feitores, arrendatários ou servos da gleba, dada sua índole tímida e a dificuldade de falar; e todas as questões práticas, dar ordens, supervisionar o pessoal, de fato, cabiam sempre a papai. Eneias Sílvio Carrega se ocupava da contabilidade, e não sei se nossos negócios iam tão mal pelo modo como ele cuidava das contas ou se as contas iam tão mal pelo modo como andavam nossos negócios. E ainda fazia cálculos e desenhos de instalações para irrigação, e enchia de linhas e cifras um grande quadro, com palavras em turco. De vez em quando, papai fechava-se com ele no gabinete durante horas (eram as mais longas permanências do cavaleiro advogado ali), e logo, através da porta fechada, ouvia-se a voz irritada do barão, em tons elevados de discussão, mas a voz do cavaleiro quase não se distinguia. Depois a porta se abria, o cavaleiro advogado saía com seus passinhos rápidos na fralda da chimarra, o fez empinado na cabeça, atravessava uma porta-janela, e tome parque e campos; "Eneias Sílvio! Eneias Sílvio!", gritava papai correndo atrás dele, mas o meio-irmão já estava entre os carreiros da vinha ou em meio aos limoeiros, e só se via o fez vermelho movendo-se obstinado entre as folhas. Papai o seguia, chamando-o; pouco depois, víamos retornar os dois, o barão sempre discutindo, alargando os braços, e o cavaleiro diminuído ao lado, encurvado, com os punhos cerrados nos bolsos da chimarra.

8

Naqueles dias, Cosme muitas vezes desafiava quem estava no chão, desafios de pontaria, de destreza, inclusive para testar suas possibilidades, até onde conseguia chegar estando lá em cima. Desafiou os moleques para o jogo de malha. Encontravam-se naqueles lugares próximos da Porta das Alcaparras, entre os barracões dos pobres e dos vagabundos. De uma azinheira meio seca e despojada, Cosme estava jogando malha, quando viu aproximar-se um homem a cavalo, alto, um tanto curvado, envolto num manto negro. Reconheceu seu pai. O bando se dispersou; das entradas das barracas as mulheres ficaram observando.

O barão Armínio cavalgou até debaixo da árvore. Pôr do sol avermelhando. Cosme estava nos galhos pelados. Encararam-se. Era a primeira vez, depois do almoço dos escargots, que se encontravam assim, frente a frente. Muitos dias tinham se passado, as coisas haviam mudado, um e outro sabiam que já não importavam mais nem os escargots nem a obediência dos filhos ou a autoridade paterna; que tantas coisas lógicas e sensatas que podiam ser ditas, todas seriam um despropósito; mesmo assim alguma coisa deviam dizer.

— Que belo espetáculo ofereceis! — começou o pai, amargamente. — É de fato digno de um gentil-homem! (Tratara-o por vós, como fazia nas críticas mais graves, mas então aquele uso teve um sentido de distância, de afastamento.)

— Um gentil-homem, senhor pai, merece esta condição tanto na terra como em cima das árvores — respondeu Cosme. E logo acrescentou: — Se se comporta corretamente.

— Uma sentença justa — admitiu gravemente o barão —, contudo, agora mesmo, estáveis a roubar ameixas a um arrendatário.

Era verdade. Meu irmão fora apanhado em flagrante. O que deveria responder? Esboçou um sorriso, nem orgulhoso nem cínico: um sorriso de timidez, e enrubesceu.

Também o pai sorriu, um sorriso triste, e quem sabe por que enrubesceu junto com o filho.

— Agora, fazeis companhia aos piores bastardos e mendigos — acrescentou.

— Não, senhor pai, eu estou por minha conta e cada um por si — disse Cosme, decidido.

— Convido-vos a descer — disse o barão, com voz pacata, quase apagada — e a retomar os deveres de vossa condição.

— Não pretendo obedecer, senhor pai — afirmou Cosme —, e isso me dói.

Ambos estavam sem jeito, aborrecidos. Cada um sabia o que o outro diria.

— E vossos estudos? E as devoções de cristão? — interrogou o pai. — Pretendeis crescer como um selvagem das Américas?

Cosme calou-se. Eram pensamentos sobre os quais não refletira e não tinha vontade de fazê-lo. A seguir, acrescentou:

— Por estar alguns metros acima do chão, acredita que ficarei alheio aos bons ensinamentos?

Também esta era uma resposta hábil, mas constituía quase uma redução da amplitude do seu gesto: portanto, sinal de fraqueza.

O pai percebeu isso e se fez mais duro:

— A rebeldia não se mede em metros — disse. — Mesmo quando aparenta ter poucos palmos, uma viagem pode não ter retorno.

Nessa altura meu irmão poderia ter dado alguma nobre resposta, talvez uma citação latina, que agora não me vem à mente, mas então sabíamos muitas de cor. Ao contrário, já estava enjoado de ficar bancando o solene; pôs a língua para fora e gritou:

— Mas de cima das árvores mijo mais longe! — frase sem muito sentido, mas que encerrava a questão.

Como se tivessem ouvido aquela frase, elevou-se uma gritaria de moleques ao redor da Porta das Alcaparras. O cavalo do barão de Rondó agitou-se, o barão puxou as rédeas e envolveu-

-se no manto, como prestes a ir embora. Mas virou-se, pôs um braço para fora do manto e, indicando o céu que rapidamente se carregara de nuvens negras, exclamou:

— Cuidado, filho, há Quem possa mijar sobre todos nós!
— E arrancou.

A chuva, havia muito esperada nos campos, começou a cair em grossas e esparsas gotas. Por trás das barracas armou-se um corre-corre de moleques encapuzados com sacos que cantavam: *"Ciêuve! Ciêuve! L'aiga va pe êuve!"*. Cosme desapareceu pendurando-se nas folhas já gotejantes que despejavam água na cabeça de quem as tocasse.

Eu, logo que percebi a chuva, fiquei com pena dele. Imaginava-o ensopado, enquanto se espremia contra um tronco sem conseguir escapar do aguaceiro oblíquo. E já estava convencido de que não bastaria um temporal para fazê-lo voltar. Corri para junto de mamãe:

— Chove! Que fará Cosme, senhora mãe?

A generala afastou a cortina e olhou a água cair. Estava calma.

— O maior inconveniente das chuvas é o terreno lamacento. Estando lá em cima, fica protegido.

— As plantas serão suficientes para resguardá-lo?
— Recuará para seu acampamento.
— Qual, senhora mãe?
— Terá tratado disso com antecedência.
— Mas não acha que seria bom procurá-lo para dar-lhe um guarda-chuva?

Como se a palavra *guarda-chuva* de repente a tivesse arrancado de seu posto de observação campal e a lançasse em sua síndrome de mãe, a generala se apressou em dizer:

— *Ja, ganz gewiss!* E um frasco de xarope de maçã, bem quente, embrulhado em meia de lã! E um encerado, para estender na madeira, que não deixe passar umidade... Mas onde estará agora, pobrezinho... Tomara que você consiga encontrá-lo...

Saí na chuva carregado de pacotes, sob um enorme guarda-chuva verde, e um outro que mantinha fechado embaixo do braço para entregar a Cosme.

Repetia o nosso assobio, mas só me respondia o estalido sem fim da chuva nas plantas. Estava escuro; fora do jardim eu não sabia aonde ir, movia-me ao acaso pelas pedras escorregadias, prados amolecidos, poças, e assobiava. A fim de mandar o som para cima inclinava o guarda-chuva e a água me golpeava o rosto e me lavava o assobio dos lábios. Queria caminhar em direção a certas partes da propriedade repletas de árvores altas, onde imaginava que ele pudesse ter construído seu refúgio, porém me perdi naquele escuro, e continuava ali apertando entre os braços guarda-chuvas e pacotes, e apenas o frasco de xarope enrolado na meia de lã me dava um pouco de calor.

Eis que, no alto, vi um clarão no escuro das árvores que não podia ser nem de lua nem de estrelas. Tive a impressão de ouvir o assobio dele que respondia ao meu.

— Cooosme!
— Biááágio! — uma voz na chuva, bem lá em cima.
— Onde está você?
— Aqui...! Vou ao seu encontro, mas vem logo que estou me molhando!

Encontramo-nos. Ele, todo enrolado num cobertor, desceu até a forquilha mais baixa de um salgueiro para mostrar como se subia, através de uma complicada rede de ramificações, até a faia de tronco alto, de onde provinha aquela luz. Dei-lhe logo o guarda-chuva e alguns pacotes, e tentamos subir com os guarda-chuvas abertos, mas era impossível, e nos molhávamos do mesmo jeito. Finalmente cheguei aonde ele me guiava; não vi nada, exceto um clarão como entre os panos de uma tenda.

Cosme levantou um dos panos e me fez entrar. À luz de uma lanterna, encontrei-me numa espécie de quartinho, coberto por todos os lados de cortinas e tapetes, atravessado no tronco da faia, tendo galhos como eixo, tudo apoiado em grandes ramos.

Ao primeiro olhar, pareceu-me uma suíte real, mas logo me convenci de quanto era instável, pois estar ali dentro em dois talvez já lhe rompesse o equilíbrio, e Cosme teve de fazer consertos imediatamente. Coloquei do lado de fora até os dois guarda-chuvas que trazia, abertos, para tapar duas goteiras; mas a água escorria de outros pontos e já estávamos os dois molhados. Quanto à temperatura, era como estar do lado de fora. Porém, havia uma tal quantidade de cobertores amontoados que se podia sumir embaixo, deixando só a cabeça de fora. A lanterna emitia uma luz incerta, saltitante, e no teto e paredes daquela estranha construção os ramos e folhas projetavam sombras intrincadas. Cosme engolia xarope de maçã em grandes goles, fazendo: "Puah! Puah!"

— É uma linda casa — disse eu.

— Oh, ainda é provisória — apressou-se Cosme a responder. — Devo estudá-la melhor.

— Você a construiu sozinho?

— E com quem mais? É secreta.

— Posso vir aqui?

— Não, você revelaria o caminho a outras pessoas.

— Papai disse que não mandará mais ninguém atrás de você.

— De qualquer modo deve continuar secreta.

— Por causa daqueles meninos que roubam? Mas não são seus amigos?

— Às vezes sim e às vezes não.

— E a menina com o cavalinho?

— O que você tem com isso?

— Queria saber se é sua amiga, se brincam juntos.

— Às vezes sim e às vezes não.

— Por que às vezes não?

— Porque às vezes eu não quero ou ela não quer. — Cosme, com o rosto obscurecido, tentava ajeitar uma esteira acavalada num galho. — ...Se aparecesse, eu a deixaria subir — disse gravemente.

— Ela não quer?

Cosme deitou-se.

— Viajou.

— Diz pra mim — sussurrei —, estão namorando?

— Não — respondeu meu irmão e se fechou num longo silêncio.

No dia seguinte fazia bom tempo e foi decidido que Cosme recomeçaria as aulas com o abade Fauchelafleur. Ninguém disse como. Simplesmente e de forma meio brusca, o barão convidou o abade ("Em vez de ficar aqui olhando as moscas, *l'abbé...*") a ir procurar meu irmão onde estivesse e fazê-lo traduzir um pouco do seu Virgílio. Em seguida, receando ter metido o abade em apuros, tratou de facilitar-lhe a tarefa; disse para mim: "Vai dizer a seu irmão que esteja no jardim dentro de meia hora para a lição de latim". Falou isso com o tom mais natural que encontrou, o tom que gostaria de manter doravante: com Cosme pelas árvores tudo devia continuar como antes.

Assim, houve aula. Meu irmão montado num galho de olmo, pernas pendentes, e o abade embaixo, na grama, sentado num banquinho, repetindo hexâmetros em coro. Eu brincava por ali e os perdi de vista durante um tempo; quando voltei, também o abade estava em cima da árvore; com suas longas e esguias pernas nas meias negras tentava içar-se numa forquilha, e Cosme o ajudava, segurando-o por um cotovelo. Encontraram uma posição cômoda para o velho, e juntos enfrentaram uma passagem difícil, inclinados sobre o livro. Parece que meu irmão demonstrava grande empenho.

Depois não sei o que aconteceu, como o aluno fugiu, talvez porque o abade tenha se distraído lá em cima e ficado a olhar o vazio como de costume, o resultado é que acomodado entre os galhos só restou o velho padre negro, com o livro nos joelhos, e olhava uma borboleta branca voando e a acompanhava de boca aberta. Quando a borboleta desapareceu, o abade deu-se conta de estar lá em cima, e ficou com medo. Agarrou-se ao tronco, começou a gritar: *"Au secours! Au secours!"*, até que veio gente com uma escada e devagar ele se acalmou e desceu.

9

EM RESUMO, Cosme, com sua famosa fuga, vivia ao nosso lado quase como antes. Era um solitário que não fugia das pessoas. Poderíamos até dizer que só as pessoas lhe agradavam. Movia-se sobre os terrenos em que os camponeses capinavam, espalhavam estrume, colhiam nos prados, e cumprimentava de modo cortês. Eles erguiam a cabeça assustados e Cosme indicava logo onde se encontrava, pois lhe passara o hábito, tão repetido quando andávamos juntos pelas árvores *antes*, de imitar pássaros e brincar com as pessoas que passavam embaixo. Nos primeiros tempos, os camponeses, quando o viam superar grandes distâncias usando apenas os galhos, não entendiam nada, não sabiam se o cumprimentavam tirando o chapéu como se faz com os senhores ou se vociferavam contra ele como se fosse um moleque. Depois se acostumaram e conversavam com ele sobre os trabalhos, sobre o tempo, e demonstravam apreciar o seu jogo de ficar lá em cima, nem mais bonito nem mais feio do que tantos outros jogos que observavam entre os senhores.

Da árvore, ele permanecia por períodos de meia hora a olhar os trabalhos e fazia perguntas sobre engorda e semeaduras, coisa que jamais lhe ocorrera ao caminhar pelo chão, impedido por aquela desconfiança que não lhe permitia dirigir a palavra aos aldeões e aos servos. Às vezes, informava se o sulco que estavam cavando saía direito ou torto, ou se no campo do vizinho já estavam maduros os tomates; às vezes se oferecia para fazer pequenas tarefas como ir dizer à mulher de um ceifador que lhe desse uma pedra de amolar, ou avisar para que aguassem uma horta. E quando se locomovia com semelhantes encargos de confiança para os camponeses, se visse pousar num campo de trigo um grupo de pássaros, fazia barulho e agitava o gorro para afugentá-los.

Em seus passeios solitários pelos bosques, os encontros humanos eram, embora raros, marcantes a ponto de ficarem impressos, encontros com gente com que nós não encontramos. Naqueles tempos uma quantidade de gente sem rumo fixo acampava nas florestas: carvoeiros, caldeireiros, vidraceiros, famílias expulsas de suas terras pela fome, procurando o que comer com ocupações instáveis. Estabeleciam seus negócios ao ar livre e montavam cabanas de galhos para dormir. A princípio, o garoto coberto de pelo que andava pelas árvores metia-lhes medo, especialmente nas mulheres, que o tomavam por um espírito errante; mas depois ele fazia amizade, ficava horas a vê-las trabalhar e de noite quando se sentavam ao redor do fogo ele se punha num galho próximo, para escutar as histórias que contavam.

Os carvoeiros, na clareira acinzentada de terra batida, eram os mais numerosos. Berravam "Hurra! Hota!" porque eram gente da região de Bérgamo e não se entendia o seu falar. Eram os mais fortes e fechados, muito unidos entre si: uma corporação que se propagava em todos os bosques, com parentelas, ligações e brigas. Cosme às vezes servia de ligação entre um grupo e outro, dava notícias, era encarregado de pequenas tarefas.

— Me disseram aqueles que ficam embaixo do carvalho vermelho para dizer a vocês que *Hanfa la Hapa Hota'l Hoc*!

— Responde a eles que *Hegn Hobet Hò de Hot*!

Ele guardava na memória os misteriosos sons aspirados, e tratava de repeti-los, como tentava reproduzir os pios dos pássaros que o despertavam de manhã.

Mesmo já se tendo espalhado a notícia de que um filho do barão de Rondó havia meses não descia das árvores, papai ainda tentava manter o segredo para quem vinha de fora. Vieram visitar-nos os condes d'Estomac, que se dirigiam para a França, onde possuíam terras na baía de Toulon, e, a caminho, quiseram parar em nossa casa. Não sei que tipo de interesses havia em jogo: para reivindicar certos bens, ou confirmar vantagens para um filho bispo, necessitavam do consenso do barão de Rondó; e papai, imaginem, sobre aquela aliança construía um castelo de projetos para suas pretensões dinásticas com relação a Penúmbria.

Houve um almoço, de matar de tédio, tantos salamaleques fizeram, e os hóspedes viajavam com um filho peralta, um unha de fome de peruca. O barão apresentou os filhos, isto é, eu sozinho:

— Pobrezinha — disse —, minha filha Batista vive tão retirada, é muito pia, não sei se poderão vê-la.

E eis que se apresenta aquela idiota, com o toucado de monja, mas toda empetecada com laços e adornos, pó de arroz no rosto, luvas. Era preciso ser tolerante com ela, desde aquela história do marquesinho da Maçã nunca mais vira um rapaz, a não ser criados ou aldeões. O pequeno conde d'Estomac, rapapés para baixo e para cima; ela, risadinhas histéricas. O barão, que havia feito uma cruz sobre a filha, pôs o cérebro para maquinar novos possíveis projetos.

Mas o conde deu mostras de indiferença. Perguntou:

— Mas o senhor não tinha outro filho homem, monsieur Armínio?

— Sim, o mais velho — disse papai —, mas, veja a coincidência, saiu para caçar.

Não mentira, pois naquele período Cosme estava sempre no bosque com o fuzil, tocaiando lebres e tordilhos. Eu lhe entregara o fuzil, aquele, leve, que Batista usava contra os ratos e que havia algum tempo ela — negligenciando suas caçadas — abandonara pendurado num prego.

O conde começou a perguntar pela caça miúda dos arredores. O barão respondia de maneira genérica, porque, sem paciência nem atenção para com o mundo circundante, não sabia caçar. Respondi eu, embora me fosse vetado meter o nariz nos discursos dos adultos.

— E o que é que você entende disso, tão criança? — comentou o conde.

— Vou buscar os animais abatidos por meu irmão e os carrego em cima das... — estava dizendo. Mas papai me interrompeu:

— Quem convidou você para conversar? Vai brincar!

Estávamos no jardim, anoitecia, mas restava um pouco de luz, por ser verão. Eis que, através dos plátanos e olmos, Cosme chegava tranquilo, com o gorro de pele de gato na cabeça, fuzil a tiracolo, um espeto do outro lado, e as pernas enfiadas nas polainas.

— Ei, ei! — fez o conde erguendo-se e mexendo a cabeça para ver melhor, divertido. — Quem vem lá? Quem está lá nas árvores?

— Do que se trata? Não sei de nada... Foi impressão sua... — dizia papai, e não olhava na direção indicada, mas nos olhos do conde como para assegurar-se de que enxergasse bem.

Entretanto, Cosme chegara exatamente em cima deles, firme com as pernas abertas numa forquilha.

— Ah, sim, é meu filho Cosme, são jovens, para fazer-nos uma surpresa, veja, trepou na árvore...

— É o mais velho?

— Sim, sim, dos dois homens é o maior, pouca coisa, sabe, são crianças ainda, brincam...

— Mas é esperto para conseguir caminhar assim pelos galhos. E com aquele arsenal nas costas...

— Eh, brincam... — E com um terrível esforço de má-fé que o fez enrubescer: — O que você anda fazendo aí? Hein? Desce ou não desce? Venha cumprimentar o senhor conde!

Cosme tirou o gorro de pele de gato, inclinou-se.

— Eu o reverencio, senhor conde.

— Ah, ah, ah! — ria o conde —, bravíssimo, bravíssimo! Deixe-o estar, deixe-o à vontade, monsieur Armínio! Bravíssimo jovem que caminha pelas árvores! — E ria.

E aquele palerma do pequeno conde:

— *C'est original, ça. C'est très original!* — Só sabia repetir.

Cosme sentou-se na forquilha. Papai mudou de conversa e falava, falava, tentando distrair o conde. Mas de vez em quando o conde erguia o olhar e meu irmão estava sempre lá, na mesma árvore ou em outra, limpando o fuzil, passando cera nas polainas, esfregando a flanela para que brilhassem.

— Ah, mas observe! Sabe fazer de tudo, lá em cima, o rapaz! Gosto muito disso! Ah, contarei na corte, a primeira vez que for lá! Contarei ao meu filho bispo! Vou contar à princesa minha tia!

Papai explodia. Além do mais, pensava noutra coisa: não via mais a filha, e também o pequeno conde desaparecera.

Cosme, que se afastara numa de suas voltas exploratórias, voltou ofegante.

— Provocou-lhe soluço! Provocou-lhe soluço!

O conde preocupou-se.

— Oh, que desagradável. Meu filho sofre muito de soluços. Vá, bravo jovem, vá ver o que se passa. Diga para voltarem.

Cosme saiu aos saltos e depois voltou, mais ofegante do que antes.

— Estão correndo um atrás do outro. Ela quer pôr uma lagartixa viva debaixo da camisa dele para acabar com o soluço! Ele não quer. — E fugiu para continuar a ver.

Assim passamos aquela noitada na vila, na verdade não muito diferente de outras, com Cosme nas árvores que participava como observador privilegiado de nossa vida, mas desta vez havia hóspedes, e a fama do estranho comportamento de meu irmão se espalhava pelas cortes da Europa, para vergonha de papai. Vergonha imotivada, tanto é verdade que o conde d'Estomac teve uma impressão favorável da família, e assim aconteceu que nossa irmã Batista ficou noiva do pequeno conde.

10

AS OLIVEIRAS, por caminharem torcidas, são vias cômodas e planas para Cosme, plantas pacientes e amigas, na rude casca, para passar e tornar a passar em cima e também para se estabelecer, embora os galhos grossos sejam poucos por planta e não exista grande variedade de movimentos. Ao contrário, numa figueira, estando atento para não vergar ao peso, não se termina nunca de girar; Cosme acha-se sob o pavilhão das folhas, vê transparecer o sol em meio às nervuras, os frutos verdes que encorpam aos poucos, aspira o látex que rumoreja em torno dos pedúnculos. A figueira domina quem nela sobe, impregna com seu humor borrachento, com o zumbido dos zangões; em pouco tempo Cosme tinha a sensação de estar virando figo ele mesmo e, sem jeito, ia embora. Na dura sorveira ou na amoreira, as pessoas se sentem bem; é pena que sejam raras. Assim acontecia com as nogueiras: para ser franco, ao ver meu irmão perder-se numa nogueira interminável, como num palácio de muitos andares e inumeráveis cômodos, até eu sentia vontade de imitá-lo, ir lá para cima; tamanha é a força e a certeza que aquela árvore dedica para se tornar árvore, a obstinação de ser pesada e dura que afirma inclusive nas folhas.

Cosme sentia-se muito bem entre as onduladas folhas das azinheiras (ou carvalhos ílex, como os chamei enquanto se tratava do parque da nossa casa, talvez por influência da linguagem rebuscada de papai) e amava sua casca gretada, cujos quadradinhos arrancava com os dedos quando estava pensativo, não por instinto de fazer-lhe mal, mas como maneira de ajudar a árvore na sua longa fadiga em refazer-se. Ou então tirava as escamas da alva cortiça dos plátanos, descobrindo estratos de velho ouro mofado. Adorava também os troncos encaroçados que tem o olmo, que em seus nós refaz brotos tenros, tufos de folhas denteadas e sâmaras assemelhando papel; mas é difícil mover-se, pois os ramos estiram-se para o alto, esguios e enfolhados, deixando pouca passagem. Nos bosques, preferia faias e carvalhos: porque no cimo as copas bem próximas, não rígidas e cheias de agulhas não deixam espaço nem pontos de apoio; e o castanheiro, entre folhas espinhosas, invólucros ouriçados, casca, galhos altos, parece feito de propósito para dele se manter distância.

Estas amizades e distinções, Cosme as identificou mais tarde, pouco a pouco, ou seja, admitiu conhecê-las; mas já naqueles primeiros dias começavam a fazer parte dele como instinto natural. Agora era o mundo que lhe parecia diferente, feito de estreitas e curvas pontes no vazio, de nós ou lascas ou rugas que tornam ásperas as cascas, de luzes que variam o seu verde conforme a cobertura de folhas mais espessas ou ralas, tremulantes ao primeiro sopro de vento nos pedúnculos ou levadas como velas na vergadura da árvore. Quanto ao nosso mundinho, achatava-se lá no fundo, e nós tínhamos figuras desproporcionadas e decerto não entendíamos o que ele sabia lá em cima, ele que passava as noites a escutar como a madeira acumula em suas células os círculos que assinalam os anos no interior dos troncos, e o mofo alarga a mancha à tramontana, e num arrepio os pássaros adormecidos dentro do ninho encolhem a cabeça no canto onde é mais suave a pluma da asa, desperta a lagarta, e eclode o ovo da pega. Chega um momento em que o silêncio do campo se compõe no oco da orelha num rumorejar picado, um grasnar, um chiado, um farfalhar velocíssimo entre o capim, um baque na água, um bater de patas entre terra e seixos, e o canto agudo da cigarra dominando tudo. Um ruído puxa o outro, o ouvido consegue sempre individuar outros novos como dedos que desfazem um novelo de lã revelam fios entrelaçados por fios cada vez mais sutis e impalpáveis. Entretanto, as rãs mantêm o coaxar que permanece como fundo e não muda o fluxo dos sons, como a luz não varia pelo contínuo piscar das estrelas. Ao contrário, a cada lufada ou cessar do vento, cada rumor mudava e era novo. Só restava no ponto mais profundo do ouvido a sombra de um bramido ou murmúrio: era o mar.

Chegou o inverno, Cosme fez um casaco de peles. Costurou-o com pedaços de couro de vários animais que caçara: lebres, raposas, martas e furões. Na cabeça, trazia sempre aquele gorro de gato-do-mato. Fez também calças, de pelo de cabra com fundilhos e joelhos de couro. Quanto a calçados, finalmente percebeu que para as árvores a melhor coisa eram pantufas, e fez um par não sei de que pele, talvez de texugo.

Assim se defendia do frio. É preciso dizer que naquele tempo os invernos eram suaves, não com o frio de agora, que dizem ter expulsado Napoleão da Rússia e que o perseguiu até aqui. Mas mesmo então passar as noites de inverno no sereno não era propriamente acolhedor.

Para a noite Cosme descobrira o sistema do odre de peles; nada de tendas ou cabanas: um odre com peles na parte interna, dependurado num galho. Escorregava dentro, desaparecia e dormia encolhido como uma criança. Se um ruído insólito atravessava a noite, da boca do saco saía o gorro de pele, o cano do fuzil e ele com olhos arregalados. (Diziam que seus olhos tinham se tornado luminosos no escuro como os dos gatos e corujas: não cheguei a perceber isso.)

Ao contrário, de manhã, quando cantava o tentilhão, saíam do saco duas mãos cerradas, os punhos se erguiam e dois braços se abriam espreguiçando-se lentamente, e esse movimento mostrava seu rosto bocejando, o peito com o fuzil a tiracolo e o tubinho de pólvora, as pernas arqueadas (começavam a ficar meio tortas, pelo hábito de permanecer e de mover-se sempre de quatro ou de cócoras). As pernas saltavam fora, desenroscavam-se, e assim, depois de sacudir os ombros, coçar-se sob o casaco de peles, desperto e fresco como uma rosa, Cosme iniciava a jornada.

Ia até a fonte, pois tinha uma fonte pênsil, inventada por ele, ou melhor, construída em auxílio à natureza. Havia um riacho que numa ribanceira caía em cascata, e lá perto um carvalho erguia seus altos ramos. Cosme, com um pedaço de casca de álamo, dois metros de largura, fizera uma espécie de bica, que transportava a água de cascata aos galhos do carvalho, e assim podia beber e lavar-se. Posso garantir que se lavava, pois eu o vi muitas vezes; não tanto e nem todos os dias, mas tomava banho; usava até sabão. Com o sabão, quando lhe dava na veneta, chegava a lavar roupa; levara uma bacia de propósito para o carvalho. Depois estendia a roupa para secar em cordas presas aos ramos.

Em resumo, fazia de tudo nas árvores. Encontrara também o modo de assar no espeto o que caçava, sem descer. Procedia assim: punha fogo numa pinha com um acendedor e a atirava no chão, num lugar preparado como fogão (aquilo era trabalho meu, com algumas pedras polidas), depois jogava em cima gravetos e ramos de fácil combustão, regulava a chama com palhetas e tenazes ligadas a longos bastões, de modo que chegasse ao espeto, preso entre dois ramos. Tudo isso exigia atenção, pois é fácil provocar um incêndio nos bosques. Não por acaso este fogão ficava debaixo do carvalho, próximo à cascata da qual se podia tirar, em caso de perigo, toda a água que fosse necessária.

Assim, em parte comendo o que caçava, em parte trocando com os camponeses caça por fruta e verdura, conseguia manter-se, até não precisar que lhe passassem mais nada de casa. Um dia descobrimos que bebia leite fresco todas as manhãs; fizera amizade com uma cabra, que trepava numa forquilha de oliveira, um lugar fácil, a dois palmos do chão, ela nem precisava subir, apoiava-se com as patas de trás, e assim, descendo com uma vasilha, ele a ordenhava do galho. Estabelecera o mesmo acordo com uma galinha, uma vermelha, paduana, das boas. Fizera um ninho secreto, no oco de um tronco, e dia sim dia não encontrava um ovo, que tomava após ter-lhe feito dois furos com um alfinete.

Outro problema: fazer suas necessidades. No começo, aqui ou ali, não fazia diferença, o mundo é grande, fazia onde calhava. Depois percebeu que não estava certo. Encontrou então, na margem da torrente Merdança, um amieiro que lançava no ponto mais propício e afastado uma forquilha na qual se podia sentar comodamente. O Merdança era uma torrente obscura, escondida entre os caniços, de curso rápido, e as aldeias vizinhas jogavam nela as águas servidas. Assim, o jovem Chuvasco de Rondó vivia civilmente, respeitando o decoro do próximo e o seu próprio.

Mas lhe faltava um complemento humano necessário em sua vida de caçador: um cão. Às vezes, eu andava por ali, embrenhando-me nos matos, pelas moitas, para procurar o tordo, a narceja, a codorna, caídos ao receber seu disparo em pleno céu, ou também as raposas quando, após uma noite de tocaia, pegava uma com cauda longa deitada à beira dos brejos. Porém, nem sempre eu podia fugir e acompanhá-lo nos bosques: as lições com o abade, o estudo, ajudar na missa, as refeições com os pais me seguravam; os cem deveres da convivência familiar aos quais me submetia, porque no fundo a frase que ouvia repetir sempre: "Numa família, de rebelde basta um", não deixava de ter razão e me marcou por toda a vida.

Portanto, Cosme ia caçar quase sempre sozinho e, para recuperar os bichos (quando não acontecia o caso favorável do verdilhão que ficava com as asas amarelas espetadas num galho), usava algo parecido com instrumentos de pesca: linhas com barbantes, ganchos ou anzóis, mas nem sempre dava certo, e às vezes uma batuíra acabava preta de formigas no fundo de uma moita.

Até aqui falei das tarefas dos cães recolhedores. Porque então Cosme praticamente só fazia caça em posição fixa, passando manhãs ou noites empoleirado no seu galho, esperando que o tordo pousasse no cume de uma árvore ou a lebre aparecesse numa clareira do prado. Caso contrário, girava ao acaso, seguindo o canto dos pássaros ou adivinhando as pistas mais prováveis dos animais com pelo. E, quando ouvia o ladrar dos sabujos atrás da lebre ou da raposa, sabia que precisava passar ao largo, pois aquele não era bicho seu, dele caçador solitário e casual. Respeitador das normas como era, embora de seus infalíveis postos de observação pudesse identificar e mirar a caça perseguida pelos cães alheios, jamais levantava o fuzil. Aguardava que pelo trilho chegasse o caçador ofegante, ouvidos tensos e olhos perdidos, e lhe indicava para que lado fora o animal.

Um dia, viu correr uma raposa: uma onda vermelha em meio ao capim verde, bufando feroz, bigodes eriçados; atravessou o prado e desapareceu nas moitas. E atrás: Uauauaaa!, a cachorrada.

Chegaram a galope, medindo a terra com os focinhos, duas vezes se viram sem cheiro de raposa nas narinas e voltaram em ângulo reto.

Já estavam longe quando, com um ganido, ui, ui, cortou o capim um que vinha com pulos mais de peixe do que de cão, uma espécie de delfim que nadava deixando aflorar um focinho mais pontudo e orelhas mais pendentes que de um sabujo. Atrás, era peixe; parecia nadar agitando barbatanas ou então patas de palmípede, sem pernas e muito comprido. Saiu em campo aberto: era um bassê.

Certamente, juntara-se ao bando de batedores e ficara para trás, jovem como era, quase um filhote. O barulho dos sabujos era agora um buaf de despeito, pois haviam perdido a pista e a corrida compacta desfazia-se numa rede de ansiedades nasais em volta de uma clareira de juncos, com excessiva impaciência para encontrar o fio do cheiro perdido e seguir atrás dele, enquanto o impulso se perdia, e algum já aproveitava para dar uma mijadinha numa pedra.

Assim, o bassê, ofegante, com seu trote de focinho erguido, injustificavelmente triunfal, alcançou-os. Lançava, sempre de modo infundado, latidos de esperteza: Uai! Uai!

Logo os sabujos, aurrrch!, rosnaram para ele, abandonaram por um momento a busca do cheiro da raposa e voltaram-se contra ele, arreganhando bocas de mordida: Gggrrr! Depois, rápidos, tornaram a desinteressar-se e saíram correndo.

Cosme acompanhava o bassê, que se movia ao acaso, e o cachorro, ondulando com focinho distraído, viu o rapaz na árvore e sacudiu o rabo. Cosme estava convencido de que a raposa ainda se escondia por ali. Os sabujos tinham se dispersado mais adiante, podia-se ouvi-los correr pelas colinas próximas com um latido fora de tom e desmotivado, pressionados pelas vozes sufocadas e incitadoras dos caçadores. Cosme disse ao bassê:

— Vai! Vai! Procura!

O jovem cão começou a fuçar, e de vez em quando se virava para olhar o rapaz no alto.

— Vai! Vai!

Agora já não o via. Percebeu moitas que se amassavam e, a seguir, uma explosão: Auauauaaa! Iai, iai, iai! Surpreendera a raposa!

Cosme viu o bicho correndo pelo prado. Mas era possível atirar numa raposa apanhada por um cachorro que não lhe pertencia? Cosme deixou-a passar e não disparou. O bassê levantou o focinho para ele, com o olhar que assumem os cães quando não entendem algo e não sabem que podem ter razão em não entender, e se lançou outra vez com o focinho no chão, atrás da raposa.

Iai, iai, iai! Obrigou-a a dar uma volta inteira. Pronto, voltava. Podia ou não podia disparar? Não disparou. O bassê olhou para o alto com um olhar de dor. Não latia mais, a língua mais pendente do que as orelhas, exausto, mas continuava a correr.

A sua operação desorientara sabujos e caçadores. Pelo caminho corria um velho com um pesado arcabuz.

— Ei — gritou Cosme —, aquele bassê é de vocês?

— Vá plantar batatas, você e toda a sua família! — berrou o velho, que devia estar irritado. — Parecemos tão idiotas a ponto de caçar com um bassê?

— Então, no que ele apanhar, eu é que atiro — insistiu Cosme, que não queria romper as regras do jogo.

— E atire também no santo que protege você! — respondeu o desaforado, e saiu correndo.

O bassê voltou a trazer-lhe a raposa. Cosme disparou e a atingiu. O bassê tornou-se o seu cão; deu-lhe o nome de Ótimo Máximo.

* * *

Ótimo Máximo era um cachorro sem dono, que se juntara ao bando de sabujos por entusiasmo juvenil. Mas de onde viria? Para descobrir, Cosme deixou-se guiar por ele.

O bassê, rente ao solo, atravessava sebes e fossos; depois virava a cabeça para ver se o rapaz lá de cima podia seguir o caminho. Era tão estranho o itinerário, que Cosme demorou a perceber onde tinham ido parar. Quando se deu conta, agitou-se-lhe o coração no peito: era o jardim dos marqueses de Rodamargem.

A vila estava fechada, as venezianas cerradas; uma apenas, numa água-furtada, batia ao vento. O jardim sem cuidados tinha mais que nunca aquele aspecto de floresta do outro mundo. E pelas alamedas invadidas pelo capim, e pelos canteiros cheios de espinhos, Ótimo Máximo corria feliz e perseguia borboletas.

Desapareceu numa moita. Voltou com uma fita na boca. Bateu mais forte o coração de Cosme.

— O que é, Ótimo Máximo? Hein? De quem é? Diz para mim!

Ótimo Máximo balançava o rabo.

— Traz aqui, traz, Ótimo Máximo!

Cosme, tendo alcançado um ramo mais baixo, pegou da boca do cachorro aquele farrapo desbotado que algum dia certamente enfeitara os cabelos de Viola, bem como aquele cão certamente pertencera a ela, ali esquecido na última mudança da família. E mais, agora Cosme o recuperava na memória, no verão passado, ainda filhote, que saía de um cesto no braço da menina loura e com o qual talvez acabasse de ter sido presenteada.

— Procura, Ótimo Máximo!

E o bassê se lançava entre os bambus; e retornava com outras lembranças dela, a corda de pular, um pedaço de pipa, um leque.

No tronco da árvore mais alta do jardim, meu irmão inscreveu com a ponta do espadim os nomes *Viola* e *Cosme*, e depois, mais embaixo, certo de que ela ficaria contente embora o chamasse de outro nome, talhou na madeira: *Cão bassê Ótimo Máximo.*

Daí em diante, quando se via o menino nas árvores, era certo que, olhando-se mais à frente, ou junto dele, via-se o bassê Ótimo Máximo trotando com a barriga pelo chão. Ensinara-lhe a busca, o apresamento, a entrega: as tarefas de todos os cães de caça, e não havia animal do bosque que não caçassem juntos. Para entregar-lhe a caça, Ótimo Máximo subia com duas patas nos troncos até onde alcançava; Cosme descia para pegar a lebre ou alguma ave em sua boca e fazia-lhe um carinho. Resumiam-se a isso suas intimidades, suas festas. Porém, continuamente, entre a terra e os galhos estabelecia-se um diálogo, uma compreensão, feitos de latidos, monossílabos e estalidos de língua e dedos. Aquela presença necessária que para o cão é o homem e para este é o cão não os traía jamais, nem a um nem ao outro; e, por mais diferentes que fossem de todos os homens e cães do mundo, poderiam declarar-se, como homem e cão, felizes.

11

POR MUITO TEMPO, todo um período de sua adolescência, a caça foi o mundo para Cosme. Também a pesca, pois com uma linha esperava enguias e trutas nos remansos da torrente. Às vezes, chegávamos a pensar que ele tinha adquirido sentidos e instintos diferentes dos nossos, e que aquelas peles que havia costurado para cobrir-se correspondiam a uma mutação total de sua natureza. Certamente o fato de ter muito contato com as cascas de árvores, o olho fixo no movimento das penas, nos pelos, nas escamas, naquela gama de cores que esta aparência do mundo apresenta, e depois a corrente verde que circula como sangue do outro mundo nas veias das folhas: todas estas formas de vida tão distantes da humana como um talo de planta, um bico de tordo, uma guelra de peixe, esses limites da selvageria nos quais tão profundamente penetrara, podiam agora modelar seu ânimo, fazê-lo perder toda aparência de homem. Ao contrário, por mais dotes que ele absorvesse da convivência com as plantas e da luta com animais, ficou sempre claro para mim que seu lugar era deste lado, junto conosco.

Contudo, mesmo sem querer, alguns hábitos tornavam-se mais raros e se perdiam. Como acompanhar-nos à missa festiva de Penúmbria. Tentou nos primeiros meses. Todos os domingos, ao sair, a família enfarpelada, ajaezada para cerimônia, o encontrávamos nos galhos, também ele de algum modo com intenções de roupa de festa, por exemplo, recuperada a velha casaca, ou o tricórnio em vez do gorro de pele. Tomávamos nosso rumo, ele nos seguia dos galhos, e assim caminhávamos com majestade para o espaço sacro, observados por todos os penúmbrios (mas logo se acostumaram e diminuiu também o mal-estar de papai), nós compenetrados, ele que pulava pelos ares, estranha visão, especialmente no inverno, com as árvores nuas.

Entrávamos na catedral, sentávamos no banco da família, ele ficava do lado de fora, acomodava-se numa azinheira ao lado da nave, bem na altura de uma grande janela. Do nosso banco víamos através da vidraça a sombra dos ramos e, de permeio, a de Cosme com o chapéu no peito e a cabeça inclinada. Segundo uma combinação de meu pai com um sacristão, aquela vidraça passou a ficar entreaberta aos domingos, assim Cosme podia assistir à missa da sua árvore. Mas com o passar do tempo não tornamos a vê-lo. A vidraça foi fechada porque entrava uma corrente de vento.

Tantas coisas que antes teriam sido importantes, para ele não o eram mais. Na primavera, Batista ficou noiva. Quem teria adivinhado, só um ano antes? Vieram aqueles condes d'Estomac com o pequeno conde, organizou-se uma grande festa. Nosso palácio ficou inteirinho iluminado, estava presente toda a nobreza dos arredores, dançava-se. Quem ainda pensava em Cosme? Bem, não é verdade, todos pensávamos nele. De vez em quando eu olhava fora da janela para ver se chegava; e papai estava triste, e naquela festança familiar certamente seu pensamento ia para ele, que se excluíra; e a generala comandava toda a festa como numa praça de armas, queria apenas desafogar sua ansiedade pelo ausente. Quem sabe se até Batista, que fazia piruetas, irreconhecível sem as roupas monacais, com uma peruca que parecia um maçapão, e um *grand panier* guarnecido de corais que não sei qual costureira tinha feito, também ela aposto que pensava no irmão.

E ele lá estava, invisível — soube depois —, à sombra do cimo de um plátano, no frio, e via as janelas cheias de luz, os cômodos familiares adornados para festa, as pessoas usando perucas, dançando. Que pensamentos lhe atravessariam a mente? Lamentaria pelo menos um pouco a nossa vida? Pensaria em quão breve era a passagem que o separava do retorno ao nosso mundo, quão breve e fácil? Não sei o que pensaria, o que desejaria, ali. Sei apenas que ficou até o final da festa e mais ainda, até que os candelabros, um depois do outro, se apagassem e não restasse sequer uma janela iluminada.

Portanto, as relações de Cosme com a família, bem ou mal, continuavam. Ou melhor, com um de seus membros se estreitaram, e só então se pôde dizer que aprendeu a conhecê-lo: o cavaleiro advogado Eneias Sílvio Carrega. Esse homem meio incorpóreo, fugidio, que não se conseguia saber exatamente onde estava e o que fazia, Cosme descobriu que era o único de toda a família que tinha um grande número de ocupações, e, não bastando isso, nada do que fazia era inútil.

Saía, às vezes, na hora mais quente da tarde, com o fez enterrado na cabeça, os passos arrastados na chimarra que ia até o chão, e desaparecia como se as falhas do terreno o tivessem engolido, ou as sebes, ou as pedras das paredes. Também Cosme, que se divertia em ficar sempre alerta (ou melhor, não que se divertisse, isso se tornara um estado natural seu, como se os olhos abarcassem um horizonte tão amplo que englobasse tudo), a um certo ponto não o via mais. Às vezes, punha-se a correr de galho em galho rumo ao lugar em que desaparecera e jamais conseguia descobrir que caminho seguira. Mas havia um sinal sempre recorrente naquelas paragens: abelhas que voavam. Cosme acabou por convencer-se de que a presença do cavaleiro estava ligada às abelhas e que para localizá-lo era preciso seguir o voo delas. De que modo? Ao redor de qualquer planta florida existia um difuso zunir de abelhas; era preciso não se deixar distrair por percursos isolados e secundários, mas seguir a invisível via aérea em que o vaivém das abelhas se adensava, até lograr ver uma nuvem espessa erguer-se atrás de uma sebe como fumaça. Lá embaixo ficavam as colmeias, uma ou várias, em fila sobre uma mesa, e absorto, em meio ao zum-zum das abelhas, encontrava-se o cavaleiro.

De fato, a apicultura era uma das atividades secretas do nosso tio natural; secreta até certo ponto, pois ele próprio, de vez em quando, levava para a mesa um favo transbordante de mel recém-saído da colmeia; isso acontecia fora do âmbito das propriedades da família, em lugares que ele não queria divulgar de jeito nenhum. Devia ser uma precaução, para subtrair os proventos dessa indústria pessoal à sacola furada da administração familiar; ou então — já que o homem não era avarento e, depois, quanto poderia render-lhe aquele pouco de mel e cera? — para ter algo em que o barão seu irmão não metesse o nariz, não pretendesse conduzi-lo pela mão; ou ainda para não misturar as poucas coisas que amava, como a apicultura, com as muitas que não amava, como a administração.

De qualquer modo, restava o fato de que papai não lhe teria jamais permitido manter abelhas perto de casa, pois o barão tinha um medo irracional de ser picado e, quando por acaso topava com uma abelha ou com uma vespa no jardim, voava feito flecha pelas alamedas, segurando a peruca com toda a força como a proteger-se das bicadas de uma águia. Uma vez, ao fazer isso, soltou-se a peruca, a abelha assustada pelo arranco inesperado voou sobre ele e cravou-lhe o ferrão na careca. Compressas de vinagre lhe amaciaram a cabeça por três dias, pois ele era feito assim, orgulhoso e forte nos casos mais graves, pobre louco perante um arranhão ou um furúnculo.

Portanto, Eneias Sílvio Carrega disseminara sua criação de abelhas ao longo do vale de Penúmbria; os proprietários lhe davam permissão para manter uma ou duas colmeias numa faixa de campo, em troca de um pouco de mel, e ele corria sempre de um lugar para outro, bulindo ao redor das colmeias com movimentos de quem tem patas de abelha em vez de mãos, sobretudo pelo fato de que, às vezes, para não ser picado, usava meias-luvas negras. No rosto trazia, enrolado no fez com um turbante, um véu preto, que a cada respiração grudava na boca e se soltava. E movia um artefato que espalhava fumaça, para afastar os insetos enquanto ele mexia nas colmeias. E tudo, zum-zum de abelhas, véus, nuvens de fumaça, parecia a Cosme um encantamento que aquele homem tentava suscitar para desaparecer dali, ser cancelado, voar, e depois renascer, num outro tempo, ou noutro lugar. Mas era um mágico de poucos recursos, pois reaparecia sempre igual, talvez chupando uma ponta de dedo magoada.

Chegara a primavera. Certa manhã, Cosme sentiu o ar como enlouquecido, vibrando com um som jamais ouvido, um zumbido que atingia níveis de estrondo, e atravessado por um granizo que em vez de cair deslocava-se numa direção horizontal, e redemoinhava lentamente espalhado, mas seguindo uma espécie de coluna mais densa. Era um mar de abelhas: e ao redor brilhavam as flores, o verde e o sol; e Cosme, que não entendia o que estava acontecendo, sentiu-se dominado por uma excitação incontrolável.

— As abelhas estão fugindo! Cavaleiro advogado! As abelhas estão fugindo! — gritava, enquanto corria pelas árvores à procura de Carrega.

— Não estão fugindo: enxameiam — disse a voz do cavaleiro.

E Cosme o localizou ao pé da árvore em que se achava, onde surgiu instantâneo como um cogumelo, a fazer gestos para que ficasse quieto. Logo depois desapareceu. Para onde fora?

Era o período dos enxames. Um bando de abelhas estava seguindo uma delas fora da velha colmeia. Cosme olhou em volta. Eis que o cavaleiro advogado reaparecia na porta da cozinha, tendo nas mãos uma panela e uma frigideira. Agora batia a panela contra a frigideira e saltava um doing! doing! fortíssimo, que reboava nos tímpanos e se apagava numa longa vibração, tão perturbadora que só dava vontade de tapar os ouvidos. Batendo os objetos de cobre a cada três passos, o cavaleiro advogado caminhava atrás do bando de abelhas. Todo ribombo provocava uma espécie de sacudida no enxame, um rápido abaixa-levanta, e o zumbido parecia mais baixo, o voo mais incerto. Cosme não via bem, mas lhe parecia que agora o enxame inteiro convergia para um ponto no verde, e não ia mais naquela direção. E Carrega continuava a dar pancadas na panela.

— O que está acontecendo, cavaleiro advogado? O que faz? — perguntou meu irmão, alcançando-o.

— Rápido — sussurrou ele —, salte para a árvore em que parou o enxame, mas cuidado para não mexer nele até eu voltar!

As abelhas choviam numa romãzeira. Cosme chegou lá e a princípio não viu nada, mas logo depois se apercebeu de uma espécie de grande fruto, em forma de pinha, que pendia de um ramo, e que era feito de abelhas grudadas uma na outra, e sempre surgiam outras para aumentá-lo.

Cosme estava em cima da romãzeira prendendo a respiração. Embaixo pendia o cacho de abelhas, e quanto maior mais leve parecia, como dependurado num fio ou, menos ainda, nas minúsculas patas de uma velha rainha e feito de sutis cartilagens, com todas aquelas asas faiscantes que estendiam sua diáfana cor cinzenta sobre as estrias negras e amarelas dos abdômens.

O cavaleiro advogado chegou saltitando, e trazia na mão uma colmeia. Colocou-a de ponta-cabeça sob o cacho.

— Vai — soprou para Cosme —, uma pancadinha seca.

Cosme mal tocou a romãzeira. O enxame de milhares de insetos destacou-se como uma folha, caiu na colmeia, e o cavaleiro cobriu-a com uma tábua.

— Tudo pronto.

Assim nasceu entre Cosme e o cavaleiro advogado um entendimento, uma colaboração que se poderia chamar de uma espécie de amizade, se não fosse um termo excessivo, tratando-se de duas pessoas tão pouco sociáveis.

Inclusive no campo da hidráulica, meu irmão e Eneias Sílvio acabaram por encontrar-se. Isso pode parecer estranho, pois quem está em cima das árvores dificilmente trata de poços e canais; mas já comentei aquele sistema de fonte pênsil que Cosme inventara, com uma casca de álamo que levava água de uma cascata até os galhos de um carvalho. Acontece que, ao cavaleiro advogado, mesmo tão distraído, não escapava nada que se mexesse nos canais de água de toda a região. Sobre a cascata, oculto atrás de um alfeneiro, observou Cosme extrair o conduto dos ramos do carvalho (onde o recolocava quando não lhe servia, por causa daquele costume dos selvagens, do qual logo se apropriou, de esconder tudo), apoiá-lo numa forquilha e pelo outro lado em certas pedras da ribanceira e, finalmente, beber.

Diante de tal visão, quem sabe o que germinou no cérebro do cavaleiro: foi tomado por um de seus raros momentos de euforia. Saiu de trás do alfeneiro, bateu as mãos, fez dois ou três movimentos parecendo pular corda, espalhou água, por pouco não tropeçou na cascata e não voou precipício abaixo. E começou a explicar ao rapaz a ideia que tivera. A ideia era confusa e a explicação mais ainda: o cavaleiro advogado em geral falava dialeto, por modéstia mais do que por ignorância da língua, mas naqueles imprevistos momentos de excitação passava do dialeto diretamente ao turco, sem perceber, e não se entendia mais nada.

Em resumo: viera-lhe a ideia de um aqueduto pênsil, com um conduto sustentado justamente por galhos de árvores, que permitiria alcançar a vertente oposta do vale, seco, e irrigá-lo. E o aperfeiçoamento que Cosme, logo apoiando o projeto dele, sugeriu — usar em certos pontos troncos de canalização furados, para fazer chover nas sementeiras — deixou-o eufórico.

Correu a refugiar-se no gabinete, para preencher folhas e mais folhas de projetos. Também Cosme debruçou-se sobre o problema, porque tudo o que se pudesse fazer nas árvores lhe agradava, e lhe parecia contribuir para dar nova importância e autoridade às suas posições lá no alto; e em Eneias Sílvio Carrega pareceu-lhe ter encontrado um companheiro insuspeito. Marcavam encontros em árvores baixas; o cavaleiro advogado subia com a escada triangular, os braços cheios de rolos de desenho; e discutiam durante horas as modificações cada vez mais complicadas daquele aqueduto.

Porém, jamais se passou à fase prática. Eneias Sílvio cansou-se, rareou os colóquios com Cosme, não completou os desenhos, após uma semana talvez os tivesse esquecido. Cosme não se lamentou: logo se dera conta de que para a sua vida tudo aquilo se tornava uma perturbadora complicação e nada mais.

* * *

Era evidente que no campo da hidráulica nosso tio natural poderia ter feito muito mais. Era um apaixonado por aquilo, o talento específico necessário para aquele ramo de estudo não lhe faltava; contudo, não sabia concretizar: perdia-se, perdia-se, como água mal encanada que depois de correr um pouco fosse absorvida por um terreno poroso. A razão talvez fosse esta: enquanto podia dedicar-se à apicultura por conta própria, quase em segredo, sem precisar tratar com ninguém, realizando-se de vez em quando numa oferta de mel e cera que ninguém lhe pedira, teria de executar essas obras de canalização considerando variados interesses, submetendo-se às opiniões e às ordens do barão ou de qualquer outro que lhe encomendasse o trabalho. Tímido e irresoluto como era, não se opunha jamais à vontade dos outros, mas logo se desinteressava do trabalho e o deixava de lado.

Era possível vê-lo a qualquer hora, no meio de um terreno, com homens armados de pás e enxadas, ele com um metro antigo e um mapa enrolado, dando ordens para escavar um canal e mensurar o terreno com seus passos, que, sendo curtíssimos, era obrigado a alongar de forma exagerada. Dava início às escavações naquele lugar, depois noutro, mandava interromper, e recomeçava a tirar medidas. Chegava a noite e tudo parava. Era difícil que no dia seguinte decidisse retomar o trabalho naquele ponto. Desaparecia por uma semana.

De aspirações, impulsos, desejos era feita sua paixão pela hidráulica. Era uma recordação que tinha no coração, as belíssimas, bem irrigadas terras do sultão, hortas e jardins em que ele deveria ter sido feliz, o único período realmente feliz de sua vida; e àqueles jardins da Barbaria ou da Turquia comparava continuamente os campos de Penúmbria, e era levado a corrigi--los, a tratar de identificá-los com sua lembrança e, sendo a hidráulica a sua arte, nela concentrava esse desejo de mutação, e continuamente chocava-se com uma realidade diferente, e daí sobrevinha a desilusão.

Praticava também a rabdomancia, às ocultas, pois corriam ainda os tempos em que aquelas estranhas artes podiam provocar o preconceito da feitiçaria. Certa vez Cosme o descobriu num prado a fazer piruetas agitando uma vara bifurcada. Também aquilo devia ser uma tentativa de repetir algo que vira outros fazendo e em que não tinha nenhuma prática, pois daí nada resultou.

Compreender o caráter de Eneias Sílvio Carrega foi vantajoso num sentido: Cosme entendeu muita coisa sobre estar sozinho que lhe serviu mais tarde. Diria que conservou sempre a imagem esquiva do cavaleiro advogado, como advertência de um modo como pode se tornar o homem que separa a sua sorte da dos outros, e conseguiu nunca se assemelhar a ele.

12

POR VEZES COSME ERA ACORDADO à noite aos gritos de:
— Socorro! Os bandidos! Corram atrás deles!

Pelas árvores, dirigia-se rápido ao lugar de onde provinham os gritos. Acontecia ser uma cabana de pequenos proprietários, e uma pobre família semidespida estar do lado de fora com as mãos na cabeça.

— Ai de nós, ai de nós, apareceu João do Mato e roubou toda a colheita!

Juntava gente.

— João do Mato? Era ele? Vocês o viram?

— Era ele! Era ele mesmo! Usava máscara, uma pistola assim grande, e vinham mais dois mascarados atrás, e quem comandava era ele! Era João do Mato!

— E onde está? Onde foi parar?

— Ah, sim, é claro, pegar João do Mato! Quem sabe onde andará a esta hora!

Ou então quem gritava era um viajante deixado no meio da estrada, sem nada, cavalo, bolsa, manto e bagagem.

— Socorro! Pega ladrão! João do Mato!

— Como foi? Conta logo!

— Veio daquele lado, escuro, barbudo, de arma em punho, por pouco não morro!

— Rápido! Atrás dele! Pra que lado foi?

— Por aqui! Não, talvez por lá! Corria como o vento!

Cosme enfiara na cabeça que ia encontrar João do Mato. Percorria o bosque de um extremo a outro atrás de lebres ou de pássaros, incitando o bassê:

— Fuça, fuça, Ótimo Máximo!

Mas o que ele pretendia desentocar era o bandido em pessoa, sem a pretensão de fazer ou de dizer-lhe nada, só para ver de frente uma pessoa tão comentada. Contudo, jamais conseguira encontrá-lo, nem quando circulava a noite inteira. "Quem sabe não terá saído esta noite", dizia-se Cosme; ao contrário, de manhã, em algum ponto do vale, havia um monte de gente na soleira de uma casa ou numa curva da estrada que falava da nova rapina. Cosme acorria, e ficava com ouvidos escancarados escutando aquelas histórias.

— Mas você, que anda sempre pelas árvores do bosque — perguntou alguém certa vez —, nunca viu João do Mato?

Cosme envergonhou-se muito.

— Ah... acho que não...

— E como é que você quer que ele o tenha visto? — questionou um outro. — João do Mato tem esconderijos que ninguém consegue encontrar, e caminha por estradas que ninguém conhece!

— Com a recompensa que dão pela sua cabeça, quem o agarrar está garantido por toda vida!

— Sim! Mas aqueles que sabem onde ele está também têm contas para acertar com a justiça, e se saem da toca vão juntos para a forca!

— João do Mato! João do Mato! Mas será mesmo sempre ele quem comete esses crimes?

— Veja, ele já tem tantas acusações que, se conseguisse isentar-se da punição de dez roubos, nesse meio-tempo acabaria enforcado pelo décimo primeiro!

— Já assaltou em todos os bosques da costa!

— Quando jovem, matou até um chefe do bando!

— Foi também um bandido dos próprios bandidos!

— Por isso veio refugiar-se por estes lados!

— É que nós somos gente muito boa!

A cada notícia nova Cosme ia conversar com os caldeireiros. Entre o pessoal acampado no bosque, havia naquele tempo toda uma família de obscuros ambulantes: caldeireiros, empalhadores de cadeiras, catadores de trapos, gente que circula pelas casas, premeditando de manhã o roubo que praticará à noite. No bosque, além da oficina, mantinham o refúgio secreto, o esconderijo do butim.

— Souberam? Esta noite João do Mato assaltou uma carruagem!

— Verdade? Com ele tudo é possível...

— Travou os cavalos a galope, agarrando-os pelo focinho!

— Bem, ou não era ele ou em vez de cavalos eram grilos...

— O que estão dizendo? Não acreditam que fosse João do Mato?

— Mas é claro que sim, que ideia quer pôr na cabeça dele, você? Era João do Mato, certamente!

— E do que não é capaz João do Mato?

— Ah, ah, ah!

Ao ouvir falar de João do Mato dessa maneira, Cosme não entendia mais nada, ia para o bosque e ficava à escuta noutro acampamento de ambulantes.

— Digam-me, segundo vocês, a história da carruagem desta noite era um golpe de João do Mato, não?

— Todos os golpes têm a marca de João do Mato quando dão certo. Não sabia?

— Por que *quando dão certo*?

— Porque, quando dão errado, significa que são de João do Mato realmente!

— Ah, ah! Aquele trapalhão!

Cosme não entendia mais nada.

— João do Mato é um trapalhão?

Então os outros se apressavam em mudar o tom:

— Nada disso, é um bandido que mete medo em todo mundo!

— Mas vocês o viram?

— Nós? E quem é que já o viu?

— Mas vocês têm certeza de que ele existe?

— Boa esta! Claro que existe! E mesmo que não existisse...

— Se não existisse?

— ...Seria tal e qual. Ah, ah, ah!

— Mas todos dizem...

— Decerto, assim se deve dizer: é João do Mato quem rouba

e mata por todos os lados, aquele terrível bandido! Gostaríamos de ver alguém que duvidasse disso!

— Será que você, menino, teria coragem de pôr isso em dúvida?

Em resumo, Cosme entendera que o medo de João do Mato que dominava a parte baixa do vale, à medida que se subia rumo ao bosque, transformava-se numa atitude interrogativa e muitas vezes abertamente derrisória.

Passou-lhe a curiosidade de encontrá-lo, pois entendeu que João do Mato pouco importava às pessoas mais espertas. E foi justamente aí que aconteceu de encontrá-lo.

Uma tarde, Cosme estava em cima de uma nogueira, e lia. Desde algum tempo, vinha-lhe a nostalgia de certos livros: ficar o dia inteiro com o fuzil em punho, esperando a chegada de um tentilhão, acaba enjoando.

Assim, lia o *Gil Blas*, de Lesage, tendo numa das mãos o livro e na outra o fuzil. Ótimo Máximo, a quem não agradavam as leituras do patrão, andava em círculo, buscando pretextos para distraí-lo: por exemplo, latindo para uma borboleta, para ver se conseguia fazer com que lhe apontasse o fuzil.

Eis então que, montanha abaixo, pelo caminho, vinha correndo e ofegando um barbudo malvestido, desarmado, tendo atrás dois guardas com sabres desembainhados que gritavam:

— Detenham-no! É João do Mato! Conseguimos tirá-lo da toca, finalmente!

Agora o bandido se distanciara um pouco dos policiais, mas, se continuasse a mover-se indeciso como quem tem medo de errar o rumo ou de cair numa armadilha, logo teria os dois de novo nos calcanhares. A nogueira de Cosme não oferecia apoio a quem quisesse subir, mas ele tinha num galho uma corda daquelas que carregava sempre para superar as passagens difíceis. Jogou uma ponta para o chão e amarrou a outra a um ramo. O bandido viu cair-lhe a corda quase no nariz, torceu as mãos num instante de incerteza, depois agarrou-se à corda e trepou rapidíssimo, revelando-se um daqueles incertos impulsivos ou impulsivos incertos que parecem jamais saber captar o momento exato e, pelo contrário, acertam todas as vezes.

Chegaram os guardas. A corda já fora içada e João do Mato estava ao lado de Cosme na copa da nogueira. Havia uma encruzilhada. Os guardas dividiram-se e não sabiam mais para que lado ir. E deram de cara com Ótimo Máximo, que sacudia o rabo naquelas paragens.

— Ei — disse um dos policiais —, este não é o cachorro do filho do barão, aquele que vive nas árvores? Se o rapaz estiver por aqui, poderá dizer-nos alguma coisa.

— Estou aqui em cima! — gritou Cosme.

Mas já não estava na nogueira de antes e onde se escondera o bandido: deslocara-se rapidamente para um castanheiro ali em frente, e assim os guardas ergueram logo a cabeça naquela direção, sem olhar as árvores ao redor.

— Bom dia, senhorzinho — disseram. — Por acaso não teria visto o assaltante João do Mato passar correndo?

— Não sei quem seria — respondeu Cosme —, mas, se procuram um homenzinho que corria, tomou o rumo da torrente...

— Um homenzinho? É um colosso de homem que mete medo...

— Bem, aqui de cima todos parecem pequenos...

— Obrigado, senhorzinho. — E pegaram um atalho para a torrente.

Cosme voltou para a nogueira e recomeçou a ler *Gil Blas*. João do Mato continuava abraçado ao galho, pálido em meio aos cabelos e barba hirsutos e vermelhos como urzes, com mistura de folhas secas, cascas de castanha e agulhas de pinheiro. Examinava Cosme com dois olhos verdes, redondos e perdidos; feio, era feio.

— Foram embora? — decidiu-se a perguntar.

— Sim, sim — disse Cosme, afável. — O senhor é o bandido João do Mato?

— Como é que me conhece?

— Bem, pela sua fama.
— E o senhor é aquele que não desce das árvores?
— Sim. Como sabe?
— Bem, também eu, pela fama que corre.

Olharam-se com cortesia, como duas pessoas de respeito que se encontram por acaso e ficam contentes por não serem desconhecidas uma da outra.

Cosme não sabia mais o que dizer, e recomeçou a ler.
— O que anda lendo de bom?
— O *Gil Blas*, de Lesage.
— Vale a pena?
— Sim.
— Falta muito para acabar?
— Por quê? Bem, umas vinte páginas.
— Porque, quando terminar, queria saber se podia me emprestar — sorriu, meio confuso. — Sabe, passo os dias escondido, não sei o que fazer. Se tivesse um livro de vez em quando... Certa vez parei uma carruagem, não tinha grande coisa, mas havia um livro e eu o apanhei. Levei-o comigo, escondido no casaco; teria trocado todo o resto do butim em troca daquele livro. De noite, acendo a lanterna, preparo-me para ler... era em latim! Não entendia uma palavra... — Sacudiu a cabeça. — Olhe, latim eu não sei...

— Bem, latim, puxa, é duro — disse Cosme, e sentiu que, a contragosto, assumia um ar protetor. — Este aqui é em francês...

— Francês, toscano, provençal, castelhano, entendo tudo — disse João do Mato. — Também um pouco de catalão: *Bon dia! Bona nit! Està la mar mòlt alborotada*.

Em meia hora Cosme terminou o livro e emprestou-o a João do Mato.

Assim estabeleceram relações meu irmão e o bandido. Logo que João do Mato terminava um livro, corria para devolvê-lo a Cosme, pedia outro emprestado, corria para proteger-se em seu refúgio secreto, e mergulhava na leitura.

Quem conseguia os livros para Cosme era eu, na biblioteca da casa e, ao terminar a leitura, ele me restituía um após outro. Começou então a demorar mais porque depois de os ler passava-os para João do Mato, e muitas vezes voltavam com a capa arranhada, manchas de mofo, estrias de lesma, pois quem sabe onde o bandido os guardava.

Em dias fixos, Cosme e João do Mato marcavam encontro numa determinada árvore, trocavam o livro e se separavam rapidamente, pois o bosque estava sempre vigiado pelos guardas. Essa operação tão simples era muito perigosa para ambos: também para meu irmão, que não teria podido justificar sua amizade com aquele criminoso! Mas João do Mato fora acometido por uma tal fúria de leitura, que devorava romances e mais romances e, ficando o dia inteiro escondido a ler, num dia devorava certos tomos aos quais meu irmão dedicara uma semana, e então não havia jeito, exigia outro, e se não era o dia combinado lançava-se pelos campos atrás de Cosme, assustando as famílias nas cabanas e arrastando em suas pegadas toda a força pública de Penúmbria.

Agora, a Cosme, sempre pressionado pelos pedidos do assaltante, não lhe bastavam os livros que eu conseguia e teve de procurar outros fornecedores. Conheceu um livreiro judeu, um tal de Orbeque, que lhe arranjava também obras em vários tomos. Cosme ia bater na janela dele através dos ramos de uma alfarrobeira, levando-lhe lebre, tordos e estarnas recém-caçados em troca dos volumes.

Porém, João do Mato tinha suas preferências, não era possível dar-lhe um livro qualquer, caso contrário voltava no dia seguinte para Cosme o trocar. Meu irmão estava na idade em que se começa a tomar gosto pelas leituras mais densas, mas era obrigado a ir devagar, desde quando João do Mato devolveu-lhe *As aventuras de Telêmaco* advertindo-o de que, se lhe desse outra vez um livro tão chato, ele serraria a árvore em que estivesse.

A esta altura, Cosme gostaria de separar os livros que desejava ler por conta própria, com toda a calma, daqueles que conseguia só para emprestar ao bandido. Que nada: pelo menos uma espiada devia dar também nestes, pois João do Mato tornava-se cada vez mais exigente e desconfiado, e antes de pegar um livro queria que ele lhe contasse um pouco da trama, e ai dele se errasse. Meu irmão tentou passar-lhe romances de amor: o bandido aparecia furioso perguntando se o confundira com alguma mulherzinha. Não dava para adivinhar qual era a preferência dele.

Em resumo, com João do Mato sempre nos calcanhares, as leituras de Cosme, de distração nas horas vagas, passaram a ocupação principal, objetivo do dia inteiro. E, à força de manejar volumes, de julgá-los e compará-los, de ter de conhecer sempre outros e novos, entre leituras para João do Mato e a crescente necessidade de leituras suas, Cosme foi arrastado a tamanha paixão pelas letras e por todo o saber humano que não lhe bastavam as horas do amanhecer ao pôr do sol para aquilo que gostaria de ler, e continuava também no escuro à luz de lanterna.

Finalmente, descobriu os romances de Richardson. Agradaram a João do Mato. Terminado um, logo queria outro. Orbeque conseguiu-lhe uma pilha de volumes. O bandido tinha o que ler por um mês. Cosme, reencontrada a paz, lançou-se sobre as vidas de Plutarco.

João do Mato, entretanto, estendido em seu catre, os hirsutos cabelos vermelhos cheios de folhas secas na testa enrugada, os olhos verdes que se avermelhavam com o esforço, lia sem parar, mexendo a mandíbula num soletrar furioso, mantendo no alto um dedo úmido de saliva pronto para virar a página. Ao descobrir Richardson, foi tomado por uma predisposição que já vinha incubando: um desejo de jornadas rotineiras domésticas, de parentes, de sentimentos familiares, de virtude, de aversão pelos maus e pelos viciados. Tudo aquilo que o circundava já não lhe interessava, enchia-o de desgosto. Não saía mais do esconderijo a não ser para ir atrás de Cosme e trocar de livro, especialmente se fosse um romance com mais de um volume e tivesse ficado no meio da história. Vivia assim, isolado, sem perceber a tempestade de ressentimentos que gerava contra ele inclusive entre os moradores do bosque, antigamente cúmplices fiéis mas que agora já se tinham cansado de aturar um bandido inativo, que atraía todos os policiais.

Tempos atrás, tinham estreitado fileiras com ele todos aqueles que, nas redondezas, possuíam contas a ajustar com a justiça, às vezes pouca coisa, pequenos roubos de rotina, como os daqueles vagabundos que consertavam panelas, ou delitos para valer, como os dos seus companheiros bandidos. Para cada furto ou rapina aquela gente se valia da autoridade e experiência dele, utilizando como escudo seu nome, que corria de boca em boca e deixava o deles na sombra. E mesmo quem não participava dos golpes desfrutava de algum modo dos resultados, pois o bosque enchia-se de objetos roubados e de contrabando, que era preciso desfazer ou revender, e todos aqueles que zanzavam por ali encontravam um jeito de traficar com tudo aquilo. E ainda: quem roubava por conta própria, sem avisar João do Mato, servia-se desse nome terrível para assustar as vítimas e obter o máximo. As pessoas viviam aterrorizadas, viam em cada malfeitor um João do Mato ou alguém do seu bando e apressavam-se a desatar os cordões da bolsa.

Esses bons tempos duraram muito; João do Mato descobrira que podia viver de rendas, e pouco a pouco se acomodara. Achava que tudo continuava como antes, mas, ao contrário, os ânimos haviam mudado e seu nome já não inspirava nenhuma consideração.

Agora, a quem era útil João do Mato? Ficava escondido com os olhos vermelhos de tanto ler romances, não aplicava mais golpes, no bosque ninguém mais podia cuidar dos próprios negócios, vinham os policiais todos os dias para procurá-lo e qualquer desgraçado que tivesse um ar minimamente suspeito era levado. Se se acrescentar a tentação que significava a recompensa pela cabeça dele, ficava claro que os dias de João do Mato estavam contados.

Dois outros bandidos, dois jovens que tinham sido protegidos por ele e não conseguiam resignar-se a perder aquele grande chefe, quiseram dar-lhe a chance de reabilitar-se. Chamavam-se Hugão e Bonitão e haviam integrado o bando dos ladrões de fruta. Agora, adolescentes, tinham se tornado bandidos de respeito.

Assim, foram procurar João do Mato na caverna. Estava lá, deitado na palha.

— Sim, quem é? — perguntou, sem tirar os olhos do papel.

— Queríamos propor uma coisa, João do Mato.
— Hum... O quê? — E lia.
— Sabe onde é a casa de Constâncio, o fiscal da alfândega?
— Sim, sim... Hein? O quê? Quem é o fiscal da alfândega?

Bonitão e Hugão trocaram um olhar contrariado. Se não lhe tirassem aquele maldito livro do alcance da vista, o bandido não entenderia nem uma palavra.

— Fecha o livro um pouco, João do Mato. Ouve o que temos a dizer.

João do Mato agarrou o livro com ambas as mãos, levantou-se de joelhos, deu um jeito para apertá-lo contra o peito, mantendo-o aberto no ponto em que chegara, mas a vontade de continuar a ler era tanta que, sempre tendo-o bem próximo, ergueu-o até poder enfiar o nariz dentro dele.

Bonitão teve uma ideia. Por perto havia uma teia de aranha com sua dona. Bonitão levantou com as mãos ágeis a teia com a aranha dentro e jogou-a em cima de João do Mato, entre livro e nariz. O desgraçado do João do Mato andava tão mole a ponto de ter medo de aranha. Sentiu no nariz aquela mistura de patas de aranha e filamentos pegajosos, e, antes de entender o que era, soltou um grito de susto, deixou cair o livro e começou a abanar as mãos na frente do rosto, os olhos arregalados e a boca cheia de saliva.

Hugão deu um pulo e conseguiu pegar o livro antes que João do Mato pusesse um pé em cima dele.

— Me dá esse livro de volta! — disse João do Mato, tentando livrar-se da aranha e da teia com uma das mãos, e com a outra arrancar o livro das mãos de Hugão.

— Não, ouve antes! — disse Hugão escondendo o livro nas costas.

— Estava lendo *Clarisse*. Me dá de volta! Estava no momento culminante...

— Escute. Nós vamos levar hoje de noite um carregamento de lenha na casa do fiscal. No saco, em vez de lenha, vai você. De madrugada, sai do saco...

— Eu quero terminar *Clarisse*! — Conseguira livrar as mãos das últimas gosmas da teia e tentava lutar contra os dois jovens.

— Ouça... Quando for de madrugada, você sai do saco, armado com suas pistolas, arranca do fiscal tudo o que foi arrecadado na semana, que ele guarda no cofre que está na cabeceira da cama...

— Deixem ao menos eu terminar o capítulo... Sejam gentis...

Os dois jovens pensavam no tempo em que, ao primeiro que tentasse contrariá-lo, João do Mato apontava duas pistolas na barriga. Amarga nostalgia.

— Você pega os sacos de dinheiro, está bem? — insistiram, tristemente —, entrega tudo para nós, que devolveremos o livro e você poderá ler quando quiser. Está bem assim? Topa?

— Não. Não está bem. Não vou!

— Então não vai... É assim, é... Então olhe! — E Hugão pegou uma página do final do livro ("Não!", berrou João do Mato.), arrancou-a ("Não! Para!"), fez uma bolinha, jogou-a no fogo.

— Aaah! Cachorro! Não pode fazer isso! Vou ficar sem saber como acaba! — E corria atrás de Hugão para arrancar-lhe o livro.

— Agora você vai à casa do fiscal?

— Não, não vou!

Hugão arrancou mais duas páginas.

— Pare com isso! Ainda não cheguei aí! Você não pode queimá-las!

Hugão já tinha mandado as duas para o fogo.

— Porco! *Clarisse*! Não!

— Então, vai?

— Eu...

Hugão arrancou mais três páginas e atirou-as no fogo! João do Mato sentou-se com o rosto entre as mãos.

— Vou — rendeu-se. — Mas vocês me prometem que vão esperar com o livro fora da casa do fiscal.

O bandido foi fechado num saco, com um feixe de lenha na cabeça. Atrás vinha Hugão com o livro. Às vezes, quando João do Mato com um arrastar de pés ou com um grunhido dentro do saco mostrava estar a ponto de arrepender-se, Hugão o fazia ouvir o rumor de uma página arrancada e João do Mato logo ficava bonzinho.

Desse jeito o levaram, vestidos de lenhadores, até a casa do fiscal e o deixaram lá. Foram esconder-se por perto, atrás de uma oliveira, esperando a hora em que, executado o trabalho, devia alcançá-los.

Mas João do Mato estava com muita pressa, saiu antes de acabar de escurecer, ainda havia muita gente pela casa.

— Mãos ao alto! — Porém, já não era aquele de antes, era como se olhasse de fora, sentia-se meio ridículo. — Mãos ao alto, eu disse... Todos nesta sala, encostados na parede... — Mas que nada: nem ele acreditava mais naquilo, dizia por dizer. — Estão todos aqui? — Nem notara que uma menina tinha fugido.

De qualquer modo, era coisa para não se perder um minuto. Ao contrário, a cena rendeu, o fiscal bancava o tonto, não encontrava a chave, João do Mato percebia que já não o levavam a sério, e no fundo estava contente que fosse assim.

Finalmente, saiu com os braços cheios de bolsas com moedas. Correu quase às cegas para a oliveira combinada.

— Aqui está tudo o que havia! Devolvam *Clarisse*!

Quatro, sete, dez braços se lançaram sobre ele, imobilizaram-no das costas até as canelas. Tinha sido preso por um grupo de guardas e amarrado como um presunto.

— Você há de ver Clarisse quadradinha! — e o levaram para o cárcere.

A prisão era uma pequena torre à beira-mar. Um bosque de pinheiros crescia ao lado. Do alto de uma das velhas árvores, Cosme chegava quase à altura da cela de João do Mato e via o seu rosto atrás das grades.

Ao bandido não interessava nada dos interrogatórios e do processo; de um jeito ou de outro, terminaria na forca; mas sua preocupação eram aqueles dias vazios ali na cadeia, sem poder ler, e aquele romance deixado pelo meio. Cosme conseguiu outra cópia de *Clarisse* e levou-a até o pinheiro.

— Aonde você tinha chegado?

— Ao ponto em que Clarisse foge da casa de má fama!

Cosme folheou um pouco e logo:

— Ah, sim, aqui está. Portanto... — E começou a ler em voz alta, virado para a janela de grades, à qual se agarravam as mãos de João do Mato.

O processo foi demorado; o bandido resistia ao cerco da corda; para fazê-lo confessar cada um de seus inúmeros crimes eram necessários dias e dias. Todos os dias, antes e depois dos interrogatórios ficava escutando Cosme, que continuava a leitura. Terminada *Clarisse*, sentindo-o um tanto triste, Cosme achou que Richardson, para quem está preso, talvez fosse meio deprimente; e preferiu começar a ler para ele um romance de Fielding, cujo enredo movimentado lhe compensaria um pouco da liberdade perdida. Eram os dias do processo, e João do Mato só tinha cabeça para os casos de Jonathan Wild.

Antes que o romance fosse concluído, chegou o dia da execução. Na carroça, acompanhado por um frade, João do Mato fez sua última viagem como ser vivo. Os enforcamentos em Penúmbria eram feitos num alto carvalho no meio da praça. Ao redor, o povo fazia um círculo.

Já com a corda no pescoço, João do Mato ouviu um assovio entre os galhos. Ergueu o rosto. Descobriu Cosme com o livro fechado.

— Conta como termina — pediu o condenado.

— Lamento dizer, João — respondeu Cosme —, Jonas acaba pendurado pela garganta.

— Obrigado. O mesmo aconteça comigo! Adeus! — E ele mesmo deu um pontapé na escada, enforcando-se.

Quando o corpo parou de se debater, a multidão foi embora. Cosme permaneceu até a noite, apoiado no ramo do qual pendia o enforcado. Todas as vezes que um corvo se aproximava para bicar os olhos ou o nariz do cadáver, Cosme o expulsava agitando o gorro.

13

PORTANTO, CONVIVENDO COM O BANDIDO, Cosme adquirira uma paixão desmesurada pela leitura e pelo estudo, que lhe ficou pelo resto da vida. A atitude habitual em que passara a ser encontrado era com um livro aberto na mão, acavalado num galho cômodo, ou então apoiado numa forquilha como num banco de escola, uma folha pousada numa tabuleta, o tinteiro num oco da árvore, escrevendo com uma longa pena de pato.

Agora era ele quem procurava o abade Fauchelafleur para as lições, para que lhe explicasse Tácito e Ovídio, os corpos celestes e as leis da química, mas o velho padre, além de um pouco de gramática e uma dose de teologia, afogava-se num mar de dúvidas e de lacunas, e perante as questões do aluno alargava os braços e erguia os olhos para o céu.

— *Monsieur l'abbé*, quantas mulheres se pode ter na Pérsia? *Monsieur l'abbé*, quem é o vigário Savoiardo? *Monsieur l'abbé*, poderia me explicar o sistema de Lineu?

— *Alors... Voyons... Maintenant...* — começava o abade, depois se perdia, e não ia adiante.

Mas Cosme, que devorava livros de todo tipo e passava metade de seu tempo a ler e a outra metade caçando para pagar as contas do livreiro Orbeque, tinha sempre alguma nova história para contar. Sobre Rousseau, que passeava colhendo ervas pelas florestas da Suíça, sobre Benjamin Franklin, que pegava raios com pipas, sobre o barão de La Hontan, que vivia feliz entre os índios da América.

O velho Fauchelafleur escutava tais discursos com maravilhada atenção, não sei se por verdadeiro interesse ou apenas pelo alívio de não ter de ser ele a ensinar; e concordava, e intervinha com expressões do tipo: *"Non! Ditesle moi!"*, quando Cosme se dirigia a ele perguntando: "E sabe como é que...?", ou então com: *"Tiens! Mais c'est épatant!"*, quando Cosme lhe dava a resposta, e às vezes com: *"Mon Dieu!"*, que podiam ser tanto de exaltação pelas novas grandezas de Deus que naquele momento lhe eram reveladas, quanto de amargura pela onipotência do mal que sob todas as formas dominava sem freios o mundo.

Eu era muito criança e Cosme só tinha amigos nas classes não letradas, por isso sua necessidade de comentar as descobertas que ia fazendo nos livros eram desafogadas enchendo de perguntas e explicações o velho preceptor. O abade, é sabido, possuía aquela disposição condescendente e conciliante que lhe advinha de uma consciência superior da vaidade de tudo; e Cosme se aproveitava disso. Assim, a relação de aprendizagem entre os dois inverteu-se: Cosme passava a professor e Fauchelafleur a discípulo. E tanta autoridade adquirira meu irmão, que conseguia arrastar com ele o velho trêmulo em suas peregrinações pelas árvores. Conseguiu fazê-lo passar uma tarde inteira com as magras pernas pendentes num galho de castanheiro-da-índia, no jardim dos Rodamargem, contemplando as plantas raras e o pôr do sol que se refletia no tanque dos nenúfares, discutindo sobre monarquias e repúblicas, o justo e o verdadeiro nas diversas religiões, ritos chineses, o terremoto de Lisboa, a garrafa de Leiden, o sensacionismo.

Era hora da minha lição de grego e ninguém encontrava o preceptor. Alertou-se toda a família, deu-se uma batida no campo para procurá-lo, chegou-se até a vasculhar a criação de peixes temendo que, distraído, pudesse ter caído e se afogado. Ao anoitecer voltou para casa, lamentando-se de uma dor lombar, consequência das longas horas que passara sentado em posição tão incômoda.

Mas não se pode esquecer que, no velho jansenista, tal estado de passiva aceitação de tudo se alternava com momentos de retomada de sua paixão original pelo rigor espiritual. E se, enquanto ficava distraído e dócil, acolhia sem resistência qualquer ideia nova ou libertina, por exemplo, a igualdade dos homens perante a lei, ou a honestidade dos povos selvagens, ou a influência nefasta das superstições, quinze minutos depois, assaltado por um acesso de austeridade e de absolutismo, mergulhava naquelas ideias aceitas pouco antes de modo tão leviano e lhes transmitia toda sua necessidade de coerência e de severidade moral. Então em seus lábios os deveres dos cidadãos livres ou as virtudes do homem que segue a religião natural transformavam-se em regras de uma disciplina impiedosa, artigos de uma fé fanática, e fora disso só via um negro quadro de corrupção, e todos os novos filósofos eram demasiado frouxos e superficiais na denúncia do mal, e o caminho da perfeição, embora árduo, não permitia compromissos ou meios-termos.

Perante esses sobressaltos imprevistos do abade, Cosme já não ousava dizer nada, com medo de ser censurado de incoerente e não rigoroso, e o mundo luxuriante que em seus pensamentos tentava suscitar tornava-se árido como um cemitério de mármore. Por sorte o abade cansava-se logo dessas tensões da vontade, e ficava ali prostrado, como se examinar cada conceito para reduzi-lo a pura essência o deixasse presa de sombras dissolvidas e impalpáveis: piscava os olhos, dava um suspiro, do suspiro passava ao bocejo, e retornava ao nirvana.

Mas, entre uma e outra disposição de ânimo, dedicava então suas jornadas a supervisionar os estudos encetados por Cosme, e fazia a ligação entre as árvores em que ele se encontrava e a loja de Orbeque, para encomendar livros aos negociantes de Amsterdam ou Paris, e para retirar os recém-chegados. E assim preparava a sua desgraça. Porque o boato de que em Penúmbria existia um padre que se mantinha a par de todas as publicações mais excomungadas da Europa logo chegou ao tribunal eclesiástico. Certa tarde, os guardas se apresentaram em nossa vila para inspecionar a cela do abade. Entre os breviários dele encontraram as obras de Bayle, ainda intocadas, mas foi o que bastou para que o prendessem e o levassem.

Foi uma cena bem triste, naquela tarde nebulosa, lembro como a segui estarrecido da janela do meu quarto, e parei de estudar a conjugação do aoristo, pois não haveria mais lição. O velho padre Fauchelafleur afastava-se pela alameda entre aqueles brutamontes armados, e erguia os olhos para as árvores, e num certo ponto deu um salto como se quisesse correr em direção a um olmo e subir nele, mas as pernas lhe faltaram. Naquele dia Cosme estava caçando no bosque e não sabia de nada; assim, nem se despediram.

Não pudemos fazer nada para ajudá-lo. Papai fechou-se no quarto e não queria provar a comida, pois tinha medo de ser envenenado pelos jesuítas. O abade passou o resto de seus dias entre prisões e convento, em contínuas abjurações, até morrer, sem ter compreendido, depois de uma vida inteira dedicada à fé, em que coisas ainda acreditava, porém tentando firmemente acreditar nelas até o derradeiro momento.

Contudo, a prisão do abade não provocou nenhum prejuízo nos progressos da educação de Cosme. É daquele período que data a sua correspondência com os maiores filósofos e cientistas europeus, aos quais ele se dirigia a fim de que lhe resolvessem problemas e contestassem objeções, ou então só pelo prazer de discutir com espíritos melhores e ao mesmo tempo exercitar-se nas línguas estrangeiras. Pena que suas cartas, que guardava em cavidades de árvores conhecidas só por ele, jamais tenham sido encontradas, e na certa acabaram sendo roídas por esquilos ou mofaram; ali seriam descobertas cartas escritas de punho próprio pelos mais famosos sábios do século.

Para conservar os livros, Cosme construiu em diversas ocasiões algo semelhante a bibliotecas pênseis, protegidas da chuva e dos roedores, mas mudava-as constantemente de lugar, segundo os estudos e os gostos do momento, pois ele considerava os livros um pouco como pássaros e não queria vê-los parados ou engaiolados, senão se entristeciam. Na mais maciça daquelas estantes aéreas alinhava os tomos da *Enciclopédia*, de Diderot e D'Alembert, à medida que lhe chegavam de um livreiro de Livorno. E mesmo que, nos últimos tempos, à força de estar em meio aos livros ficara com a cabeça meio nas nuvens, cada vez menos interessado pelo mundo ao redor, agora, a leitura da *Enciclopédia*, certos belíssimos verbetes como *Abeille*, *Arbre*, *Bois*,

Jardin faziam-no redescobrir todas as coisas em torno como novas. Dentre os livros que encomendava começaram a figurar também manuais de artes e ofícios, por exemplo, a arboricultura, e não via a hora de aplicar os novos conhecimentos.

Cosme sempre gostara de observar as pessoas no trabalho, mas até então suas deslocações e caçadas haviam sempre correspondido a impulsos isolados e injustificáveis, como se fosse um passarinho. Ao contrário, agora estava tomado pela necessidade de fazer algo de útil ao próximo. E também isso, pensando bem, era uma coisa que tinha aprendido na convivência com o bandido: o prazer de tornar-se útil, de realizar um trabalho indispensável para os outros.

Aprendeu a arte de podar as árvores, e oferecia a sua obra aos cultivadores de pomares, no inverno, quando as árvores lançam irregulares labirintos de ramos secos e parecem não desejar outra coisa além de serem reduzidas a formas mais ordenadas para cobrir-se de flores e folhas e frutos. Cosme podava bem e pedia pouco: assim não havia pequeno proprietário ou arrendatário que não lhe pedisse ajuda, e era possível vê-lo, no ar cristalino daquelas manhãs, espigado com as pernas largas sobre as baixas árvores nuas, o pescoço envolto numa echarpe até as orelhas, erguer a tesoura e, zac! zac!, com golpes seguros fazer voar ramos secundários e pontas. A mesma técnica usava nos jardins, com as plantas de sombra e ornamentação, armado com uma foice curta, e nos bosques, onde, em vez do machado dos lenhadores que só servia para golpear a base de um tronco secular para abatê-lo inteiro, tratou de usar sua rápida machadinha que só trabalhava nas ramificações e nos topos.

Em resumo, soube tornar o amor por esse elemento arbóreo, como acontece com todos os amores verdadeiros, também sem piedade e doloroso, que fere e corta para fazer crescer e dar forma. Certamente, ele cuidava sempre, podando e derrubando árvores, de atender não apenas ao interesse do proprietário da planta mas também ao seu, de viajante que tem necessidade de tornar mais acessíveis as estradas; por isso, fazia com que os ramos que lhe serviam de ponte entre uma planta e outra fossem sempre preservados e ganhassem força com a supressão dos outros. Assim, essa natureza de Penúmbria que ele encontrara tão benigna, com sua arte contribuía para torná-la pouco a pouco mais favorável a si próprio, amigo ao mesmo tempo do próximo, da natureza e de si mesmo. E as vantagens desse sábio trabalho veio a desfrutá-las em idade mais tardia, quando a forma das árvores supria cada vez mais a perda das forças. Depois, bastou o advento de gerações desatinadas, com imprevidente avidez, gente sem amizade por nada, nem por si mesma, e tudo então mudou, nenhum Cosme poderá mais caminhar pelas árvores.

14

SE O NÚMERO DOS AMIGOS DE COSME CRESCIA, ele também fizera inimigos. Os vagabundos do bosque, de fato, após a conversão de João do Mato às boas leituras, e sua queda posterior, viram-se em má situação. Uma noite, meu irmão dormia em seu odre pendurado num freixo, no bosque, quando foi despertado por um latido do bassê. Abriu os olhos e viu luz; vinha de baixo, havia fogo justamente ao pé da árvore e as chamas já atingiam o tronco.

Um incêndio no bosque! Quem o provocara? Cosme tinha certeza de não ter tocado no acendedor, naquela noite. Portanto, era um golpe dos malfeitores! Pretendiam queimar o bosque para juntar lenha e ao mesmo tempo jogar a culpa em Cosme; e, de quebra, assá-lo vivo.

De imediato Cosme não pensou no perigo que o ameaçava tão de perto: imaginou que aquele interminável reino de caminhos e refúgios só seus podia ser destruído, e este era todo o seu terror. Ótimo Máximo já fugia para não queimar-se, virando-se de vez em quando para lançar um latido desesperado: o fogo estava se propagando pela vegetação rasteira.

Cosme não desanimou. No freixo que então constituía seu refúgio, armazenara, como sempre fazia, muitas coisas; dentre elas, uma garrafa com orchata para aplacar a sede no verão. Alcançou a garrafa. Pelos galhos do freixo fugiam os esquilos e as corujas assustadas e dos ninhos voavam os pássaros. Pegou a garrafa e estava a ponto de tirar a tampa e molhar o tronco do freixo para salvá-lo das chamas, quando pensou que o incêndio já estava se propagando pelo capim, pelas folhas secas, pelos arbustos e atingiria todas as árvores ao redor. Decidiu arriscar: "Que se perca o freixo! Se com esta bebida consigo molhar o chão em torno, onde as chamas ainda não chegaram, interrompo o incêndio!". E, abrindo a garrafa, com impulsos ondulantes e circulares dirigiu o jato sobre o terreno, sobre as línguas de fogo mais externas, apagando-as. Assim, o fogo na vegetação rasteira encontrou-se rodeado de capim e folhas molhadas e não pôde mais expandir-se.

Do alto do freixo, Cosme pulou para uma faia próxima. Escapara por um fio: o tronco, ardendo na base, transformou-se de estalo numa fogueira, em meio aos inúteis chiados dos esquilos.

O incêndio teria ficado restrito àquele ponto? Já uma nuvem de centelhas e chamas se propagava ao redor; certamente a leve barreira de folhas molhadas não o impediria de propagar-se.

— Fogo! Fogo! — começou a gritar Cosme com todas as forças. — Fogooo!

— O quêêê? Quem gritaaa? — ecoavam vozes.

Não longe daquele ponto ficava uma carvoaria, e uma turma de bergamascos amigos dele dormia lá numa barraca.

— Fogooo! Socorrooo!

Logo toda a montanha era uma gritaria só. Os carvoeiros dispersos pelo bosque espalhavam a notícia, em seu dialeto incompreensível. Começaram a chegar pessoas de todos os lados. O incêndio foi domado.

Essa primeira tentativa de incêndio doloso e de atentado contra sua vida deveria ter alertado Cosme para manter-se longe do bosque. Mas não: começou a preocupar-se em como controlar os incêndios. Era o verão de um ano seco e escaldante. Nos bosques da costa, nos lados da Provença, ardia havia uma semana um incêndio imenso. Durante a noite, observavam-se os clarões altos na montanha como um resto de pôr do sol. O ar estava seco, plantas e espinhos representavam um grande combustível naquela aridez. Parecia que os ventos propagavam as chamas em nossa direção, caso não viesse a explodir por aqui algum incêndio casual ou doloso, que se juntaria com aquele numa única fogueira ao longo de toda a costa. O céu parecia não ficar imune a esta carga de fogo: todas as noites, estrelas cadentes moviam-se em quantidade pelo firmamento e esperávamos vê-las cair em nossas cabeças.

Naqueles dias de estupor geral, Cosme fez estoque de pequenos barris e içou-os cheios d'água até o cume das plantas mais altas e situadas em lugares dominantes. "Quase nada, mas para alguma coisa hão de servir." Não satisfeito, estudava o regime das torrentes que atravessavam o bosque, meio secas como estavam, e o das nascentes que soltavam apenas um fio d'água. Foi consultar o cavaleiro advogado.

— Ah, sim! — exclamou Eneias Sílvio Carrega, batendo a mão na testa. — Bacias! Diques! É preciso fazer projetos! — E explodia em pequenos gritos e saltos de entusiasmo enquanto uma miríade de ideias inundava sua mente.

Cosme obrigou-o a fazer cálculos e desenhos; nesse meio-tempo convocou os proprietários dos bosques particulares, os arrendatários dos bosques públicos, os lenhadores, os carvoeiros. Todos juntos, sob a direção do cavaleiro advogado (ou seja, o cavaleiro advogado submetido a eles, forçado a dirigi-los e a não se distrair) e tendo Cosme para supervisionar os trabalhos do alto, construíram reservas d'água de modo que em todo ponto no qual surgisse um incêndio fosse possível sincronizar a ação das bombas.

Mas não bastava, era preciso organizar um grupo de vigilantes, equipes que em caso de alarme soubessem logo dispor-se em cadeia para passar baldes d'água de mão em mão e bloquear o incêndio antes que se propagasse. O resultado foi uma espécie de milícia que fazia turnos de guarda e inspeção noturna. Os homens eram recrutados por Cosme entre os camponeses e os artesãos de Penúmbria. De repente, como acontece em qualquer associação, nasceu um espírito corporativo, uma emulação entre as equipes, e sentiam-se prontos para fazer grandes coisas. Também Cosme sentiu uma nova força e contentamento: descobrira uma aptidão para associar pessoas e dirigi-las; capacidade da qual, para sorte sua, jamais foi levado a abusar, e só a exercitou muito poucas vezes em sua vida, apenas em função de importantes resultados a serem conseguidos, e obtendo sempre êxito.

Compreendeu isto: que as associações tornam o homem mais forte e põem em destaque os melhores dotes dos indivíduos, e produzem a alegria que raramente se obtém ficando isolado, ao ver quanta gente honesta e séria e capaz existe e pelas quais vale a pena desejar coisas boas (ao passo que vivendo por conta própria é mais frequente o contrário, acabamos por ver o outro lado das pessoas, aquele que exige manter sempre a mão na espada).

Portanto, a onda de incêndios trouxe um bom verão: havia um problema comum que todos se empenhavam em resolver, e cada um o colocava na frente de seus interesses pessoais, gratificando-se com a satisfação de ficar em paz e harmonia com tantas outras ótimas pessoas.

Mais tarde, Cosme deverá entender que, quando o problema comum não existe mais, as associações não funcionam bem como antes, e vale mais ser um homem só do que um chefe. Mas por enquanto, sendo um chefe, passava as noites completamente sozinho de sentinela no bosque, em cima de uma árvore, como sempre vivera.

Se por acaso via brilhar um foco de incêndio, instalara no alto de uma árvore uma campainha, que podia ser ouvida de longe e dar o alarme. Com esse sistema, nas três ou quatro vezes em que houve incêndios, conseguiram dominá-los em tempo e salvar os bosques. E, já que existia dolo, descobriram os culpados naqueles dois bandidos, Hugão e Bonitão, e os expulsaram da região. No final de agosto começaram os aguaceiros; o perigo dos incêndios havia passado.

Naquele tempo, em Penúmbria, só se ouvia falar bem de meu irmão. Até à nossa casa chegavam essas opiniões favoráveis, aqueles: "Mas é tão esperto", "Mas certas coisas ele faz muito bem", com o tom de quem deseja fazer avaliações objetivas sobre pessoas de diferentes religiões, ou de partidos contrários, e quer demonstrar-se de mente tão aberta que compreende até as ideias mais distantes das suas.

As reações da generala a tais notícias eram bruscas e sumárias.

— Possuem armas? — perguntava, quando lhe falavam da vigilância contra os incêndios organizada por Cosme. — Fazem exercícios? — Pois ela já pensava na constituição de uma milícia armada que pudesse, no caso de uma guerra, tomar parte em operações militares.

Papai, ao contrário, ouvia em silêncio, sacudindo a cabeça de forma que não se entendia se cada notícia sobre aquele filho lhe era dolorosa ou se, em vez disso, estava de acordo, tocado por um fundo de lisonja, não esperando outra coisa a não ser voltar a ter esperanças nele. Devia ser assim, desta última maneira, porque passados alguns dias montou a cavalo e foi procurá-lo.

Encontraram-se num lugar aberto, com uma fila de árvores em volta. O barão conduziu o cavalo para cima e para baixo duas ou três vezes, sem olhar para o filho, mas já o avistara. Partindo da última planta, de salto em salto, o rapaz veio para plantas cada vez mais próximas. Quando chegou na frente do pai, tirou o chapéu de palha (que no verão substituía o boné de gato selvagem) e disse:

— Bom dia, senhor pai.

— Bom dia, filho.

— O senhor vai bem?

— Proporcionalmente aos anos e aos desprazeres.

— Fico feliz de vê-lo animado.

— O mesmo quero dizer de você, Cosme. Ouvi contar que você trabalha pelo bem comum.

— Sou responsável pela proteção das florestas onde vivo, senhor pai.

— Você sabe que uma parte do bosque é propriedade nossa, herança de sua pobre avó Elisabete, boa alma?

— Sim, senhor pai. Na localidade de Belrio. Ali crescem trinta castanheiros, vinte e duas faias, oito pinheiros e um ácer. Tenho cópia de todos os mapas cadastrais. É justamente como membro de família proprietária de bosques que pretendi associar todos os interessados em conservá-los.

— Certo — disse o barão, acolhendo favoravelmente a resposta. Mas acrescentou: — Dizem-me que se trata de uma associação de padeiros, hortelões e cavalariços.

— Também, senhor pai. De todas as profissões, desde que honestas.

— Você sabe que poderia comandar a nobreza vassala com o título de duque?

— Sei que, quando tenho mais ideias do que os outros, entrego aos outros tais ideias, se as aceitam; e isto é comandar.

"E para comandar, hoje, é costume ficar em cima das árvores?", coçava a língua do barão. Mas de que valia trazer à baila aquela história? Suspirou, absorto em seus pensamentos. Depois desatou o cinturão em que estava pendurada sua espada.

— Você tem dezoito anos... É hora de considerar-se um adulto... Eu já não tenho muito tempo de vida... — E segurava a espada achatada com as duas mãos. — Você se lembra de que é barão de Rondó?

— Sim, senhor pai, lembro meu nome.

— Pretende ser digno do nome e do título que carrega?

— Tratarei de ser o mais digno que possa do nome de homem, e igualmente de todo atributo seu.

— Receba esta espada, a minha espada. — Ergueu-se sobre os estribos, Cosme abaixou-se no galho e o barão conseguiu cingi-la.

— Obrigado, senhor pai... Prometo que farei bom uso dela.

— Adeus, meu filho. — O barão virou o cavalo, deu um breve puxão de rédeas, afastou-se cavalgando lentamente.

Cosme ficou um momento a pensar se não devia cumprimentá-lo com a espada, depois refletiu que o pai lhe dera a arma para defender-se e não para fazer gestos de parada, e a manteve na bainha.

15

FOI NAQUELE PERÍODO QUE, frequentando o cavaleiro advogado, Cosme apercebeu-se de algo de estranho no comportamento dele, ou melhor, diferente do habitual, mais ou menos estranho que fosse. Como se seu ar absorto não derivasse mais de distração, mas de um pensamento fixo que o dominava. Os momentos em que se mostrava conversador eram agora mais frequentes, e se antigamente, antissociável como era, jamais punha os pés na cidade, agora ao contrário estava sempre no porto, nas rodas de conversa ou sentado nos espaldões com os velhos patrões e marinheiros, comentando as chegadas e as partidas dos barcos ou as malvadezas dos piratas.

Ao largo das nossas costas chegavam ainda as falucas dos piratas da Barbaria, perturbando os nossos tráficos. Hoje era uma pirataria de pouca monta, não mais como nos tempos em que ao encontrar piratas acabava-se escravo em Túnis ou Argel ou se perdiam nariz e orelhas. Agora, quando os maometanos conseguiam alcançar uma tartana de Penúmbria, roubavam a carga: barris de bacalhau, fôrmas de queijo holandês, rolos de algodão etc. Às vezes os nossos eram mais ágeis, escapavam, davam um tiro de espingarda contra as velas da faluca; e os bárbaros respondiam cuspindo, fazendo gestos feios e berrando.

Em suma, era uma pirataria moderada, que continuava por causa de certos créditos que os paxás daqueles países pretendiam exigir dos nossos comerciantes e armadores, não tendo sido — segundo eles — bem atendidos em algum fornecimento, ou até lesados. E assim tratavam de saldar a conta aos poucos, por meio de roubos, mas ao mesmo tempo continuavam as negociações comerciais, com contínuas contestações e pactos. Portanto, não havia interesse nem de uma parte nem de outra

121

em provocar grandes más-criações; e a navegação estava cheia de incertezas e riscos, os quais, todavia, nunca degeneravam em tragédias.

A história que agora contarei foi narrada por Cosme em muitas versões diferentes: vou me ater à mais rica em detalhes e menos ilógica. Mesmo sendo verdade que meu irmão ao contar suas aventuras acrescentava muito de sua lavra, eu, na falta de outras fontes, trato sempre de seguir literalmente o que ele dizia.

Certa vez Cosme, que por montar guarda contra os incêndios adquirira o hábito de acordar à noite, viu uma luz que descia pelo vale. Seguiu-a entre os ramos, silencioso com seu passo de gato, e viu Eneias Sílvio Carrega, que caminhava rapidinho, com o fez e a chimarra, segurando uma lanterna.

O que estaria tramando àquela hora o cavaleiro advogado, que costumava deitar-se com as galinhas? Cosme saiu atrás dele. Estava atento para não fazer barulho, mesmo sabendo que o tio, quando caminhava tão compenetrado, era igual a um surdo e só enxergava um palmo diante dos pés.

Através de atalhos e veredas o cavaleiro advogado chegou à beira-mar, num trecho de praia pedregosa, e começou a agitar a lanterna. Não havia lua, no mar não se conseguia ver nada, exceto um movimento de espuma das ondas mais próximas. Cosme estava num pinheiro, meio distante da margem porque ali rareava a vegetação e já não era fácil aproximar-se pelos galhos. Contudo, distinguia bem o velhote com o alto fez na costa deserta, que agitava a lanterna voltado para a escuridão do mar, e daquela escuridão lhe respondia uma outra luz de lanterna, de repente, bem próxima, como se tivessem acabado de acendê-la, e emergiu velocíssima uma pequena embarcação com uma vela quadrada escura e remos, diferente dos barcos locais, e aportou.

À ondulante luz das lanternas Cosme viu homens de turbante na cabeça: alguns permaneceram no barco mantendo-o na margem com pequenas pancadas de remos; outros desceram, e tinham amplos calções vermelhos bufantes, e também brilhantes cimitarras na cintura. O tio e aqueles bárbaros falavam entre si, numa língua que não se entendia, ainda que frequentemente se pudesse achar o contrário, e certamente era a famosa língua franca. De vez em quando Cosme entendia uma palavra em nossa língua, sobre a qual Eneias Sílvio insistia, misturando-a com outras palavras incompreensíveis, e as nossas palavras eram nomes de navios, conhecidos nomes de tartanas ou brigues que pertenciam aos armadores de Penúmbria ou que faziam a ligação entre o nosso porto e outros.

Era fácil entender o que estava dizendo o cavaleiro! Informava os piratas sobre os dias de chegada e de partida dos navios de Penúmbria, e sobre a carga, a rota, as armas que levavam a bordo. Agora o velho devia ter contado tudo o que sabia, pois virou-se e foi embora rapidamente, enquanto os piratas subiam na lancha e desapareciam no mar de breu. Pelo modo rápido como se deu a conversa entendia-se que devia ser coisa habitual. Quem sabe há quanto tempo os atentados bárbaros ocorriam seguindo as informações de nosso tio!

Cosme permanecera no pinheiro, incapaz de afastar-se dali, da praia deserta. Ventava, a onda roía as pedras, a árvore gemia em todas as suas juntas e meu irmão batia os dentes, não pelo frio do ar mas pelo frio da triste revelação.

Eis que aquele velhote tímido e misterioso que nós, quando crianças, sempre consideramos não confiável e que Cosme pensava ter aprendido a apreciar e desculpar, revelava-se um traidor imperdoável, um homem ingrato que desejava o mal da terra que o recolhera como um despojo após uma vida de erros... Por quê? A tal ponto o empurrava a nostalgia daquelas regiões e daquela gente entre a qual deveria ter se sentido, uma vez na vida, feliz? Ou então incubava um rancor irrefreável contra esta aldeia em que cada bocado devia saber-lhe à humilhação? Cosme estava dividido entre o impulso de correr a denunciar as tramoias do espião e salvar as cargas de nossos comerciantes, e o pensamento da dor que isso provocaria em papai, por causa daquele afeto que inexplicavelmente o ligava àquele irmão natu-

123

ral. Cosme já imaginava a cena: o cavaleiro manietado no meio dos policiais, entre duas alas de penúmbrios que o injuriavam, e assim era conduzido até a praça, punham-lhe a corda no pescoço, enforcavam-no... Depois do velório de João do Mato, Cosme havia jurado a si mesmo que nunca mais assistiria a uma execução capital; e agora acontecia de caber a ele ser o árbitro da condenação à morte de um parente!

Atormentou-se com aquele pensamento a noite inteira, e assim continuou por todo o dia seguinte, passando furiosamente de um galho para outro, dando pontapés, erguendo os braços, escorregando pelos troncos, como sempre fazia quando era dominado por um pensamento. Finalmente, tomou uma decisão: escolheria um meio-termo, assustar os piratas e o tio, a fim de que interrompessem suas escusas relações sem necessidade da intervenção da justiça. Iria postar-se naquele pinheiro à noite, com três ou quatro fuzis carregados (conseguira montar um arsenal, para as várias necessidades da caça): quando o cavaleiro se encontrasse com os piratas, começaria a disparar uma arma atrás da outra, fazendo zunir as balas por cima da cabeça deles. Ao ouvir uma tal fuzilaria, piratas e tio fugiriam, cada um para o seu lado. E o cavaleiro, que não era decerto um homem audaz, na dúvida de ter sido reconhecido e na certeza de que agora vigiavam aqueles encontros na praia, evitaria repetir suas aproximações com os tripulantes maometanos.

De fato, Cosme, com os fuzis apontados, esperou no pinheiro duas noites. E não aconteceu nada. Na terceira noite, eis o velhote de fez a saltitar tropeçando nos seixos da praia, a fazer sinais com a lanterna, e o barco que chega, com os marinheiros de turbante.

Cosme estava pronto com o dedo no gatilho, mas não disparou. Porque dessa vez era tudo diferente. Após uma breve conversa, dois dos piratas que haviam descido fizeram sinais para a embarcação, e os outros começaram a descarregar coisas: barris, caixas, sacos, garrafões, padiolas cheias de queijos. Não havia um barco só, eram muitos, todos cheios, e uma fila de carregadores de turbante espalhou-se pela praia, precedida por nosso tio natural que os conduzia com sua corridinha hesitante até uma gruta entre os escolhos. Lá os mouros deixaram todas aquelas mercadorias, certamente o fruto das últimas piratarias.

Por que descarregavam nessa margem? Em seguida foi fácil reconstruir o caso: devendo a faluca bárbara lançar âncora num dos nossos portos (para algum negócio legítimo, como sempre ocorriam entre eles e nós em meio às ações de rapina), e tendo, portanto, de sujeitar-se aos controles alfandegários, era preciso que escondessem as mercadorias roubadas em lugar seguro, para recuperá-las no retorno. Assim a embarcação comprovaria seu não envolvimento nos últimos assaltos e reforçaria as relações comerciais normais com a região.

Tudo isso ficou evidente depois. De momento Cosme não parou para fazer perguntas. Havia um tesouro de piratas escondido numa gruta, os piratas voltavam para o navio e o deixavam ali: era preciso apoderar-se dele o mais rápido possível. Por um momento meu irmão pensou em ir acordar os comerciantes de Penúmbria, que deviam ser os legítimos proprietários das mercadorias. Mas, de repente, lembrou-se de seus amigos carvoeiros, que passavam fome no bosque com a família. Não hesitou: correu pelos galhos direto até os lugares em que, ao redor das cinzentas clareiras de terra batida, os bergamascos dormiam em simples cabanas.

— Rápido! Venham todos! Descobri o tesouro dos piratas!

Sob as tendas e as ramagens das cabanas houve uma agitação só, gente escarrando, xingando, e por fim exclamações maravilhadas, perguntas:

— Ouro? Prata?

— Não vi bem... — disse Cosme. — Pelo cheiro, diria que há uma quantidade de bacalhau e de queijo pecorino!

Diante dessas palavras, levantaram-se todos os homens do bosque. Quem tinha espingardas apanhava espingardas, os outros machadinhas, espetos, escavadeiras ou pás, mas sobretudo pegaram recipientes para colocar coisas, mesmo as cestas estragadas de carvão e os sacos negros. Organizou-se uma grande procissão — Hurra! Hota! —, também as mulheres desciam com as cestas vazias na cabeça, e os meninos encapuzados com os sacos, segurando as tochas. Cosme os precedia do pinheiro do bosque à oliveira, da oliveira ao pinheiro do mar.

Já estavam para virar na ponta do escolho, quando, no alto de uma figueira torta, apareceu a branca sombra de um pirata, levantou a cimitarra e deu o alarme. Com poucos saltos Cosme chegou a um ramo sobre ele e enfiou-lhe a espada nos rins, até que se jogasse ribanceira abaixo.

Na gruta, havia uma reunião de chefes piratas. (Antes, Cosme não percebera que tinham ficado lá, naquele vaivém do desembarque.) Ouvem o grito da sentinela, saem e se veem rodeados por aquela horda de homens e mulheres sujos de fuligem no rosto, encapuzados com sacos e armados de pás. Erguem as cimitarras e se lançam à frente para abrir espaço. "Hurra! Hota!" "Inxalá!" Começou a batalha.

Os carvoeiros eram mais numerosos, mas os piratas eram superiores em armas. E assim foi: para lutar contra cimitarras, como se sabe, não existe nada melhor do que pás. Deng! Deng!, e aquelas lâminas de Marrocos retiravam-se todas denteadas. As espingardas, ao contrário, produziam barulho e fumaça e depois mais nada. Também alguns dos piratas (oficiais, dava para notar) tinham fuzis muito bonitos de se ver, adamascados; mas na gruta as pedras de centelha haviam umedecido e negavam fogo. Os mais espertos dos carvoeiros insistiam em confundir os oficiais piratas com golpes de pá na cabeça para arrancar-lhe os fuzis. Mas, com aqueles turbantes, cada golpe chegava amaciado como numa almofada; era melhor dar joelhadas no estômago, pois tinham o umbigo de fora.

Visto que a única coisa que não faltava eram pedras, os carvoeiros começaram a dar pedradas. Os mouros, então, pedradas também eles. Com as pedras, finalmente, a batalha ganhou um aspecto mais ordenado, porém como os carvoeiros tendiam a entrar na gruta, cada vez mais atraídos pelo odor de bacalhau que dali saía, e os bárbaros tendiam a fugir rumo à chalupa que permanecera na margem, entre as duas partes faltavam razões significativas de contraste.

Num certo ponto, houve um assalto dos bergamascos que lhes deu acesso à gruta. Os maometanos ainda resistiam sob uma chuva de pedras, quando perceberam que o caminho do mar estava livre. Por que continuavam a resistir? Melhor içar velas e sumir.

Alcançada a pequena barca, três piratas, todos nobres oficiais, desenrolaram a vela. Com um salto de um pinheiro próximo da margem, Cosme lançou-se sobre o mastro, agarrou-se à travessa da verga e, lá de cima, firmando-se com os joelhos desembainhou a espada. Os três piratas ergueram as cimitarras. Com golpes à direita e à esquerda, meu irmão mantinha em xeque todos os três. O barco ainda parado inclinava-se ora para um lado ora para outro. Apareceu a lua naquele momento e relampejaram a espada dada pelo barão ao filho e as lâminas maometanas. Meu irmão escorregou mastro abaixo e enterrou a espada no peito de um pirata, que caiu n'água. Ágil como uma lagartixa, voltou a subir defendendo-se com duas estocadas dos golpes dos outros, a seguir desceu de novo e perfurou o segundo, subiu outra vez, esgrimiu rápido com o terceiro e com outra de suas escorregadelas atravessou-lhe o metal.

Os três oficiais maometanos estavam em parte dentro d'água e em parte fora, com a barba cheia de algas. Os outros piratas na entrada da gruta viam-se tontos com as pedradas e os golpes de pá. Cosme ainda pendurado no mastro do barco olhava triunfante em torno, quando pulou fora da gruta, desgovernado como um gato com fogo no rabo, o cavaleiro advogado, que lá estivera escondido até então. Correu pela praia de cabeça baixa, deu um empurrão no barco afastando-o da margem, pulou em cima e firmes os remos começou a mover-se com toda a força, navegando em direção ao mar alto.

— Cavaleiro! O que está fazendo? Ficou louco? — dizia Cosme agarrando na verga. — Volte para a praia! Aonde vamos?

Em vão. Era evidente que Eneias Sílvio Carrega queria atingir a nave dos piratas para pôr-se a salvo. Sua vilania estava irremediavelmente descoberta e se permanecesse na praia acabaria no patíbulo. Por isso, remava, remava, e Cosme, embora ainda se achasse com a espada desembainhada na mão e o velho estivesse desarmado e fraco, não sabia o que fazer. No fundo, ser violento contra um tio não lhe agradava, e para alcançá-lo teria de descer da árvore, e a questão se descer a um barco equivalia a descer à terra ou se já não havia derrogado suas leis interiores saltando de uma árvore com raízes para um mastro de embarcação era demasiado complicada para ser colocada naquele momento. Assim, não fazia nada, acomodara-se na verga, uma perna de um lado e a outra do outro lado do mastro, e acompanhava a onda, enquanto um leve vento inflava a vela, e o velho não parava de remar.

Ouviu um latido. Sentiu um arrepio de alegria. O cão Ótimo Máximo, que perdera de vista durante a batalha, reaparecia agachado no fundo do barco, e sacudia o rabo como se não houvesse nada. Afinal de contas, refletiu Cosme, não era o caso de ficar tão preocupado: estava em família, com seu tio, com seu cachorro, andava de barco, o que após tantos anos de vida nas árvores era um agradável divertimento.

A lua caminhava pelo mar. O velho já estava cansado. Remava com esforço, e chorava, e começou a dizer:

— Ah, Zaira... Ah, Alá, Alá, Zaira... Ah, Zaira, inxalá... — E assim, inexplicavelmente, falava em turco, e repetia sem parar, entre lágrimas, este nome de mulher que Cosme jamais ouvira.

— O que está dizendo, cavaleiro? O que se passa? Aonde vamos? — perguntava.

— Zaira... Ah, Zaira... Alá, Alá... — repetia o velho.

— Quem é Zaira, cavaleiro? Pensa que chegará até Zaira, por este caminho?

E Eneias Sílvio Carrega respondia que sim com a cabeça, e falava turco entre lágrimas, e gritava para a lua aquele nome.

Sobre Zaira, a cabeça de Cosme começou logo a moer suposições. Talvez estivesse a ponto de revelar-se o segredo mais profundo daquele homem esquivo e misterioso. Se o cavaleiro, indo rumo à nave pirata, pretendia alcançar essa Zaira, deveria tratar-se de uma mulher que estava lá, naqueles países otomanos. Talvez toda a sua vida tivesse sido dominada pela nostalgia daquela mulher, quem sabe era ela a imagem de felicidade perdida que ele perseguia criando abelhas ou traçando canais. Talvez fosse uma amante, uma esposa que tivesse em terras distantes, nos jardins daqueles países de além-mar, ou quem sabe mais provavelmente uma filha, uma filha sua que não via desde criança. Para procurá-la devia ter tentado durante anos estabelecer contatos com algumas das embarcações turcas ou mouriscas que chegavam a nossos portos, e finalmente deviam ter lhe dado notícias dela. Quem sabe descobrira que se tornara escrava, e para resgatá-la haviam proposto a ele informá-los sobre as viagens das tartanas de Penúmbria? Ou então era um resgate que ele devia pagar para ser readmitido no grupo e embarcar para a terra de Zaira.

Agora, desmascarada a operação, era obrigado a fugir de Penúmbria, e aqueles bárbaros já não podiam recusar-se a levá--lo junto e conduzi-lo até ela. Em suas frases ofegantes e fragmentárias misturavam-se tons de esperança, de súplica, e também de medo: medo de que ainda não fosse o momento certo, de que alguma desventura ainda haveria de separá-lo da criatura desejada.

Já não aguentava mais remar, quando se aproximou uma sombra, uma outra lancha bárbara. Talvez do barco tivessem escutado o barulho da batalha na praia, e agora mandavam batedores.

Cosme desceu até o meio do mastro, para ficar escondido pela vela. O velho, ao contrário, começou a gritar em língua franca que o apanhassem, que o levassem à embarcação, e estendia os braços. De fato, foi ouvido: dois janízaros de turbante, assim que o tiveram ao alcance da mão, agarraram-no pelos ombros, ergueram-no leve como era, e o atiraram na barca deles. Aquela em que estava Cosme, devido ao contragolpe foi empurrada, a vela pegou o vento, e meu irmão, que já se via morto, escapou de ser descoberto.

Afastando-se com o vento, chegavam a Cosme, da lancha pirata, vozes como uma discussão. Uma palavra, dita pelos

129

mouros, que soou semelhante a: "Porco!", e a voz do velho, que se ouvia repetir como um idiota: "Ah, Zaira!", não deixavam dúvidas sobre o acolhimento que fora dispensado ao cavaleiro. Certamente consideravam-no responsável pela emboscada na gruta, pela perda do butim, pela morte dos seus, acusavam-no de tê-los traído... Ouviu-se um berro, um baque, depois silêncio; a Cosme voltou a lembrança, nítida como se a ouvisse, da voz do pai quando gritava: "Eneias Sílvio! Eneias Sílvio!", correndo atrás do irmão natural pelo campo; e escondeu o rosto na vela.

Tornou a subir na verga para ver onde estava indo o barco. Alguma coisa boiava em meio ao mar como transportada por uma corrente, um objeto, uma espécie de boia, mas uma boia com rabo... Um raio de lua bateu em cima, e viu que não era um objeto mas uma cabeça, uma cabeça com fez e laço, e reconheceu o rosto revirado do cavaleiro advogado que mantinha o habitual olhar esgazeado, de boca aberta, e da barba para baixo tudo o mais estava na água e não se via, e Cosme gritou:

— Cavaleiro! Cavaleiro! O que está fazendo? Por que não sobe? Segure no barco! Já o ajudo a subir! Cavaleiro!

Mas o tio não respondia: boiava, boiava, olhando para o alto com aquele olhar esgazeado que parecia não ver nada. E Cosme disse:

— Vai, Ótimo Máximo! Pula na água! Pega o cavaleiro pelo cangote! Salva-o! Salva-o!

O cão obediente mergulhou, tentou agarrar com os dentes a nuca do velho, não conseguiu, pegou-a pela barba.

— Pelo cangote, Ótimo Máximo, já disse! — insistiu Cosme, mas o cão levantou a cabeça pela barba e a empurrou para o bordo do barco, e se viu que nuca não havia mais, nem corpo nem nada, era só uma cabeça, a cabeça de Eneias Sílvio Carrega decepada por um golpe de cimitarra.

16

A PRIMEIRA VERSÃO DE COSME sobre o fim do cavaleiro advogado foi bem diferente. Quando o vento levou de volta para a terra o barco, trazendo ele no mastro e seguido por Ótimo Máximo, que arrastava a cabeça decepada, Cosme contou às pessoas que acorreram ao seu chamado — da planta na qual subira rapidamente ajudado por uma corda — uma história bem mais simples: o cavaleiro fora sequestrado pelos piratas e depois morto. Talvez fosse uma variante ditada pela preocupação com o pai, cuja dor teria sido tão grande perante a notícia da morte do irmão e diante daqueles lastimáveis restos, que Cosme não teve coragem de agredi-lo com a revelação da infâmia do cavaleiro. Pelo contrário, em seguida, ao ouvir falar do mal-estar em que caíra o barão, tentou construir para nosso tio natural uma glória fictícia, inventando uma luta secreta e astuta dele para derrotar os piratas, à qual ele se dedicava havia tempo e que, descoberta, o teria conduzido ao suplício. Mas era um relato contraditório e lacunoso, mesmo porque havia algo mais que Cosme pretendia ocultar, isto é, o desembarque do butim dos piratas na gruta e a intervenção dos carvoeiros. E de fato, se a coisa ficasse conhecida, toda a população de Penúmbria teria ido ao bosque para recuperar as mercadorias em poder dos bergamascos, tratando-os como ladrões.

Após algumas semanas, quando tinha certeza de que os carvoeiros já haviam consumido tudo, contou o assalto à gruta. E quem chegou a subir para recuperar algo ficou de mãos vazias. Os carvoeiros tinham dividido tudo em partes exatas, o bacalhau filé por filé, os salames, os queijos, e de todo o remanescente haviam feito um grande banquete no bosque que durou o dia inteiro.

Papai envelhecera muito, e a dor pela perda de Eneias Sílvio teve estranhas consequências sobre seu caráter. Adquiriu a mania de impedir que as obras do irmão natural se perdessem. Por isso, queria cuidar ele mesmo das criações de abelhas, e a isso dedicou-se com grande orgulho, embora antes nunca tivesse visto uma colmeia de perto. Para aconselhar-se, dirigia-se a Cosme, que aprendera algo a respeito; não que lhe fizesse perguntas, mas conduzia o discurso para a apicultura e escutava o que Cosme dizia, e depois o repetia como ordem aos camponeses, com tom irritado e presunçoso, como se fosse coisa bem conhecida. Procurava não se aproximar muito das colmeias, devido àquele medo de levar uma ferroada, mas queria mostrar que podia superá-lo, e quem sabe quanto lhe custava. Do mesmo modo, dava ordens para escavar certos canais, para executar um projeto iniciado pelo pobre Eneias Sílvio: e se conseguisse seria um êxito, aquela boa alma não conseguira levar a cabo nenhum.

Infelizmente, essa tardia paixão do barão pelas tarefas práticas durou pouco, muito pouco. Um dia andava atarefado e nervoso entre colmeias e canais, e a um movimento brusco viu um par de abelhas que vinham contra ele. Ficou com medo, começou a agitar as mãos, derrubou uma colmeia, fugiu com uma nuvem de abelhas atrás. Correndo às cegas, acabou naquele canal que estavam tentando encher d'água, e o retiraram ensopado.

Foi colocado na cama. Entre a febre pelas picadas e a da gripe pelo banho, parou uma semana; depois poderia dizer-se curado. Porém, foi tomado por um tal desânimo que não queria mais se levantar.

Estava sempre na cama e perdera todo o interesse pela vida. Não conseguira fazer nada do que pretendia, sobre o ducado não falava mais, seu primogênito estava sempre em cima das plantas mesmo agora que já era um homem, seu meio-irmão fora assassinado, a filha, longe, se casara com gente mais antipática do que ela, eu era ainda muito criança para estar ao seu lado e sua mulher demasiado apressada e autoritária. Começou a delirar, a dizer que os jesuítas tinham invadido a casa e não podia sair do quarto e assim, cheio de amarguras e manias como sempre vivera, veio a morrer.

Também Cosme acompanhou o funeral, passando de uma árvore a outra, mas no cemitério não conseguiu entrar, porque nos ciprestes, densos como são de folhagem, ninguém consegue se pendurar de jeito nenhum. Assistiu ao enterro do outro lado do muro e quando todos nós jogamos um punhado de terra sobre o caixão ele atirou um raminho com folhas. Eu pensava que tínhamos ficado todos sempre distantes de papai como Cosme nas árvores.

Agora, o barão de Rondó era Cosme. A sua vida não mudou. Cuidava, é verdade, dos nossos interesses, mas sempre de forma irregular. Quando os feitores e arrendatários o procuravam, não sabiam nunca onde encontrá-lo; e, quando menos queriam ser vistos por ele, ei-lo no galho mais próximo.

Inclusive para cuidar dos negócios familiares, Cosme agora aparecia mais na cidade, parava na grande nogueira da praça ou nas azinheiras vizinhas ao porto. As pessoas o reverenciavam, chamavam-no de "senhor barão", e ele assumia poses um pouco de velho, como às vezes agrada aos jovens, e parava ali para contar casos a um grupo de penúmbrios que se espalhava ao pé da árvore.

Continuava a narrar, sempre de formas diferentes, o fim de nosso tio natural, e pouco a pouco foi revelando a conivência do cavaleiro com os piratas, mas, para refrear a indignação imediata dos cidadãos, acrescentou a história de Zaira, quase como se Carrega a tivesse confidenciado a ele antes de morrer, e assim levou-os até a comover-se com o triste destino do velho.

Partindo de pura invenção, acho eu, Cosme chegara, por sucessivas aproximações, a um relato bastante verossímil dos fatos. Aconteceu assim duas ou três vezes; depois, não se cansando os penúmbrios de ouvir o relato, e sempre juntando-se novos ouvintes e todos exigindo novos detalhes, foi levado a fazer acréscimos, ampliações, hipérboles, a introduzir novas personagens e episódios, e assim a história foi se deformando e acabou mais inventada do que no início.

Já então Cosme possuía um público que ficava ouvindo de boca aberta tudo aquilo que ele dizia. Adquiriu o gosto de narrar, e a sua vida nas árvores, as caçadas, o bandido João do Mato, e o cão Ótimo Máximo tornaram-se pretextos de narrativas que não tinham mais fim. (Muitos episódios destas memórias de sua vida são transcritos tal e qual ele os contava a pedido de seu público plebeu, e digo isso para me desculpar se nem tudo o que escrevo parece verdadeiro e compatível com uma visão harmoniosa da humanidade e dos fatos.)

Por exemplo, um daqueles desocupados lhe perguntava:

— Mas é verdade que jamais tirou os pés das árvores, senhor barão?

E Cosme começava:

— Sim, uma vez, por engano, subi nos chifres de um cervo. Acreditava estar passando em cima de um ácer, mas era um cervo, fugido da reserva de caça real, que estava parado ali. O cervo sente o meu peso nos chifres e corre pelo bosque. Nem lhes conto as batidas! Lá em cima eu me sentia atingido por todos os lados, entre as pontas afiadas dos chifres, os espinhos, os galhos do bosque que me acertavam no rosto... O cervo se debatia, procurando livrar-se de mim, eu me mantinha firme...

Suspendia o relato, e eles então:

— E como escapou dessa, senhorzinho?

E ele, todas as vezes, a inventar um final diferente:

— O animal correu, correu, alcançou o bando dos cervos que ao vê-lo com um homem sobre os chifres em parte fugiam, em parte se aproximavam curiosos. Apontei o fuzil que trazia sempre a tiracolo, e cada cervo que via eu derrubava. Matei cinquenta...

— E onde é que apareceram, por estes lados, cinquenta cervos? — perguntava um daqueles vadios.

— Agora a raça desapareceu. Pois aqueles cinquenta eram todos cervos fêmeas, entenderam? Todas as vezes que o meu cervo se aproximava de uma fêmea, eu disparava, e ela caía morta. O bicho não conseguia entender, e ficava desesperado. Então... então decidiu suicidar-se, correu até uma rocha elevada e se jogou de lá. Mas eu me agarrei a um pinheiro do caminho e eis-me aqui!

Ou então era uma batalha que se verificara entre dois cervos, a chifradas, e a cada golpe ele saltava dos chifres de um para os do outro, até que com uma pancada mais forte encontrou-se estatelado num carvalho...

Em resumo, fora dominado por aquela mania de quem conta histórias e nunca sabe se são mais bonitas aquelas que de fato lhe aconteceram e que ao serem recordadas trazem consigo todo um mar de horas passadas, de sentimentos miúdos, tédios, felicidades, incertezas, glórias vãs, náuseas de si próprio, ou então as inventadas, em que se corta grosseiramente, e tudo parece fácil, mas depois quanto mais variamos mais nos damos conta de que voltamos a falar de coisas obtidas ou entendidas a partir da realidade.

Cosme ainda estava na idade em que a vontade de contar dá vontade de viver, e se acredita não ter vivido experiências suficientes para contá-las, e assim partia para a caça, ficava fora durante semanas, depois voltava para as árvores da praça segurando pelo rabo fuinhas, texugos e raposas, e contava aos penúmbrios novas histórias que, se verdadeiras, narrando-as tornavam-se inventadas e, se inventadas, verdadeiras.

Mas em toda aquela ânsia havia uma insatisfação mais profunda, uma falta, naquela procura de gente que o escutasse existia uma busca diferente. Cosme não conhecia ainda o amor, e toda experiência, sem essa, o que é? De que vale ter arriscado a vida, quando dela ainda não se experimentou o sabor?

As moças camponesas ou vendedoras de peixe passavam pela praça de Penúmbria, e as jovens damas em carruagens, e Cosme da árvore lançava olhares furtivos e ainda não entendera bem por que em todas havia algo que ele procurava e que não estava inteiramente em nenhuma. À noite, quando nas casas se acendiam as luzes e nos ramos Cosme estava sozinho com os olhos amarelos das corujas, ocorria-lhe sonhar com o amor. Enchia-se de admiração e inveja dos casais que marcavam encontro atrás das sebes e entre as fileiras de plantas, e os acompanhava com o olhar enquanto se perdiam na escuridão, porém quando se deitavam ao pé da árvore em que estava fugia todo envergonhado.

Então, para vencer o pudor natural de seus olhos, ficava observando o amor dos animais. Na primavera, o mundo sobre as árvores era um mundo nupcial: os esquilos amavam-se com movimentos e gemidos quase humanos, os pássaros se acasalavam batendo as asas, até as lagartixas corriam juntas, com os rabos enlaçados; e os porcos-espinhos pareciam ter se tornado macios para fazer mais doces seus abraços. O cão Ótimo Máximo, nem um pouco intimidado por ser o único bassê de Penúmbria, cortejava grandes cadelas dos pastores, ou cadelas-lobos, com arrogante audácia, confiante na simpatia natural que despertava. Às vezes voltava desconjuntado pelas mordidas; mas bastava um amor bem-sucedido para compensá-lo de todas as derrotas.

Também Cosme, como Ótimo Máximo, era o único exemplar de uma espécie. Em seus sonhos de olhos abertos, via-se amado por belíssimas donzelas; mas como encontraria o amor, estando em cima das árvores? Ao fantasiar, conseguia não imaginar onde aquelas coisas aconteceriam, se no chão ou nas alturas em que andava: um lugar sem lugar, imaginava, como um mundo ao qual se chega andando para cima, não para baixo. Isto: talvez existisse uma árvore tão alta que subindo tocasse um outro mundo, a lua.

No entanto, com aquele hábito das conversas na praça, sentia-se cada vez menos satisfeito consigo mesmo. E desde quando, num dia de feira, um tipo, vindo da aldeia vizinha de Olivabaixa, disse: "Oh, vocês também possuem o seu espanhol!", e, ante as perguntas sobre o significado daquilo, respondeu: "Em Olivabaixa existe todo um clã de espanhóis que vivem em cima das árvores!", Cosme não teve mais paz até que não empreendeu, através das árvores dos bosques, uma viagem para Olivabaixa.

17

OLIVABAIXA ERA UMA ALDEIA DO INTERIOR. Cosme chegou lá depois de dois dias de caminhada, superando perigosamente os trechos de vegetação mais escassa. No percurso, próximo aos lugares habitados, as pessoas que nunca o tinham visto gritavam maravilhadas, e alguns lhe atiravam pedras, razão pela qual tratou de passar despercebido o mais possível. Mas, à medida que se aproximava de Olivabaixa, deu-se conta de que, se algum lenhador ou lavrador ou colhedor de azeitonas o via, não demonstrava nenhum estupor, ao contrário, os homens o cumprimentavam tirando o chapéu, como se o conhecessem, e diziam palavras certamente não pertencentes ao dialeto local, que na boca deles soavam estranhas, como:

— *Señor! Buenos días, señor!*

Era inverno, parte das árvores estava nua. Em Olivabaixa o casario era atravessado por uma dupla fila de plátanos e de olmos. E meu irmão, aproximando-se, viu que entre os ramos nus havia pessoas, uma ou duas ou até três por árvore, sentadas ou em pé, em atitude grave. Em poucos saltos alcançou-as.

Eram homens com vestimentas nobres, tricórnios emplumados, grandes mantos, e mulheres com expressão igualmente nobre, com véus na cabeça, que estavam sentadas nos galhos em grupos de duas ou três, algumas bordando, e olhando de vez em quando para a estrada com um breve movimento lateral do busto e um apoiar do braço ao longo do ramo, como num parapeito.

Os homens dirigiam-lhe cumprimentos como cheios de amarga compreensão:

— *Buenos días, señor!* — E Cosme se inclinava e tirava o chapéu.

Um que parecia o mais autorizado dentre eles, um obeso, encastrado na forquilha de um plátano do qual parecia não poder mais levantar-se, uma pele de doente do fígado, sob a qual a sombra dos bigodes e da barba raspados transparecia negra apesar da idade avançada, pareceu perguntar a um vizinho seu, macilento, magro, vestido de preto e também ele com as bochechas escuras de barba feita, quem seria aquele desconhecido que se movimentava pela fileira de árvores.

Cosme pensou que era chegado o momento de apresentar-se. Foi até o plátano do senhor obeso, inclinou-se e disse:

— Barão Cosme Chuvasco de Rondó, para servi-lo.

— *Rondos? Rondos?* — inquiriu o obeso. — *Aragonés? Gallego?*

— Não, senhor.

— *Catalán?*

— Não, senhor. Sou desta região.

— *Desterrado también?*

O gentil-homem magro sentiu-se na obrigação de intervir e servir de intérprete, muito pomposamente.

— Diz Sua Alteza Frederico Alonso Sanchez de Guatamurra y Tobasco se Vossa Senhoria é também um exilado, uma vez que o vemos deambular por estas ramagens.

— Não, senhor. Ou, pelo menos, não exilado por decreto alheio.

— *Viaja usted sobre los árboles por gusto?*

E o intérprete:

— Sua Alteza Frederico Alonso se compraz em indagar-lhe se é por gosto pessoal que Vossa Senhoria percorre este itinerário.

Cosme pensou um pouco, e respondeu:

— Porque penso que seja adequado a mim, embora ninguém me imponha tal trajeto.

— *Feliz usted!* — exclamou Frederico Alonso Sanchez, suspirando. — *Ay de mí, ay de mí!*

E a personagem de negro, a explicar, cada vez mais pomposa:

— Sua Alteza considera que Vossa Senhoria deve ser considerada feliz por desfrutar de tamanha liberdade, a qual não podemos deixar de comparar ao nosso constrangimento, que suportamos resignados à vontade de Deus — e persignou-se.

Assim, entre uma lacônica exclamação do príncipe Sanchez e uma circunstanciada versão do senhor vestido de negro, Cosme conseguiu reconstruir a história da colônia que se hospedava nos plátanos. Eram nobres espanhóis, rebelados contra o rei Carlos III por questões de privilégios feudais negados, e por isso mandados para o exílio com as famílias. Tendo chegado a Olivabaixa foram proibidos de continuar a viagem: de fato, aqueles territórios, com base num antigo tratado com Sua Majestade Católica, não podiam dar abrigo a pessoas exiladas da Espanha e nem mesmo ser atravessados por elas. A situação daquelas famílias nobres era bem difícil de ser resolvida, porém os magistrados de Olivabaixa, que não queriam ter problemas com as chancelarias estrangeiras mas que tampouco tinham razões de aversão por aqueles ricos viajantes, chegaram a uma conciliação: a letra do tratado prescrevia que os exilados não deveriam "tocar o solo" daquele território, portanto bastava que ficassem nas árvores e tudo estaria em ordem. Assim, os exilados haviam subido nos plátanos e olmos, com escadas cedidas pela prefeitura que depois foram retiradas. Estavam empoleirados lá em cima havia alguns meses, confiando no clima ameno, num próximo decreto de anistia de Carlos III e na providência divina. Possuíam uma reserva de dobrões espanhóis e compravam mantimentos, incrementando o comércio da cidade. Para levar os pratos para cima, tinham instalado alguns cestos sobe e desce. Noutras árvores havia baldaquinos sob os quais dormiam. Em resumo, aprenderam a adaptar-se, ou seja, tinham sido os moradores de Olivabaixa a equipá-los tão bem, pois conseguiam um bom retorno. Os exilados, por sua vez, não mexiam um dedo durante o dia inteiro.

Era a primeira vez que Cosme encontrava outros seres humanos vivendo sobre as árvores, e começou a fazer perguntas práticas.

— E quando chove, como é que vocês fazem?
— *Sacramos todo el tiempo, señor!*

E o intérprete, que era o padre Sulpício de Guadalete, da Companhia de Jesus, exilado desde que sua ordem fora prescrita da Espanha:

— Protegidos por nossos baldaquinos, dirigimos o pensamento ao Senhor, agradecendo-lhe pelo pouco que nos basta!...

— Não caçam nunca?

— *Señor, algunas veces con el visco.*

— Às vezes um de nós unta de visgo um galho, para distrair-se.

Cosme não se cansava de verificar como haviam resolvido alguns problemas que se tinham apresentado também a ele.

— E para lavar-se, para lavar-se, como fazem?

— *Para lavar? Hay lavanderas!* — disse dom Frederico, com um levantar de ombros.

— Entregamos nossas roupas às lavadeiras da aldeia — traduziu dom Sulpício. — Todas as segundas-feiras, para ser preciso, baixamos o cesto da roupa suja.

— Não, eu estava falando de lavar o rosto e o corpo.

Dom Frederico grunhiu e deu de ombros, como se este problema nunca tivesse se apresentado a ele.

Dom Sulpício sentiu-se no dever de interpretar:

— Segundo a opinião de Sua Alteza, estas são questões particulares de cada um.

— E, data venia, onde fazem as necessidades?

— *Ollas, señor.*

E dom Sulpício, sempre com seu tom modesto:

— Usam-se alguns urinóis, na verdade.

Despedindo-se de dom Frederico, Cosme foi conduzido pelo padre Sulpício para visitar os vários membros da colônia, em suas respectivas árvores residenciais. Todos aqueles fidalgos e aquelas damas mantinham, mesmo com os inevitáveis incômodos da permanência, atitudes habituais e comedidas. Certos homens, para ficar acavalados nos galhos, usavam selas de montar, e isso agradou muito a Cosme, que em tantos anos nunca pensara nisso (muito útil por causa dos estribos — notou logo — que eliminam o inconveniente de se dever manter os pés pendurados, coisa que após algum tempo provoca cãibras). Alguns apontavam binóculos de marinheiro (um deles possuía o grau de almirante) que talvez só servissem para se olharem entre si de uma árvore para outra, dar largas à curiosidade e fazer fofocas. As senhoras e senhoritas sentavam-se todas em almofadas bordadas por elas próprias, trançando agulhas (eram as únicas pessoas de algum modo ocupadas) ou então acariciando grandes gatos. Gatos não faltavam naquelas árvores, bem como pássaros, estes em gaiolas (quem sabe eram as vítimas do visgo), excetuando algumas pombas livres que vinham pousar nas mãos das donzelas, e eram tristemente acariciadas.

Nessas espécies de salões arbóreos Cosme era recebido com hospitaleira austeridade. Ofereciam-lhe café, em seguida punham-se a falar dos palácios que haviam abandonado em Sevilha, em Granada, e das suas propriedades e celeiros e escuderias, e convidavam-no para o dia em que fossem reintegrados em suas honras. Do rei que os havia banido falavam com um tom que era ao mesmo tempo de fanática aversão e de devota reverência, às vezes conseguindo separar perfeitamente a pessoa contra a qual suas famílias estavam em luta e o título real de cuja autoridade emanava também a deles. Às vezes, ao contrário, excitados pelo tema, misturavam os dois modos de consideração opostos num só impulso: e Cosme, toda vez que o discurso caía sobre o soberano, já não sabia mais que expressão adotar.

Pairava sobre todos os gestos e conversas dos exilados uma aura de tristeza e luto, que em parte correspondia à natureza deles, em parte a uma determinação voluntária, como acontece com quem combate por uma causa da qual não está bem convencido e trata de compensar com a importância da contenda.

Nas moças — que numa primeira olhada pareceram a Cosme todas um tanto peludas e de peles opacas — ondulava uma pontinha de vibração, sempre contida a tempo. Duas delas jogavam peteca, de um plátano a outro. Tique e taque, tique e taque, depois um gritinho: a peteca caíra no chão. Era recuperada por um menino de Olivabaixa que para devolvê-la exigia duas *pesetas*.

Na última árvore, um olmo, estava um velho, chamado de El Conde, sem peruca, mal trajado. O padre Sulpício, aproximando-se, baixou a voz, e Cosme foi induzido a imitá-lo. El Conde de vez em quando afastava um galho com um braço e observava o declive da colina e uma planície ora verde ora amarelada que se perdia na distância.

Sulpício murmurou aos ouvidos de Cosme uma história de um filho detido nos cárceres do rei Carlos e torturado. Cosme entendeu que ao passo que todos aqueles fidalgos posavam de exilados, mas deviam a cada instante relembrar e repetir por que e como se encontravam ali, só aquele velho sofria de verdade. Aquele gesto de afastar o ramo como esperando ver surgir uma outra terra, aquele inserir pouco a pouco o olhar na distância ondulada como esperando jamais encontrar o horizonte, conseguir identificar uma aldeia tão longínqua, era o primeiro sinal verídico de exílio que Cosme via. E compreendeu o quanto contava para os demais fidalgos a presença do conde, como se fosse ela que os mantinha unidos, que lhes dava um sentido. Era ele, talvez o mais pobre, certamente entre eles o que tinha menos autoridade na pátria, quem dizia o que deviam sofrer e esperar.

Retornando das visitas, Cosme distinguiu num amieiro uma menina que não notara antes. Com dois pulos chegou lá.

Era uma jovem com olhos de belíssima cor de pervinca e pele perfumada. Segurava um balde.

— Como é que quando fui apresentado a todos não a vi?
— Andava em busca de água no poço. — E sorriu.

Do balde, meio inclinado, caiu água. Ele a ajudou a segurá-lo.

— Então vocês descem das árvores?
— Não; há uma cerejeira torta que faz sombra para o poço. Dali baixamos os baldes. Venha.

Caminharam por um ramo, ultrapassando o muro de um pátio. Ela o conduziu até a passagem acima da cerejeira. Embaixo ficava o poço.

— Viu, barão?
— Como sabe que sou um barão?

— Sei de tudo. — Sorriu. — Minhas irmãs logo me informaram de sua visita.

— São aquelas da peteca?

— Irene e Raimunda, exatamente.

— As filhas de dom Frederico?

— Sim...

— E o seu nome?

— Úrsula.

— Você anda nas árvores melhor do que qualquer outro aqui.

— Já andava quando era criança: em Granada tínhamos grandes árvores no *patio*.

— Seria capaz de colher aquela rosa? — Em cima de uma árvore florescera uma rosa trepadeira.

— Que pena: não.

— Bem, vou colhê-la eu para você. — Movimentou-se, voltou com a flor.

Úrsula sorriu e estendeu as mãos.

— Quero colocá-la eu mesmo. Diga-me onde.

— Na cabeça, obrigada. — E acompanhou a mão dele.

— Agora diga-me: seria capaz — Cosme perguntou — de alcançar aquela amendoeira?

— Como se faz? — Riu. — Não sei voar.

— Espere. — E Cosme preparou um laço. — Se você se deixar amarrar por esta corda, puxo do outro lado, como numa roldana.

— Não... Tenho medo. — Mas ria.

— É o meu sistema. Viajo assim há anos, fazendo tudo sozinho.

— Virgem Maria!

Transportou-a para o outro lado. Depois seguiu atrás. Era uma amendoeira jovem e não muito grande. Estavam perto um do outro. Úrsula ainda estava ofegante e vermelha por causa daquele voo.

— Assustada?

— Não. — Mas seu coração acelerava.

— A rosa não caiu — disse ele e a tocou para arrumá-la. Assim, rentes à árvore, a cada gesto se abraçavam.
— Uh! — disse ela, e, iniciativa dele, se beijaram.

Desse modo começou o amor, o rapaz feliz e aturdido, ela feliz e nem um pouco surpresa (para as moças nada acontece por acaso). Era o amor tão esperado por Cosme e agora inesperadamente surgido, e tão belo que não entendia como não pudera imaginá-lo tão belo antes. E da sua beleza a coisa mais nova era o fato de ser tão simples, e ao jovem naquele momento pareceu que deveria ser sempre assim.

18

FLORESCERAM OS PESSEGUEIROS, as amendoeiras, as cerejeiras. Cosme e Úrsula passavam juntos os dias nas árvores em flor. A primavera coloria de alegrias até a fúnebre vizinhança dos parentes.

Na colônia dos exilados meu irmão logo soube tornar-se útil, ensinando os vários modos de passar de uma árvore para outra e encorajando aquelas famílias nobres a sair da habitual compostura para exercitar-se um pouco. Lançou até alguns pontos de corda que permitiam aos exilados mais velhos visitar-se. E assim, em quase um ano de permanência entre os espanhóis, dotou a colônia de muitos equipamentos por ele inventados: reservatórios de água, pequenos fornos, sacos forrados com peles para dormir. O desejo de fazer novas invenções conduzia-o a reforçar os costumes daqueles fidalgos mesmo quando não coincidiam com as ideias de seus autores favoritos: assim, verificando o desejo daquelas piedosas pessoas de confessar-se regularmente, escavou dentro de um tronco um confessionário, no qual podia entrar o magro dom Sulpício e de uma janelinha com cortina e grade ouvir os pecados deles.

A simples paixão pelas inovações técnicas, afinal de contas, não bastava para livrá-lo da sujeição às normas vigentes; eram necessárias ideias. Cosme escreveu ao livreiro Orbeque pedindo a ele que de Penúmbria lhe enviasse pelo correio os volumes que tivessem chegado naquele período. Assim pôde emprestar a Úrsula *Paulo e Virgínia* e *A nova Heloísa*.

Os exilados faziam frequentes reuniões num grande carvalho, assembleias em que redigiam cartas ao soberano. Essas cartas em princípio deviam ser sempre de protesto indignado e de ameaça, quase ultimatos; mas, a um certo ponto, por algum deles eram propostas fórmulas mais brandas, mais respeitosas, e assim terminava-se numa súplica em que se prosternavam humildemente aos pés das Graciosas Majestades implorando-lhes o perdão.

Então levantava-se El Conde. Todos emudeciam. El Conde, olhando para o alto, começava a falar, em voz baixa e vibrante, e dizia tudo aquilo que trazia no coração. Quando se sentava outra vez, os outros permaneciam sérios e mudos. Ninguém se referia mais à súplica.

Cosme já fazia parte da comunidade e participava das sessões. E nelas, com ingênuo fervor juvenil, explicava as ideias dos filósofos, e os erros dos soberanos, e como os estados podiam ser dirigidos com razão e justiça. Mas, dentre todos, os únicos que podiam acompanhá-lo eram El Conde, que, apesar de velho, empenhava-se sempre na busca de um modo de compreender e reagir, Úrsula, que lera alguns livros, e uma dupla de moças um pouco mais espertas do que as outras. O restante da colônia não passava de um bando de cabeças ocas.

Em suma, esse conde, vira e mexe, em vez de estar sempre a contemplar a paisagem começou a ter vontade de ler alguns livros. Rousseau pareceu-lhe meio desagradável; de Montesquieu, ao contrário, ele gostava: já era um passo. Os demais fidalgos, nada, embora alguns às escondidas de padre Sulpício pedissem emprestada a *Pulzella* para ler as páginas mais picantes. Assim, com o conde que maquinava novas ideias, as reuniões no carvalho adquiriram um outro viés: agora se falava em ir para a Espanha fazer a revolução.

A princípio, padre Sulpício não percebeu o perigo. Ele não era particularmente esperto e, alheio a toda a hierarquia dos superiores, não estava mais em dia quanto aos venenos das consciências. Mas assim que pôde reordenar as ideias (ou então, dizem outros, recebeu certas cartas com lacres episcopais) começou a dizer que o demônio penetrara naquela comunidade e que era de esperar uma chuva de raios que incendiaria as árvores com todos eles em cima.

Uma noite Cosme acordou com um lamento. Acorreu com uma lanterna e no olmo do conde viu o velho já amarrado na árvore e o jesuíta que apertava os nós.

— Alto lá, padre! O que é isto?

— O braço da Santa Inquisição, filho! Agora toca este velho desgraçado, para que confesse a heresia e cuspa o demônio. Depois será a sua vez!

Cosme puxou da espada e cortou as cordas.

— Em guarda, padre! Existem também outros braços, que servem à razão e à justiça!

O jesuíta retirou do manto uma espada desembainhada.

— Barão de Rondó, sua família desde algum tempo tem uma conta em suspenso com minha ordem!

— Tinha razão meu pai, que Deus o tenha! — exclamou Cosme cruzando o ferro. — A companhia não perdoa!

Bateram-se equilibrando-se nos galhos. Dom Sulpício era um excelente esgrimista, e várias vezes meu irmão se viu em apuros. Estavam no terceiro assalto quando El Conde, voltando a si, começou a gritar. Os outros exilados despertaram, acorreram, interpuseram-se entre os dois duelistas. Sulpício logo fez desaparecer sua espada e como se nada houvesse acontecido tratou de recomendar calma.

Fazer silêncio sobre um fato tão grave seria impensável em qualquer outra comunidade, menos naquela, com a preocupação de reduzir ao mínimo todos os pensamentos que afloravam em suas cabeças. Assim dom Frederico ofereceu seus bons préstimos e chegou-se a uma espécie de conciliação entre dom Sulpício e El Conde, que deixaram tudo como antes.

Cosme, certamente, devia se manter alerta, e quando andava pelas árvores com Úrsula temia sempre ser espionado pelo jesuíta. Sabia que ele andava pondo pulgas atrás da orelha de dom Frederico para que não deixasse mais a moça sair com ele. Aquelas famílias nobres, na verdade, eram educadas segundo costumes muito fechados; mas ali estavam em cima das árvores, no exílio, não ligavam mais para muitas coisas. Cosme parecia-lhes um bom rapaz, titulado, e sabia tornar-se útil, ficava lá com eles sem que ninguém lhe tivesse imposto isso; e, mesmo se percebiam que entre ele e Úrsula devia haver algo de terno e os viam afastar-se frequentemente para procurar flores e frutas, fechavam um olho para não ter o que criticar.

Porém, agora que dom Sulpício disseminava veneno, dom Frederico não podia mais fingir que não sabia de nada. Chamou Cosme para conversar no seu plátano. Ao lado estava Sulpício, comprido e negro.

— *Baron*, tu és visto com frequência com minha *niña*, me dizem.

— Ensina-me a *hablar vuestro idioma*, Alteza.

— Quantos anos tens?

— Vou pelos *diez y nueve*.

— *Joven!* Demasiado jovem! Minha filha é uma moça em idade de casar. *Por qué* fazes companhia a ela?

— Úrsula tem dezessete anos...

— Já pensas em *casarte*?

— Em quê?

— Minha filha te ensina mal *el castellano*, *hombre*. Pergunto se pensas em escolher uma *novia*, em construir uma casa.

Sulpício e Cosme, juntos, fizeram um gesto como se pusessem as mãos para a frente. A conversa tomava um certo rumo que não era aquele pretendido pelo jesuíta e muito menos por meu irmão.

— Minha casa... — disse Cosme e apontou ao redor, em direção aos ramos mais altos, as nuvens —, minha casa está por toda a parte, onde quer que seja possível subir, andando para o alto...

— *No es esto*. — E o príncipe Frederico Alonso sacudiu a cabeça. — *Baron*, se queres vir para Granada quando voltarmos, verás o mais rico feudo da Sierra. *Mejor que aquí*.

Dom Sulpício já não conseguia ficar calado:

— Mas, Alteza, este jovem é um voltairiano... Não deve mais frequentar sua filha...

— *Oh*, *es joven*, *es joven*, as ideias vão e vem, *que se case*, casando isso passa, vem para Granada, vem.

— *Muchas gracias a usted...* Pensarei nisso... — E Cosme revirando nas mãos o boné de pele de gato retirou-se com muitas reverências.

Quando reviu Úrsula estava preocupado.

— Sabe, Úrsula, seu pai conversou comigo... Veio com umas histórias...

Úrsula se assustou.

— Não quer que a gente se veja mais?

— Não é isso... Gostaria que eu, quando termine o exílio, vá com vocês para Granada...

— Ah, sim! Que bom!

— Bem, veja, eu gosto de você, mas vivi sempre em cima das árvores, e pretendo continuar...

— Oh, Cosme, temos belas árvores também lá em nossa terra...

— Sim, mas para fazer a viagem com vocês teria de descer, e uma vez tendo descido...

— Não se preocupe, Cosme. De qualquer modo, hoje somos exilados e talvez continuemos assim por toda a vida.

E meu irmão não se preocupou mais.

Mas Úrsula não calculara bem. Depois de pouco tempo chegou a dom Frederico uma carta com os lacres reais espanhóis. O exílio, por gracioso indulto de Sua Majestade Católica, fora revogado. Os nobres degredados podiam retornar às próprias casas e aos próprios bens. Imediatamente houve uma grande agitação nos plátanos.

— Vamos voltar! Vamos voltar! Madri! Cádiz! Sevilha!

A notícia correu pela cidade. Os habitantes de Olivabaixa chegaram com escadas. Entre os exilados, alguns desciam, festejados pelo povo, outros juntavam as bagagens.

— Mas não acabou! — exclamava El Conde. — As Cortes vão ouvir-nos! E a Coroa! — E como seus companheiros de exílio naquele momento não queriam lhe dar atenção, e as damas já se preocupavam com os vestidos fora de moda, com o guarda-roupa a ser renovado, ele começou a fazer grandes discursos para a população de Olivabaixa: — Agora vamos para a Espanha e vocês verão! Lá ajustaremos as contas! Eu e este jovem faremos justiça! — E apontava para Cosme. E Cosme, confuso, fazia sinais negativos.

Dom Frederico, carregado, descera para o chão.
— *Baja, joven bizarro!* — gritou para Cosme. — Jovem valoroso, desce! Vem conosco para Granada!

Cosme, encolhido num galho, se defendia.

E o príncipe:

— *Como no?* Serás como um filho meu!

— O exílio acabou! — dizia El Conde. — Finalmente podemos pôr em prática aquilo que discutimos por tanto tempo! O que vai ficar fazendo em cima das árvores, barão? Não há mais motivo!

Cosme abriu os braços.

— Subi aqui antes dos senhores, e aqui hei de continuar!

— Queira descer! — gritou El Conde.

— Não: resistirei — respondeu o barão.

Úrsula, que fora das primeiras a descer e com as irmãs se ocupava em arrumar as bagagens numa charrete, precipitou-se na direção da árvore.

— Então fico com você! Fico com você! — E correu para a escada.

Quatro ou cinco a detiveram, arrancaram-na de lá, tiraram a escada das árvores.

— *Adiós*, Úrsula, seja feliz! — disse Cosme, enquanto transportavam-na à força para a charrete que partia.

Explodiu um latido festivo. O bassê Ótimo Máximo, que durante todo tempo em que seu patrão permanecera em Olivabaixa, demonstrara um descontentamento litigioso, talvez exasperado pelas contínuas brigas com os gatos dos espanhóis, agora parecia voltar a ser feliz. Começou a perseguir, de brincadeira, os poucos gatos remanescentes, esquecidos nas árvores, que eriçavam o pelo e bufavam para ele.

Alguns a cavalo, outros de charrete, outros de berlinda, os exilados partiram. A estrada esvaziou-se. Nas árvores de Olivabaixa restou meu irmão, sozinho. Presas aos ramos havia ainda algumas plumas, alguma fita ou renda que se agitava ao vento, e uma luva, uma sombrinha com espiguilha, um leque, uma bota com espora.

19

ERA UM VERÃO FEITO DE LUAS CHEIAS, coaxar de rãs, cantos de tentilhões, quando o barão reapareceu em Penúmbria. Dava a impressão de estar dominado por uma inquietude de pássaro: saltava de galho em galho, intrometido, assustadiço, inconcludente.

Logo começou a circular o boato de que uma certa Chica, do outro lado do vale, era sua amante. O que havia de certo era que a moça vivia numa casa solitária, com uma tia surda, e um ramo de oliveira passava ali perto da janela. Os desocupados da praça discutiam se era ou não era.

— Vi os dois, ela no parapeito, ele no galho. Ele se agitava como um morcego e ela ria!

— Num determinado momento ele dá um salto!

— Que nada: se jurou nunca descer das árvores em sua vida...

— Bem, ele estabeleceu as regras, pode estabelecer também as exceções...

— Hum, se se começa com exceções...

— Não, quero dizer: é ela quem salta da janela para a oliveira!

— E como se arranjam? Devem ficar sem posição...

— Acho que nunca se tocaram. Sim, ele a corteja, ou então é ela quem o provoca. Mas ele não desce de lá de cima...

Sim, não, ele, ela, o parapeito, o salto, o ramo... as discussões não tinham fim. Os noivos e os maridos, agora, brigavam se suas namoradas ou esposas levantavam os olhos para uma árvore. As mulheres, por sua vez, assim que se encontravam, "Ti ti ti...", de quem falavam? Dele.

Chica ou não Chica, meu irmão tinha os seus casos sem jamais descer das árvores. Encontrei-o certa vez a correr pelos galhos com um colchão, com a mesma naturalidade com que o víamos carregar fuzis, cordas, machadinhas, alforjes, cantis, saquinhos de pólvora.

Uma certa Doroteia, mulher licenciosa, confessou-me ter se encontrado com ele, por iniciativa própria, e não por dinheiro, mas para ter uma ideia de como era.

— E que tal a experiência?

— Ah! Estou bem contente...

Uma outra, uma tal de Zobeida, contou-me ter sonhado com "o homem trepador" (assim o chamava) e o sonho era tão rico em detalhes que chego a pensar que o tivesse realmente vivido.

Bem, não sei como acontecem essas coisas, mas Cosme devia exercer um certo fascínio sobre as mulheres. Desde que convivera com os espanhóis passara a cuidar-se mais, e deixara de circular vestido de peles como um urso. Andava de calças e casaca bem cortada e cartola à inglesa, e raspava a barba e penteava a peruca. Para ser franco, agora era difícil dizer, do modo como andava vestido, se ia para a caça ou para um encontro galante.

O fato é que uma nobre senhora madura cujo nome não digo, aqui de Penúmbria (ainda estão vivas as filhas e os netos, e poderiam ofender-se, mas naquele tempo era uma história que se contava pelas esquinas), viajava sempre de carruagem, sozinha, com o velho cocheiro em seu assento, e se fazia conduzir pelo trecho da estrada principal que passa pelo bosque. Num certo ponto dizia ao cocheiro: "Tonico, o bosque está cheio de cogumelos. Vai, enche este cesto e depois volta", e lhe dava um cabaz. O pobre homem, com seus reumatismos, pulava do assento, punha o cabaz nas costas, saía da estrada e abria caminho entre as samambaias, inclinando-se a fuçar embaixo de cada folha para descobrir cogumelos. Nesse ínterim, a nobre senhora desaparecia da carruagem, como se fosse raptada pelos céus, em direção às densas frondes que sombreavam a estrada. Não se sabe de mais nada, exceto que, muitas vezes, quem por ali passava podia ver a carruagem parada e vazia no bosque. Depois, misteriosamente como desaparecera, eis a nobre senhora sentada de novo na carruagem, olhando ao redor, lânguida. Voltava Tonico, enlameado, com os poucos cogumelos espalhados no cabaz, e partiam.

Histórias desse tipo contavam-se tantas, especialmente na casa de certas damas genovesas que promoviam reuniões para homens ricos (também eu as frequentava quando era solteiro), e assim aquelas cinco senhoras devem ter tido vontade de fazer visitas ao barão. De fato, fala-se de um carvalho que se chama ainda o Carvalho das Cinco Peruas, e nós, velhos, sabemos o que isso significa. Foi um tal de Zé, comerciante de passas de uva, que contou, homem ao qual se pode dar crédito. Era um belo dia de sol, e este Zé ia caçar no bosque; chega àquele carvalho e o que vê? Cosme distribuíra as cinco pelos galhos, uma aqui e outra ali, e desfrutavam o bom tempo, todas nuas, com sombrinhas abertas para não se queimarem com o sol, e o barão estava lá no meio, a ler versos latinos, não conseguiu distinguir se de Ovídio ou de Lucrécio.

Tantas histórias se contavam, e o que tinham de verdadeiro não sei: naquele tempo ele era reservado e pudico sobre tais coisas; depois de velho, ao contrário, contava a mais não poder, porém, quase sempre, casos sem pé nem cabeça e que nem ele conseguia entender. Acontece que naquele tempo surgiu o costume de, quando uma moça engravidava e não se sabia quem era o responsável, atribuir-se a culpa a ele, era cômodo. Uma vez, uma moça contou que estava colhendo azeitonas e se sentira transportada por dois braços longos como de um macaco... Em pouco tempo pariu gêmeos. Penúmbria encheu-se de bastardos do barão, reais ou fictícios. Agora cresceram e alguns, de fato, parecem-se com ele: mas também poderia ser mera sugestão, pois as mulheres grávidas ao verem Cosme saltar de repente de um galho para outro certas vezes ficavam perturbadas.

Contudo, em geral não acredito nestas histórias contadas para explicar os nascimentos. Não sei se teve tantas mulheres como afirmam, mas é certo que aquelas que o haviam conhecido prefeririam ficar caladas.

E depois, se tinha tantas mulheres atrás dele, não se explicariam as noites de lua quando ele circulava como um gato, pelos pés de figo, ameixeiras e romãzeiras próximos do casario, naquela região de pomares que domina a parte externa das casas de Penúmbria, e se lamentava, emitia uma espécie de suspiros, ou bocejos, ou gemidos, que por mais que ele pretendesse suportar, controlar, dar-lhes ares de manifestações banais, saíam-lhe da garganta como grunhidos ou urros. E os moradores de Penúmbria, que já estavam habituados, surpreendidos no sono nem se assustavam, viravam-se na cama e diziam: "Olha o barão procurando mulher. Esperemos que encontre, e nos deixe dormir".

Às vezes, algum velho, daqueles que sofrem de insônia e vão de boa vontade à janela se ouvem um rumor, aproximava-se para observar entre as plantas e via a sombra dele no meio dos ramos da figueira, projetada na terra pela lua.

— Não consegue dormir esta noite, senhoria?

— Não, há muito tempo que me agito e estou sempre acordado — dizia Cosme, como se falasse da cama, com o rosto afundado no travesseiro, não esperando outra coisa a não ser sentir as pálpebras baixarem, ao passo que estava lá suspenso como um acrobata. — Não sei o que acontece hoje, um calor, um nervoso: talvez o tempo vá mudar, não sente também?

— É, sinto, sinto... Mas eu sou velho, senhoria, e o senhor, ao contrário, tem o sangue que se agita...

— Isso é, agitar agita...

— Bem, veja se pode se agitar um pouco mais longe daqui, senhor barão, pois aqui não há nada que lhe possa dar sossego: só pobres famílias que acordam ao amanhecer e que agora querem dormir...

Cosme não contestava, desaparecia para outros pomares. Soube sempre manter-se nos limites justos e por outro lado os penúmbrios sempre souberam tolerar suas esquisitices; em parte porque ele era sempre o barão e em parte porque era um barão diferente dos outros.

Às vezes, aquelas notas lastimosas que lhe saíam do peito encontravam outras janelas, mais curiosas em escutá-las; bastava o sinal de acender-se uma vela, de um murmúrio de risos aveludados, de palavras femininas entre a luz e a sombra que não se conseguia entender mas certamente eram brincadeiras sobre ele, ou para responder-lhe, ou fingir que o chamavam, e já era coisa séria, já era amor, para aquela abandonada criatura que saltava pelos ramos como um passarinho.

Pronto, agora uma corajosa chegava à janela como para ver do que se tratava, ainda quente da cama, o seio descoberto, os cabelos soltos, o riso branco nos fortes lábios abertos, e desenrolavam-se os diálogos.

— Quem é? Um gato?

E ele:

— É homem, é homem.

— Um homem que mia?

— Bem, suspiro.

— Por quê? O que lhe falta?

— Falta-me o que você tem.

— O quê?

— Vem aqui e eu te conto...

Jamais houve desaforos dos homens, ou vinganças, dizia eu, sinal de que — parece-me — não constituía grande perigo. Só uma vez, misteriosamente, foi ferido. Espalhou-se a notícia uma certa manhã. O farmacêutico de Penúmbria teve de subir na nogueira onde ele se lamentava. Tinha uma perna cheia de pequenas balas de fuzil, daquelas para passarinho: foi preciso arrancá-las uma por uma com a pinça. Doeu-lhe, mas logo ficou curado. Jamais se soube direito como acontecera: ele disse que tinha levado um tiro inadvertidamente, ao escalar um ramo.

Convalescente, imóvel na nogueira, retemperava-se em seus estudos mais severos. Começou naquela época a escrever um *Projeto de constituição de um Estado ideal fundado em cima das árvores*, em que descrevia a imaginária República Arbórea, habitada por homens justos. Iniciou-o como um tratado sobre as leis e os governos, mas, ao redigir, a sua inclinação de inventor de histórias complicadas acabou predominando e o resultado foi uma miscelânea de aventuras, duelos e histórias eróticas, inseridas, estas últimas, num capítulo sobre o direito matrimonial. O epílogo do livro deveria ser este: o autor, fundado o Estado perfeito sobre as árvores e convencida toda a humanidade a estabelecer-se ali e a viver feliz, descia para habitar na terra deserta. Deveria ter sido, mas a obra permaneceu incompleta. Mandou um resumo para Diderot, assinando simplesmente: *Cosme Rondó, leitor da Enciclopédia*. Diderot agradeceu com um bilhete.

20

SOBRE AQUELA ÉPOCA não posso dizer muito, pois remonta ao mesmo período minha primeira viagem pela Europa. Completara vinte e um anos e podia desfrutar do patrimônio familiar como melhor me aprouvesse, porque a meu irmão bastava pouco, e não mais necessitava nossa mãe, que, coitada, andava envelhecendo muito nos últimos tempos. Meu irmão queria assinar um documento que me tornava usufrutuário de todos os bens, desde que lhe entregasse uma mesada, pagasse os impostos e mantivesse os negócios em ordem. Não me restava alternativa além de assumir a direção das propriedades, escolher uma esposa e já me via naquela vida regulada e pacífica que, não obstante os grandes transtornos da passagem do século, acabei por viver de fato.

Porém, antes de começar, concedi-me um período de viagens. Fui também a Paris, justo em tempo de ver as triunfais acolhidas tributadas a Voltaire, que para lá retornava após muitos anos para a reapresentação de uma tragédia sua. Mas estas não são as memórias da minha vida, que certamente não mereceriam ser escritas; queria apenas dizer como durante toda a viagem fui surpreendido pela fama que se difundira do homem sobre as árvores de Penúmbria, inclusive nas nações estrangeiras. Até num almanaque vi uma figura com a legenda: "L'homme sauvage d'Ombreuse (Rép. Génoise). Vit seulement sur les arbres". Haviam-no representado como um ser todo recoberto de penugem, com uma longa barba e uma longa cauda, e comia um gafanhoto. Essa figura estava no capítulo dos monstros, entre o hermafrodita e a sereia.

Perante fantasias desse gênero, eu evitava revelar que o homem selvagem era meu irmão. Mas o proclamei bem alto quando, em Paris, fui convidado para uma recepção em homenagem a Voltaire. O velho filósofo estava em sua poltrona, paparicado por um enxame de damas, feliz como um pássaro e maligno como um porco-espinho. Ao saber que vinha de Penúmbria, apostrofou-me:

— *C'est chez vous, mon cher chevalier, qu'il y a ce fameux philosophe qui vit sur les arbres comme un singe?*

E eu, lisonjeado, não pude me conter ao lhe responder:

— *C'est mon frère, monsieur, le baron de Rondeau.*

Voltaire ficou muito surpreso, talvez pelo fato de que o irmão daquele fenômeno parecesse uma pessoa tão normal, e se pôs a fazer-me perguntas, como:

— *Mais c'est pour approcher du ciel, que votre frère reste là-haut?*

— Meu irmão afirma — respondi — que aquele que pretende observar bem a terra deve manter a necessária distância. — E Voltaire apreciou muito a resposta.

— *Jadis, c'était seulement la Nature qui créait des phénomènes vivants* — concluiu —; *maintenant c'est la Raison.* — E o velho sábio mergulhou de novo na conversa das suas hipócritas teístas.

Logo tive de interromper a viagem e voltar a Penúmbria, chamado por um comunicado urgente. A asma de mamãe agravara-se de repente e a coitada não saía mais da cama.

Quando adentrei o portão e ergui os olhos para a nossa vila estava certo de que o veria ali. Cosme estava montado num alto ramo de amoreira, perto da sacada do quarto de mamãe.

— Cosme! — chamei-o, mas com voz abafada.

Fez-me um sinal que queria dizer ao mesmo tempo que nossa mãe encontrava-se um pouco melhor, embora continuasse em estado grave, e que subisse, mas fizesse silêncio.

A peça achava-se em penumbra. Mamãe na cama com uma pilha de travesseiros que lhe mantinham as costas levantadas parecia maior do que nunca. À sua volta estavam as poucas mulheres da casa. Batista ainda não chegara, pois o conde, seu marido, que devia acompanhá-la, fora retido pela colheita. Na sombra do quarto, destacava-se a janela aberta, que enquadrava Cosme parado no galho da árvore.

Inclinei-me para beijar a mão de mamãe. Reconheceu-me logo e pôs a mão em minha cabeça.

— Oh, você chegou, Biágio... — Falava com um fio de voz, quando a asma não lhe oprimia o peito, mas correntemente com total coerência.

Porém, o que me impressionou foi que ela se dirigia indiferentemente a mim como a Cosme, quase como se ele também estivesse ali na cabeceira. E Cosme da árvore lhe respondia.

— Já faz tempo que tomei o remédio, Cosme?

— Não, foi há poucos minutos, mamãe, espere para tomar outra vez, pois agora pode não lhe fazer bem.

Num certo ponto ela disse:

— Cosme, quero um gomo de laranja. — E eu me senti excluído.

Mas fiquei ainda mais admirado quando vi que Cosme introduzia no quarto através da janela uma espécie de arpão de barco e com ele pegava um gomo de laranja de um móvel e o colocava na mão de mamãe.

Observei que, para todas essas pequenas coisas, ela preferia dirigir-se a ele.

— Cosme, me dá o xale.

E ele com o arpão procurava entre as coisas jogadas na poltrona, erguia o xale, entregava-o a ela.

— Aqui está, mamãe.

— Obrigada, meu filho.

Sempre lhe falava como se estivesse a um passo de distância, mas notei que nunca lhe pedia coisas que ele não conseguisse fazer da árvore. Nesses casos, pedia sempre a mim ou às mulheres.

Durante a noite mamãe não adormecia. Cosme tomava conta dela da árvore, com um pequeno candeeiro preso ao galho, a fim de que o visse mesmo no escuro.

A parte da manhã era o pior momento para a asma. O único remédio era tratar de distraí-la, e Cosme tocava pequenas árias com um pífaro, ou imitava o canto dos pássaros, ou então captu-

159

rava borboletas e depois soltava-as no quarto, ou ainda montava festões com cachos de glicínia.

Foi num dia de sol. Cosme, com uma tigela na árvore, começou a fazer bolhas de sabão e soprava-as através da janela, em direção à cama da doente. Mamãe via aquelas cores do arco-íris a voar e encher o quarto e dizia: "Que brincadeira vocês fazem!", como quando éramos crianças e desaprovava sempre nossos jogos, considerando-os demasiado fúteis e infantis. Mas agora, quem sabe pela primeira vez, sentia prazer com um de nossos divertimentos. As bolhas de sabão chegavam-lhe até o rosto, e ela ao respirar fazia com que estourassem, e sorria. Uma bolha chegou-lhe aos lábios e permaneceu intacta. Inclinamo-nos sobre ela. Cosme deixou cair a tigela. Estava morta.

Aos lutos sucedem-se cedo ou tarde eventos alegres, é a lei da vida. Um ano depois da morte de mamãe fiquei noivo de uma donzela da nobreza dos arredores. Foi preciso muito esforço para habituar a minha futura esposa à ideia de que passaria a viver em Penúmbria: tinha medo de meu irmão. O pensamento de que houvesse um homem que se movia entre as folhas, que observava cada movimento pelas janelas, que aparecia quando menos se esperava, enchia-a de terror, inclusive porque jamais vira Cosme e o imaginava como uma espécie de índio. Para arrancar-lhe esse medo da cabeça, programei um almoço ao ar livre, sob as árvores, para o qual Cosme também estava convidado. Cosme comia acima de nós, numa faia, com os pratos apoiados numa mesinha, e devo admitir que, embora estivesse destreinado das refeições em sociedade, comportou-se muito bem. Minha noiva tranquilizou-se um pouco, dando-se conta de que, exceto pelo fato de viver nas árvores, era um homem em tudo igual aos outros; mas restou-lhe uma invencível desconfiança.

Mesmo quando, já casados, nos estabelecemos juntos na vila de Penúmbria, fugia o mais possível não só às conversas mas também à simples visão do cunhado, apesar de ele, coitado, presenteá-la às vezes com maços de flores ou peles preciosas. Quando começaram a nascer os filhos e depois a crescer, enfiou na cabeça que a proximidade do tio podia ter má influência na educação deles. Não se deu por contente até que mandamos reformar o castelo no nosso velho feudo de Rondó, havia tempos desocupado, e pudemos ficar mais lá do que em Penúmbria, para que as crianças não tivessem maus exemplos.

E também Cosme começava a dar-se conta do tempo que passava, e a referência era o bassê Ótimo Máximo, que estava ficando velho e não tinha mais vontade de juntar-se aos turnos dos sabujos atrás de raposas, nem tentava mais amores absurdos com cadelas alanas ou mastins. Ficava sempre deitado, como se, pela pouca distância que separava sua barriga do chão quando estava em pé, não valesse a pena erguer-se. E ali estendido em todo o seu comprimento, da cauda ao focinho, junto à árvore em que estava Cosme, erguia um olhar cansado para o patrão e só sacudia o rabo. Cosme ia ficando triste: o sentido do transcorrer do tempo comunicava-lhe uma espécie de insatisfação com sua vida, com o eterno vaivém entre aquele monte de gravetos. E nada lhe dava mais alegria plena, nem a caça, nem os amores fugazes, nem os livros. Nem ele próprio sabia o que desejava: dominado por seus ataques, subia rapidíssimo até os ramos mais tenros e frágeis, como se buscasse outras árvores que crescessem sobre o cume das árvores para trepar também nelas.

Um dia Ótimo Máximo estava inquieto. Parecia aspirar um vento de primavera. Levantava o focinho, cheirava, baixava-o novamente. Duas ou três vezes se levantou, moveu-se ao redor, tornou a deitar. De repente saiu correndo. Agora, só conseguia trotar lentamente, e de vez em quando parava para tomar fôlego. Cosme o seguia dos galhos.

Ótimo Máximo pegou o rumo do bosque. Parecia ter em mente uma direção bem precisa, pois embora parasse de vez em quando, desse uma mijadinha, descansasse com a língua de fora olhando o patrão, logo se animava e retomava o caminho sem incertezas. Estava assim andando por paragens pouco frequentadas por Cosme, ou melhor, quase desconhecidas, porque era para os lados da reserva de caça do duque Ptolomeu. O duque Ptolomeu era um velho decadente e sem dúvida não caçava havia muito tempo, mas na reserva dele nenhum caçador furtivo atrevia-se a pôr os pés, pois os guardas eram muitos e sempre vigilantes, e Cosme, que já tivera problemas ali, preferia manter-se distante. Agora, Ótimo Máximo e Cosme penetravam na reserva do príncipe Ptolomeu, mas nem um nem outro pensava em desentocar as preciosas aves: o bassê trotava seguindo um apelo secreto e o barão estava tomado de impaciente curiosidade para descobrir aonde é que ia o cão.

Assim o bassê chegou a um ponto em que a floresta acabava e havia um prado. Dois leões de pedra sentados sobre pilastras apoiavam um brasão. Desse lado talvez devesse começar um parque, um jardim, uma parte mais privada da propriedade de Ptolomeu: mas não havia nada além daqueles dois leões de pedra, e, depois do parque, um prado imenso, com capim verde e curto, do qual só à distância se via o fim, um fundo de carvalhos negros. O céu apresentava uma leve pátina de nuvens. Nem sequer um pássaro cantava ali.

Para Cosme, aquele prado era uma visão desanimadora. Tendo vivido sempre no meio da densa vegetação de Penúmbria, convencido de poder sempre alcançar qualquer sítio com seus meios, ao barão bastava ter pela frente uma extensão sem árvores, impossível de percorrer, nua contra o céu, para experimentar uma sensação de vertigem.

Ótimo Máximo lançou-se no prado e, como se tivesse rejuvenescido, corria a bom correr. Do freixo em que estava empoleirado, Cosme começou a assobiar, a chamá-lo:

— Aqui, volte aqui, Ótimo Máximo! Aonde vai?

Mas o cachorro não o obedecia, nem sequer se virava: corria, corria pelo prado, até não se ver senão uma vírgula distante, seu rabo, e também ela desapareceu.

Cosme no freixo torcia as mãos. Já se habituara a fugas e ausências do bassê, mas agora Ótimo Máximo desaparecia nesse prado insuperável e a sua fuga fundia-se com a angústia experimentada pouco antes, e a carregava de uma espera indefinida, de um aguardar algo além daquele prado.

Estava remoendo esses pensamentos quando ouviu passos sob o freixo. Viu um guarda que passava, as mãos no bolso, assobiando. Para ser franco, tinha uma expressão muito relaxada e distraída para ser um daqueles terríveis vigilantes da reserva, contudo as insígnias eram as do corpo ducal, e Cosme encolheu-se no tronco. Depois, a preocupação com o cachorro prevaleceu; interrogou o guarda:

— Ei, sargento, será que não viu um bassê?

O guarda ergueu o olhar:

— Ah, é o senhor! O caçador que voa com o cão que se arrasta! Não, não vi o bassê! O que caçou, de interessante, hoje de manhã?

Cosme reconhecera um de seus adversários mais zelosos, e disse:

— Não é nada disso, o cachorro fugiu e tive que vir atrás dele até aqui... O fuzil está descarregado...

O guarda riu:

— Oh, pode carregá-lo, e disparar quanto quiser! Agora...

— Agora o quê?

— Agora que o duque está morto, quem mais pensa que se interessa pela reserva?

— Então morreu, não sabia.

— Está morto e sepultado há três meses. E há uma briga entre os herdeiros do primeiro e do segundo matrimônio e a jovem viúva.

— Tinha uma terceira mulher?

— Casaram-se quando ele tinha oitenta anos, um ano antes de morrer, ela é uma moça na faixa dos vinte, acho uma loucura uma esposa que não ficou ao lado dele nem um dia, e só agora começa a visitar suas propriedades, e não lhe agradam.

— Como: *não lhe agradam*?

— Só vendo, instala-se num palácio, ou num feudo, chega com toda a sua corte, pois traz sempre uma chusma de galan-

163

teadores atrás, e depois de três dias acha tudo feio, tudo triste, e se põe a caminho. Então os outros herdeiros caem em cima, lançam-se sobre aquela propriedade, reivindicam direitos. E ela: "Ah, sim, levem tudo!". Agora chegou aqui no pavilhão de caça, mas quanto tempo ficará? Pouco, acho eu.

— E onde é o pavilhão de caça?
— Lá depois do prado, além dos carvalhos.
— Então o meu cachorro foi para lá...
— Deve estar à procura de ossos... Desculpe, mas tenho a impressão de que Vossa Senhoria o trata meio mal! — E explodiu numa risada.

Cosme não respondeu, observava o prado insuperável, esperava que o bassê voltasse.

Passou-se o dia e ele não voltou. No dia seguinte Cosme estava de novo no freixo, contemplando o prado, como se não pudesse passar sem o desânimo que lhe provocava.

Ao anoitecer, o bassê reapareceu, uma pequena mancha no relvado que só o olho agudo de Cosme conseguia perceber, e corria fazendo-se mais visível.

— Ótimo Máximo! Venha cá! Onde andou?

O cão havia parado, sacudia o rabo, olhava o patrão, latiu, parecia convidá-lo a vir, a segui-lo, mas se dava conta da distância que ele não podia ultrapassar, voltava-se para trás, dava passos incertos, e pronto, retrocedia.

— Ótimo Máximo! Venha cá! Ótimo Máximo! — Mas o bassê corria, desaparecia na infinitude do prado.

Mais tarde passaram dois guardas.

— Continua à espera do cachorro, senhoria! Mas acabo de vê-lo no pavilhão, em boas mãos...

— Como?

— Isso mesmo, a marquesa, isto é, a duquesa viúva (nós a chamamos de marquesa porque era marquesinha quando menina) fazia-lhe tantas festas, como se ele tivesse sido sempre dela. É um cão que merece ser tratado a pão de ló, se me permite uma opinião, senhoria. Agora encontrou um jeito de ficar no macio e se deixa ficar...

E os dois valentões se afastavam grunhindo.

Ótimo Máximo não voltava mais. Cosme estava todos os dias no freixo observando o prado como se nele pudesse ler alguma coisa que havia muito tempo o consumia por dentro: a própria ideia da distância, da insaciedade, da espera que pode prolongar-se para além da vida.

21

CERTO DIA COSME VIGIAVA NO ALTO DO FREIXO. Brilhou o sol, um raio atravessou o prado que de verde-ervilha se fez verde-esmeralda. Ao longe, no negrume do bosque de carvalhos algumas folhagens se moveram e saltou fora um cavalo. O cavalo trazia na sela um cavaleiro, vestido de preto, com uma capa, não: uma saia; não era um cavaleiro, era uma amazona, corria de rédeas soltas e era loura.

Cosme sentiu disparar o coração e foi tomado pela esperança de que aquela amazona se aproximaria até poder distinguir-lhe bem o rosto, e de que aquele rosto se revelaria belíssimo. Mas além da espera de sua aproximação e de sua beleza havia uma terceira espera, um terceiro ramo de esperança que se entrelaçava aos outros dois e era o desejo de que aquela beleza sempre mais luminosa correspondesse a uma necessidade de reconhecer uma impressão familiar e quase esquecida, uma lembrança da qual permaneceu apenas uma linha, uma cor e gostaria de fazer emergir novamente todo o resto, ou melhor, reencontrá-lo em algo de presente.

E com tal ânimo não via a hora que ela se aproximasse da parte do prado próxima dele, onde se impunham as duas pilastras dos leões; mas essa espera começou a tornar-se dolorosa, pois se dera conta de que a amazona não cortava o prado em linha reta rumo aos leões, mas em diagonal, e assim logo desapareceria de novo no bosque.

Já estava a ponto de perdê-la de vista, quando ela virou bruscamente o cavalo e agora cortava o prado numa outra diagonal, que a traria um pouco mais perto mas certamente faria com que desaparecesse na parte oposta do prado.

Entretanto, Cosme percebeu com irritação que do bosque surgiam dois cavalos marrons, montados por cavaleiros, mas tratou de eliminar logo tal pensamento, decidiu que aqueles cavaleiros não contavam, bastava ver como giravam de um lado para outro atrás dela, decerto não mereciam nenhuma consideração, contudo, devia admitir, incomodavam-no.

Eis que a amazona, antes de sumir do prado, também desta vez virava o cavalo, mas para trás, afastando-se de Cosme... Não, agora o cavalo girava sobre si mesmo e galopava em sua direção, e o movimento parecia proposital para desorientar os dois cavaleiros batedores que de fato agora se distanciavam e não haviam ainda entendido que ela corria na direção oposta.

Agora as coisas se sincronizavam: a amazona galopava ao sol, cada vez mais bela e sempre correspondendo mais àquela sede de lembranças de Cosme, e a única coisa alarmante era o contínuo zigue-zague do percurso, que não deixava prever nada de suas intenções. Nem mesmo os dois cavaleiros entendiam aonde ia, e tentavam seguir suas evoluções acabando por dar muitas voltas inúteis, mas sempre com muita boa vontade e presteza.

Pronto, como Cosme esperava, a mulher do cavalo atingira os limites do prado perto dele, agora passava entre as duas pilastras coroadas por leões como se ali estivessem para reverenciá-la, e se virava para o prado e para tudo aquilo que ficava daquele lado do prado com um amplo gesto como de adeus, e galopava para a frente, passava sob o freixo, e Cosme conseguira distinguir-lhe o rosto e o corpo, ereto na sela, a expressão de mulher orgulhosa e ao mesmo tempo de moça, a testa feliz por estar acima daqueles olhos, os olhos felizes por se encontrarem sobre aquela face, o nariz, a boca, o queixo, o colo, cada parte dela feliz com todas as outras partes, e absolutamente tudo relembrava a menina vista aos doze anos no balanço, no primeiro dia que passou nas árvores: Sofonisba Viola Violante de Rodamargem.

Tal descoberta, ou seja, ter carregado desde o primeiro momento esta inconfessada descoberta a ponto de poder proclamá-la a si próprio, encheu Cosme de uma espécie de febre. Teve ganas de gritar, para que ela erguesse os olhos até o freixo e o visse, mas da garganta só lhe escapou o pio da narceja e ela não se virou.

Agora o cavalo branco galopava no bosque de castanheiros, e os cascos batiam nas bolotas espalhadas pelo chão abrindo-as e mostrando a casca lígnea e brilhante do fruto. A amazona dirigia o cavalo para um lado e para o outro, e Cosme, ora pensava nela já distante e inalcançável, ora saltando de árvore em árvore, surpreendia-se ao vê-la reaparecer na perspectiva dos troncos, e aquele modo de movimentar-se incandescia a lembrança que flamejava na mente do barão. Queria lhe dirigir um apelo, dar-lhe um sinal de sua presença, mas lhe vinha aos lábios apenas o assobio da perdiz cinzenta e ela não ligava.

Os dois cavaleiros que a seguiam pareciam entender menos ainda suas intenções e o percurso, e continuavam a caminhar em direções erradas, enrascando-se em sarças ou atolando-se em pântanos, enquanto ela voava segura e fugidia. De vez em quando emitia algo como ordens ou incitações aos cavaleiros levantando o braço com o chicote ou arrancando a vagem de uma alfarrobeira e atirando-a, como se dissesse que precisava ir por aquele lado. De repente os cavaleiros partiam naquela direção a galope pelos prados e margens, mas ela se virava noutra direção e não os olhava mais.

"É ela! É ela!", pensava Cosme sempre mais inflamado de esperança e queria gritar o seu nome mas dos lábios não lhe saía senão um lamento longo e triste como o da tarambola.

Ora, acontecia que todos aqueles jogos e vaivéns e enganos para os cavaleiros se desenrolassem em torno de uma linha que mesmo sendo irregular e ondulada não excluía uma possível intenção. E adivinhando esta intenção, e não resistindo mais à tarefa impossível de segui-la, Cosme disse a si mesmo: "Vou a um lugar que, se é realmente ela, me acompanhará. Ou melhor, não pode estar aqui a não ser para ir até lá". E, saltando pelos seus caminhos, rumou para o velho parque abandonado dos Rodamargem.

Naquela sombra, naquele ar cheio de aromas, naquele lugar onde as folhas e as madeiras possuíam outra cor e outra substância, sentiu-se tão tomado pelas lembranças da infância que quase se esqueceu da amazona, ou se não a esqueceu pensou que bem podia não ser ela, e tanta força tinham essa espera e esperança que era quase como se ela estivesse ali.

Mas ouviu um rumor. Eram os cascos do cavalo branco no cascalho. Vinha pelo jardim não mais às carreiras, como se a amazona quisesse olhar e reconhecer detalhadamente cada coisa. Dos cavaleiros tontos não havia mais sinal: devia tê-los feito perder completamente sua pista.

Viu-a: circulava pelo tanque, pelo quiosque, pelas ânforas. Observava as plantas que se tinham tornado enormes, com raízes aéreas pendentes, as magnólias transformadas num bosque. Porém, não o via, ele que tentava chamá-la com o arrulhar da poupa, com o trinado do verdilhão, com sons que se perdiam no denso chilreio dos pássaros do jardim.

Desmontara da sela, andava a pé conduzindo o cavalo pelas rédeas. Chegou à vila, deixou o cavalo, penetrou no pórtico. Começou a gritar:

— Hortência! Caetano! Tarquínio! Aqui é preciso pintar de branco, repintar as persianas, pendurar as tapeçarias! E quero aqui a mesa, lá o console, no meio a espineta, e os quadros precisam ser todos mudados de lugar.

Cosme percebeu então que aquela casa, que para o seu olhar distraído estava fechada e desabitada como sempre, estava agora aberta, cheia de gente, empregados que limpavam, arrumavam, abriam tudo, punham móveis no lugar, batiam tapetes. Era Viola que retornava, portanto, Viola que se restabelecia em Penúmbria, que tomava posse da vila da qual partira criança! E a agitação de alegria no peito de Cosme não era, porém, muito diferente de uma agitação de medo, porque ela ter voltado, tê-la sob os olhos tão imprevisível e orgulhosa, podia significar não contar mais com ela, nem na lembrança, nem mesmo naquele secreto perfume de folhas e cor da luz através do verde, podia significar que ele teria sido obrigado a fugir dela e assim deixar fugir também a primeira recordação dela criança.

Com essa agitação alternada Cosme a observava mover-se em meio à criadagem, fazendo transportar divãs, cravos, cantoneiras, e depois passar depressa para o jardim e montar de novo a cavalo, perseguida por muitos que ainda aguardavam ordens, e agora se dirigia aos jardineiros, indicando como deviam arrumar os canteiros abandonados e reordenar nas alamedas o cascalho carregado pelas chuvas, e consertar as cadeiras de vime, o balanço...

Do balanço apontou, com gestos largos, o ramo onde estivera pendurado um dia e tinha de ser recolocado agora, e quão longas deviam ser as cordas, e a amplitude do movimento, e assim falando com gestos e olhares caminhou até a magnólia na qual Cosme lhe aparecera uma vez. E na magnólia, pronto, reencontrou-o.

Ficou surpresa. Muito. Difícil dizer quanto. É claro que se recuperou logo e se fez de autossuficiente, à sua maneira, mas por um instante ficou muito surpresa e lhe sorriram os olhos e a boca e um dente que continuava igual a quando era menina.

— Você! — E logo, procurando o tom de quem fala de uma coisa natural, mas sem conseguir ocultar o interesse e a satisfação: — Ah, com que então conseguiu ficar aí sem descer?

Cosme logrou transformar aquela voz que lhe queria sair como um grito de um pássaro num:

— Sim, sou eu, Viola, lembra?
— Sem nunca, nunca mesmo pôr um pé no chão?
— Nunca.

E ela, como se já lhe tivesse concedido muito:
— Ah, viu como conseguiu? Então não era tão difícil.
— Esperava sua volta...
— Ótimo. Ei, vocês, aonde é que estão levando aquela cortina? Deixem tudo aqui para que eu decida! — Voltou a olhar para ele. Nesse dia, Cosme estava vestido para caçar: hirsuto, com o gorro de gato, com a espingarda. — Parece Robinson!
— Você leu? — ele disse logo, para demonstrar familiaridade com o livro.

Viola já se virara:
— Caetano! Ampélio! As folhas secas! Está tudo cheio de folhas secas! — E para ele: — Dentro de uma hora, no fundo do parque. Espere por mim. — E correu para dar ordens, a cavalo.

Cosme lançou-se no mato: tinha vontade de que fosse mil vezes mais denso, uma avalanche de folhas e ramos e espinhos e madressilvas e avencas para mergulhar e desaparecer e só depois de ter submergido completamente começar a compreender se estava feliz ou louco de medo.

Na grande árvore no fundo do parque, com os joelhos apertados no galho, olhava agora num relógio de bolso que pertencera ao avô materno general Von Kurtewitz e dizia: não vem. Pelo contrário, dona Viola chegou quase pontual, a cavalo; parou-o ao pé da planta, sem olhar para cima; não trazia mais o chapéu nem a capa de amazona; a blusa branca bordada de rendas sobre a saia preta era quase monacal. Erguendo-se nos estribos deu uma das mãos a ele no ramo; ele a ajudou; subindo na sela, ela alcançou o galho, depois, sempre sem encará-lo, trepou rápido no ramo, buscou uma forquilha cômoda, sentou-se. Cosme aninhou-se aos pés dela, e só podia começar assim:

— Você voltou?

Viola o examinou irônica. Era loura como quando menina.

— Como sabe? — perguntou.

E ele, sem entender a brincadeira:

— Vi você naquele prado da reserva do duque...

— A reserva é minha. Que se encha de urtigas! Sabe tudo? Quer dizer, sobre mim?

— Não... Só agora soube que você é viúva...

— Claro, sou viúva. — Deu uma palmada na saia negra, alisando-a, e começou a falar rápido e condensado: — Você nunca sabe de nada. Fica em cima das árvores metendo o nariz na vida dos outros, e acaba não sabendo de nada. Casei com o velho Ptolomeu porque os meus me obrigaram, me forçaram. Diziam que eu me fazia de difícil e que não podia ficar sem marido. Durante um ano fui a duquesa Ptolomeu, e foi o ano mais tedioso de minha vida, embora com o velho não tenha ficado mais do que uma semana. Não tornarei a pôr os pés em nenhum daqueles castelos e ruínas e ninhos de ratos, que se encham de cobras! Doravante permanecerei aqui, onde vivi quando menina. Ficarei enquanto tiver vontade, é claro, depois irei embora:

171

sou viúva e finalmente posso fazer o que me apetece. Para ser franca, sempre fiz o que me apetecia: só casei com Ptolomeu porque tinha vontade de fazê-lo, não é verdade que me tenham obrigado, queriam que me casasse a todo custo e então escolhi o pretendente mais decrépito que havia. "Assim fico viúva mais cedo", afirmei, e consegui o que pretendia.

Cosme estava um tanto aturdido sob aquela avalanche de novidades e de afirmações peremptórias, e Viola achava-se mais distante que nunca: mimada, viúva e duquesa, fazia parte de um mundo inalcançável, e tudo o que ele conseguiu dizer foi:

— E para quem você se exibia?

E ela:

— Pronto. Está com ciúmes. Olha que jamais vou permitir que você seja ciumento.

Cosme teve uma reação característica de ciumento provocado para a briga, mas logo reagiu: "Como? Ciumento? Mas como admite que possa ter ciúmes dela? Por que diz: *não vou permitir que*? É como se dissesse que nós...".

Então, ruborizado, comovido, tinha vontade de dizer-lhe, de pedir-lhe, de ouvir, mas foi ela quem perguntou, seca:

— Agora você: o que fez da vida?

— Ah, fiz muita coisa — começou a dizer —, cacei, até javalis, mas sobretudo raposas lebres fuinhas e, é claro, tordos e melros; depois, houve o caso dos piratas, desembarcaram os piratas turcos, houve uma grande batalha, meu tio morreu; li muitos livros, leitura para mim e para um amigo, um bandido enforcado; tenho a *Enciclopédia*, de Diderot, completa, cheguei a escrever-lhe e ele me respondeu, de Paris; e trabalhei muito, podei, salvei um bosque de um incêndio...

— ... E você me amará sempre, absolutamente, acima de todas as coisas, e será capaz de fazer qualquer coisa por mim?

Perante tal saída, Cosme, atordoado, disse:

— Sim...

— Você é um homem que viveu nas árvores só por mim, para aprender a amar-me...

— Sim... Sim...

— Beije-me.

Empurrou-a contra o tronco, beijou-a. Erguendo o rosto percebeu a beleza dela como se nunca a tivesse visto antes.

— Como você é linda...

— Para você. — E desabotoou a blusa branca. O peito era teso e com botões de rosa, Cosme chegou a tocá-lo, Viola voou pelos galhos feito pássaro, ele saltava atrás e tinha aquela saia no rosto.

— Mas aonde está me levando? — dizia Viola como se fosse ele quem a conduzia, não ela que o arrastava.

— Por aqui — disse Cosme e começou a guiá-la, e a cada mudança de galho agarrava-a pela mão ou pela cintura e lhe indicava onde pisar.

— Por aqui.

E caminhavam por certas oliveiras, protegidas por uma ladeira íngreme, e do cume de uma das árvores o mar que até então só entreviam de fragmento em fragmento, retalhado por folhas e ramos, de repente abriu-se calmo e límpido e vasto como o céu. O horizonte se descortinava largo e alto e o azul estava denso e limpo sem uma única vela e se contavam encrespações levemente desenhadas pelas ondas. Apenas um suave repuxo, como um suspiro, corria pelas pedras da praia.

Com os olhos meio toldados, Cosme e Viola desceram na sombra verde-escura da folhagem.

— Por aqui.

Numa nogueira, na sela do tronco, havia uma cavidade em concha, a ferida de um antigo trabalho de machado, e aquele era um dos refúgios de Cosme. Uma pele de javali estava estendida, e em volta espalhavam-se um frasco, alguns instrumentos, uma tigela.

Viola estendeu-se na pele de javali.

— Trouxe outras mulheres aqui?

Ele hesitou. E Viola:

— Se não trouxe outras mulheres você é um banana.

— Sim... Algumas...

Levou uma bofetada no rosto com a mão cheia.

— Era assim que me esperava?

Cosme passava a mão na face vermelha e não sabia o que dizer; mas ela parecia ter readquirido o bom humor.

— E como eram? Diga-me: como eram?

— Não como você, Viola, não como você...

— Como é que você sabe como eu sou, heim, como é que sabe?

Tornara-se doce, e Cosme, diante de tais mudanças bruscas, não cansava de se admirar. Aproximou-se. Viola era de ouro e mel.

— Diga...

— Diga...

Conheceram-se. Ele a conheceu e a si próprio, pois na verdade jamais soubera quem fosse. E ela o conheceu e a si própria, pois, mesmo já se conhecendo, nunca pudera se reconhecer assim.

22

A PRIMEIRA PEREGRINAÇÃO DELES foi até aquela árvore que numa incisão profunda na casca, já tão velha e deformada que nem parecia obra de mão humana, trazia escrito em grandes letras: *Cosme, Viola* e — mais abaixo — *Ótimo Máximo*.

— Aqui em cima? Quem foi? Quando?
— Eu: naquele tempo.
Viola estava emocionada.
— E isso o que quer dizer? — E indicava as palavras: *Ótimo Máximo*.
— Meu cachorro. Isto é, o seu. O bassê.
— Turcaret?
— Ótimo Máximo, chamei-o assim.
— Turcaret! Quanto chorei por ele, quando ao partir me dei conta de que não o levava na carruagem... Oh, nem me importava de não ver mais você, mas estava desesperada por não ter mais o bassê!
— Se não fosse por ele não teria reencontrado você! Foi ele quem cheirou no vento que você estava próxima, e não teve paz até que a encontrou...
— Reconheci-o imediatamente, assim que o vi chegar ao pavilhão, todo esbaforido... Os outros diziam: "E este de onde saiu?". Inclinei-me para observá-lo, a cor, as manchas. "Mas este é Turcaret! O bassê que tinha quando menina em Penúmbria!"
Cosme ria. Ela torceu o nariz imprevistamente.
— Ótimo Máximo... Que nome horrível... Onde você vai procurar nomes tão feios? — E Cosme logo se zangou.
Ao contrário, para Ótimo Máximo a felicidade agora não tinha limites. Seu velho coração de cão dividido entre dois patrões enfim encontrava paz, após ter se esforçado dias inteiros para atrair a marquesa para os confins da reserva, até o

freixo onde se encontrava Cosme. Puxava-lhe o vestido, ou lhe escapava carregando um objeto, correndo até o prado a fim de ser seguido, e ela: "Mas o que quer você? Aonde me arrasta? Turcaret! Pare com isso! Que cachorro atrevido encontrei!". Mas a simples vista do bassê havia agitado em sua memória as recordações da infância, a saudade de Penúmbria. E logo ordenara a mudança do pavilhão ducal para regressar à velha vila de plantas estranhas.

Viola estava de volta. Para Cosme começara a estação mais bela, e também para ela, que batia os campos em seu cavalo branco e assim que avistava o barão entre copas e céu erguia-se na sela, subia pelos troncos oblíquos e pelos galhos, logo se tornando quase tão ágil quanto ele, e o alcançava aonde quer que fosse!

— Oh, Viola, eu não sei mais, eu treparei até...
— Até mim — dizia Viola, baixinho, e ele enlouquecia.

O amor era para ela exercício heroico: o prazer se misturava a provas de audácia e generosidade e dedicação e tensão de todas as faculdades do espírito. O mundo deles eram as árvores, as mais intrincadas e tortas e inacessíveis.

— Lá! — exclamava indicando uma alta forquilha de ramos, e juntos se lançavam para atingi-la e começava entre eles uma competição de acrobacias que culminava em novos abraços. Amavam-se suspensos no vazio, escorando-se nos ramos ou aferrando-se a eles, ela jogando-se sobre ele quase voando.

A obstinação amorosa de Viola combinava com a de Cosme, e às vezes com esta entrava em choque. Cosme evitava demoras, molezas, perversidades refinadas: nada que não fosse o amor natural lhe agradava. As virtudes republicanas estavam no ar: preparavam-se épocas severas e ao mesmo tempo licenciosas. Cosme, amante insaciável, era um estoico, um asceta, um puritano. Sempre em busca da felicidade amorosa, permanecia inimigo da voluptuosidade. Chegava a desconfiar do beijo, das carícias, dos jogos verbais, de qualquer coisa que ofuscasse ou pretendesse substituir-se à sanidade da natureza. Fora Viola que lhe revelara a plenitude; e com ela jamais conheceu a tristeza depois do amor, predicada pelos teólogos; e mais, sobre este tema escreveu uma carta filosófica a Rousseau, que, talvez perturbado, não respondeu.

Mas Viola era também uma mulher refinada, caprichosa, mimada, católica de corpo e alma. O amor de Cosme enchia-lhe os sentidos, mas deixava-lhe insatisfeitas as fantasias. Daí, brigas e ressentimentos sombrios. Mas duravam pouco, tão variada era a vida deles e o mundo ao redor.

Cansados, procuravam seus refúgios ocultos nas árvores de copa mais densa: redes que envolviam seus corpos numa espécie de folha acolchoada, ou pavilhões pênseis, com cortinas que voavam ao vento, ou leitos de plumas. Nesses arranjos se explicava o gênio de dona Viola: onde quer que se achasse a marquesa possuía o dom de criar em torno de si bem-estar, luxo e uma complicada comodidade; complicada de se ver mas que ela obtinha com espantosa facilidade, pois qualquer coisa que ela desejava devia ver imediatamente realizada a todo custo.

Naquelas alcovas aéreas pousavam a cantar os pintarroxos e pelas cortinas entravam borboletas aos pares, perseguindo-se. Nas tardes de verão, quando o sono envolvia os dois amantes um ao lado do outro, entrava um esquilo, procurando algo para roer, e acariciava o rosto deles com a cauda emplumada, ou aparecia o polegar de algum animal. Então, fechavam as cortinas com maior cautela: mas uma família de caxinguelês começou a roer o teto do pavilhão e caiu em cima deles.

Era o período em que estavam se descobrindo, contando as vivências, interrogando-se.

— E você se sentia sozinho?

— Faltava você.

— Mas sozinho em relação ao resto do mundo?

— Não. Por quê? Tinha sempre alguma coisa para fazer com outras pessoas: colhi frutas, podei, estudei filosofia com o abade, lutei contra os piratas. Não é assim com todos?

— Só com você é assim, por isso o amo.

Mas o barão ainda não havia entendido bem o que Viola aceitava dele e o que não aceitava. Às vezes bastava uma coisa à toa, uma palavra ou uma mudança de tom dele para provocar a ira da marquesa.

Ele, por exemplo:

— Com João do Mato lia romances, com o cavaleiro fazia projetos hidráulicos...

— E comigo?

— Com você faço o amor. Como a poda, a colheita das frutas...

Ela se calava, imóvel. De repente Cosme se dava conta de ter provocado a sua ira: seus olhos tinham gelado imprevistamente.

— Mas o que é, Viola, o que eu disse?

Ela ficava distante como se não o visse nem escutasse, a quilômetros dali, o rosto de pedra.

— Mas não, Viola, o que foi, por quê, escute...

Viola se erguia e ágil, sem precisar de ajuda, se punha a descer da árvore.

Cosme ainda não entendera qual tinha sido seu erro, não conseguira ainda pensar nisso, talvez preferisse não pensar no caso, não entendê-lo, para melhor proclamar sua inocência:

— Ah, não, você não entendeu, Viola, ouça...

Ele a seguia até o ramo mais baixo.

— Viola, não vai embora, não desta maneira, Viola...

Agora ela falava, mas com o cavalo, que alcançara e desamarrava; montava na sela e partia.

Cosme começava a se desesperar, a pular de uma árvore para outra.

— Não, Viola, diga-me, Viola!

Ela galopava. Ele a seguia pelos ramos:

— Por favor, Viola, eu a amo! — Mas não a via mais. Lançava-se sobre galhos incertos, com movimentos arriscados. — Viola! Viola!

Quando estava seguro de tê-la perdido, e não podia refrear os soluços, eis que ela reaparecia trotando, sem erguer o olhar.

— Olhe, olhe, Viola, o que sou capaz de fazer! — E dava cabeçadas contra um tronco, sem nenhuma proteção na cabeça (que, a bem da verdade, era duríssima).

Ela nem ligava. Já ia longe.

Cosme esperava que voltasse, em zigue-zague por entre as árvores.

— Viola! Estou desesperado! — E lançava-se no vazio, de ponta-cabeça, agarrando-se a um ramo com as pernas e golpeando-se com os punhos cabeça e rosto. Ou então se punha a quebrar galhos com fúria destruidora, e um olmo frondoso em poucos instantes estava reduzido a um tronco nu e desguarnecido como se tivesse havido uma chuva de granizo.

Porém, jamais ameaçou suicidar-se, ou melhor, nunca fez nenhuma ameaça, as chantagens sentimentais não eram com ele. Fazia o que tinha vontade e enquanto o fazia o anunciava, não antes.

Num certo ponto, dona Viola, imprevisivelmente como se enfurecera, tornava-se doce. Dentre todas as loucuras de Cosme que pareciam não comovê-la, de repente uma a enchia de emoção e amor.

— Não, Cosme, querido, espere! — E saltava da sela, e se precipitava para agarrar-se num tronco, e do alto os braços dele estavam prontos para suspendê-la.

O amor se reacendia com furor parecido ao da briga. Na realidade era a mesma coisa, mas Cosme não entendia nada disso.

— Por que me faz sofrer?
— Porque o amo.

Agora era ele quem se enfurecia.

— Não, não me ama! Quem ama quer a felicidade, não a dor.
— Quem ama só quer o amor, mesmo à custa da dor.
— Então me faz sofrer de propósito.
— Sim, para ver se me ama.

A filosofia do barão se recusava a ir além.

— A dor é um estado negativo da alma.
— O amor é tudo.
— A dor deve ser sempre combatida.
— O amor não se furta a nada.

— Jamais admitirei certas coisas.
— Mas é claro que admitirá, pois me ama e sofre.

Assim como os desesperos, eram marcantes em Cosme as explosões de alegria incontida. Por vezes, sua felicidade chegava a um ponto que ele era obrigado a afastar-se da amante e andar aos saltos, gritando e proclamando as maravilhas de sua dama.
— *Yo quiero the most wonderful puellam de todo el mundo!*
Aqueles que estavam sentados nos bancos de Penúmbria, desocupados e velhos marinheiros, já se tinham habituado a essas rápidas aparições. Eis que se fazia ver aos saltos entre as azinheiras a declamar:

>*Zu dir, zu dir, gunàika*
>*Vo cercando il mio ben,*
>*En la isla de Jamaica,*
>*Du soir jusqu'au matin!*

ou então:

>*Il y a un pré where the grass grows toda de oro*
>*Take me away, take me away, che io ci moro!*

e desaparecia.
Seus estudos de línguas clássicas e modernas, embora pouco profundos, permitiam-lhe entregar-se a essa rumorosa exibição de sentimentos e, quanto mais seu ânimo era sacudido por uma intensa emoção, mais sua linguagem se fazia obscura. Todos se lembram de uma vez que, ao festejar o padroeiro, a gente de Penúmbria estava reunida na praça e havia um pau de sebo e os festões e o estandarte. O barão surgiu no alto de um plátano e, com um daqueles pulos de que só a sua agilidade acrobática era capaz, saltou no pau de sebo, trepou nele até em cima, gritou: *"Que viva die schöne Venus posteriòr!"*, deixou-se escorregar pela madeira engordurada até perto do chão, voltou a subir

velozmente, arrancou do troféu uma fôrma de queijo redonda e rosada e com outro pulo dos seus voou de volta para o plátano e fugiu, deixando boquiabertos os penúmbrios.

Nada deixava a marquesa feliz como tais demonstrações de exuberância; e a estimulavam a retribuí-las com manifestações de amor igualmente vertiginosas. Os penúmbrios, quando a viam cavalgar a rédeas soltas, o rosto quase imerso na crina branca do cavalo, sabiam que corria ao encontro do barão. Mesmo no andar a cavalo ela exprimia uma força amorosa, mas aqui Cosme não podia mais acompanhá-la; e a paixão equestre dela, embora muito a admirasse, era para ele também uma razão secreta de ciúme e rancor, pois a via dominar um mundo mais vasto que o seu e compreendia que jamais poderia tê-la só para si, encerrá-la nos limites de seu reino. A marquesa, por seu lado, talvez sofresse por não poder ser ao mesmo tempo amante e amazona: às vezes a tomava uma indefinida necessidade de que o amor dela e Cosme fosse amor a cavalo, e correr sobre as árvores já não lhe bastava, desejaria correr a galope na sela de seu ginete.

E na realidade o cavalo à força de correr por aquele terreno de subidas e despenhadeiros tornara-se rampante como um cabrito, e Viola agora o conduzia a correr contra certas árvores, por exemplo, velhas oliveiras com troncos torcidos. O cavalo chegava às vezes até a primeira forquilha de ramos, e ela adquiriu o hábito de amarrá-lo não mais ao chão, mas lá sobre a oliveira. Desmontava e o deixava a mastigar folhas e ramos tenros.

Assim, quando um bisbilhoteiro, passando pela oliveira e erguendo os olhos curiosos, viu lá em cima o barão e a marquesa abraçados e depois foi contar o caso com um acréscimo: "E o cavalo branco também estava em cima de um galho!", foi considerado lunático e ninguém acreditou nele. Ainda daquela vez o segredo dos amantes foi mantido.

23

O QUE ACABEI DE NARRAR prova que os penúmbrios, assim como haviam sido pródigos em intrigas sobre a precedente vida galante de meu irmão, agora, perante essa paixão que se desencadeava, literalmente sobre a cabeça deles, mantinham uma respeitosa reserva, como se estivessem perante qualquer coisa maior do que eles. Não que a conduta da marquesa não fosse reprovada: porém, isso acontecia mais por seus aspectos exteriores, como aquele galopar desenfreado ("Quem sabe onde andará, com tanto furor?", perguntavam, sabendo perfeitamente que ia ao encontro de Cosme) ou aquela mobília que levava para o alto das árvores. Já existia uma tendência de considerar tudo como uma moda dos nobres, uma das tantas extravagâncias ("Agora, todo mundo nas árvores: mulheres, homens. Não tinham mais nada para inventar?"); em suma aproximavam-se tempos talvez mais tolerantes, todavia mais hipócritas.

Se o barão aparecia nas azinheiras da praça com grandes intervalos de tempo, isso era sinal de que ela partira. Porque às vezes Viola ficava ausente durante meses, cuidando de seus bens espalhados por toda a Europa, mas tais partidas correspondiam sempre a momentos em que suas relações haviam sofrido choques e a marquesa se ofendera com Cosme por ele não compreender o que ela desejava fazê-lo compreender do amor. Não que Viola partisse ofendida com ele: conseguiam sempre fazer as pazes antes, mas nele restava a suspeita de que aquela viagem tivesse sido decidida por cansaço em relação a ele, pois não lograva retê-la, talvez estivesse se cansando dele, quem sabe se uma ocasião da viagem ou uma pausa de reflexão a levassem a decidir não voltar. Assim meu irmão vivia angustiado. Por um lado, tratava de retomar sua vida habitual anterior ao reencontro, voltar à caça e à pesca, e seguir os trabalhos agrícolas, os seus estudos, as bravatas em praça pública, como se nunca houvesse feito outra coisa (persistia nele o teimoso orgulho juvenil de quem não quer admitir que sofre influência de outros), e ao mesmo tempo se comprazia com tudo o que aquele amor lhe dava, em alegria, em orgulho; mas por outro lado percebia que muitas coisas já não lhe importavam, que sem Viola a vida não tinha mais sabor, que seus pensamentos corriam sempre para ela. Quanto mais procurava, fora da agitação da presença de Viola, reapropriar-se das paixões e prazeres numa sábia economia do espírito, mais sentia o vazio por ela provocado ou a febre de esperá-la. Em suma, seu enamoramento era exatamente como Viola o queria, não como ele pretendia que fosse; era sempre a mulher que triunfava, mesmo se distante, e Cosme, a contragosto, acabava por apreciar isso.

De repente, a marquesa voltava. Nas árvores recomeçava a estação dos amores, mas também a dos ciúmes. Onde estivera Viola? O que fizera? Cosme ficava ansioso por saber, mas ao mesmo tempo tinha medo do modo como ela respondia às suas indagações, tudo por meio de alusões, a cada alusão encontrava modos de insinuar um motivo de suspeita para Cosme, e ele entendia que o fazia para atormentá-lo, mas tudo bem podia ser verdade, e nesse estado de ânimo incerto ora mascarava seu ciúme ora o deixava irromper violento, e Viola respondia de modo sempre diferente e imprevisível às suas reações, ora ela lhe parecia mais que nunca ligada a ele, ora não mais capaz de se excitar com ele.

Qual fosse de fato a vida da marquesa em suas viagens, nós de Penúmbria não podíamos saber, longe como estávamos das capitais e de suas intrigas. Mas naquele período fiz minha segunda viagem a Paris, por causa de certos contratos (um fornecimento de limões, pois agora muitos nobres punham-se a comerciar, estando eu entre os primeiros).

Uma noite, num dos mais ilustres salões parisienses, encontrei dona Viola. Apresentava-se com um penteado tão suntuoso e uma roupa tão esplêndida que só não tive dificuldades em reconhecê-la, a bem dizer estremeci ao vê-la, foi porque era

183

justamente mulher que não podia ser confundida com nenhuma. Cumprimentou-me com indiferença, mas logo encontrou o modo de afastar-se comigo e me perguntar, sem aguardar resposta entre uma pergunta e outra:

— Tem novidades de seu irmão? Volta logo para Penúmbria? Pegue, entregue-lhe como lembrança minha. — E, tirando do seio um lenço de seda, colocou-o em minha mão.

Em seguida, deixou-se envolver pela corte de admiradores que se arrastava atrás dela.

— Conhece a marquesa? — perguntou-me em voz baixa um amigo parisiense.

— Só de passagem — respondi, e era verdade: em suas estadas em Penúmbria, dona Viola, contagiada pela selvageria de Cosme, não se preocupava em frequentar a nobreza da vizinhança.

— Raramente tanta beleza se faz acompanhar de tanta inquietude — disse meu amigo. — Os mexeriqueiros pretendem que em Paris ela passe de um amante a outro, num carrossel tão contínuo que não permite a ninguém afirmar que ela é sua e dizer-se privilegiado. Mas de vez em quando desaparece durante meses e meses e dizem que se retira para um convento, a fim de mortificar-se em penitências.

Com dificuldades contive o riso, ao ver que a permanência da marquesa nas árvores de Penúmbria era tida pelos parisienses como período de penitência; mas ao mesmo tempo aquelas intrigas me perturbaram, fazendo prever tempos de tristeza para meu irmão.

Para preveni-lo de surpresas desagradáveis, quis avisá-lo, e logo que voltei a Penúmbria fui procurá-lo. Interrogou-me longamente sobre a viagem, as novidades da França, mas não consegui dar-lhe nenhuma notícia sobre política e literatura da qual já não estivesse ao corrente.

Por último, tirei do bolso o lenço de dona Viola.

— Em Paris num salão encontrei uma dama que o conhece, e me deu isso para você, com seus cumprimentos.

Desceu rapidamente o cestinho preso pelo barbante, levantou o lenço de seda e o levou ao rosto como para aspirar-lhe o perfume.

— Ah, você a viu? E como estava? Diga-me: como estava?

— Muito bela e brilhante — respondi lentamente —, mas dizem que este perfume é aspirado por muitos narizes...

Enfiou o lenço no peito como se temesse que lhe fosse arrancado. Voltou-se para mim com o rosto vermelho:

— E você não tinha uma espada para empurrar goela abaixo estas mentiras a quem as difundia?

Tive de confessar que isso nem me passara pela cabeça.

Permaneceu um pouco em silêncio. Depois deu de ombros.

— Tudo mentira. Só eu sei que é apenas minha. — E fugiu para os galhos sem cumprimentar-me.

Reconheci a sua maneira habitual de recusar qualquer coisa que o obrigasse a sair de seu mundo.

Dali em diante passou a ser visto triste e impaciente, saltitando aqui e ali, sem fazer nada. Se às vezes eu o ouvia assobiar, competindo com os melros, o seu trinado era sempre mais nervoso e pesado.

A marquesa chegou. Como sempre, o ciúme dele lhe proporcionou prazer: em parte a incitou, em parte a colocou na berlinda. Assim voltaram os lindos dias de amor e meu irmão estava feliz.

Mas agora a marquesa não perdia oportunidade de acusar Cosme de ter uma ideia estreita do amor.

— O que quer dizer? Que sou ciumento?

— Faz bem em ser ciumento. Mas você pretende submeter o ciúme à razão.

— Claro: assim posso torná-lo mais eficaz.

— Você argumenta demais. Por que o amor deve funcionar com raciocínios?

— Para amá-la ainda mais. Todas as coisas, com o uso da razão, aumentam seu poder.

— Você vive em cima das árvores e tem a mentalidade de um tabelião com gota.
— Os empreendimentos mais audaciosos têm de ser vividos com o ânimo mais simples.

Continuava a ditar regras, até o momento em que ela fugia: então, ele se punha a segui-la, a desesperar-se, a arrancar os cabelos.

Naqueles dias, um navio almirante inglês lançou âncora em nossa enseada. O almirante deu uma festa para os notáveis de Penúmbria e para os oficiais de outras embarcações de passagem; a marquesa compareceu; daquele dia em diante Cosme sofreu as penas do ciúme. Dois oficiais de navios diferentes encantaram-se com dona Viola e passaram a ser vistos sempre na praia, cortejando a dama e tentando superar-se em suas atenções. Um era tenente da Marinha inglesa; o outro também era tenente, mas da frota napolitana. Tendo alugado dois alazões, os tenentes faziam turno sob os terraços da marquesa, e quando se encontravam o napolitano dirigia ao inglês um olhar capaz de fuzilá-lo, ao passo que das pálpebras semicerradas do inglês saía um olhar como a ponta de uma espada.

E dona Viola? Não começa, a coquete, a ficar horas e horas em casa, a passear no terraço em *matinée*, como se fosse uma viuvinha fresca, recém-saída do luto? Cosme, sem contar com ela nas árvores, sem escutar a aproximação do galope do cavalo branco, ficava louco, e o seu posto de observação acabou sendo (também ele) em frente ao terraço, a controlá-la e aos dois tenentes.

Estava estudando o modo de pregar uma peça nos rivais que os obrigasse a voltar o mais rápido possível aos respectivos navios, mas, ao ver que Viola demonstrava apreciar de igual modo a corte de um e de outro, veio-lhe a esperança de que ela quisesse apenas jogar com ambos, e com ele próprio. Nem por isso diminuiu a vigilância: ao primeiro sinal que ela tivesse dado de preferir um dos dois, estava pronto para intervir.

Eis que, certa manhã, passa o inglês. Viola encontra-se na janela. Sorriem. A marquesa deixa cair um bilhete. O oficial o apanha no ar, lê, inclina-se, ruborizado, e esporeia o cavalo. Um encontro! Era o inglês o felizardo! Cosme jurou que não o deixaria tranquilo até a noite.

Nessa altura passa o napolitano. Viola joga um bilhete também para ele. O oficial o lê, leva-o aos lábios e o beija. Considerava-se, portanto, o eleito? E o outro como ficava? Contra qual dos dois Cosme devia agir? Certamente com um dos dois dona Viola marcara um encontro; e com o outro devia ter feito apenas uma de suas brincadeiras. Ou queria blefar com ambos?

Quanto ao local de encontro, Cosme suspeitava de um dos quiosques do fundo do parque. Pouco tempo antes a marquesa mandara arrumar e decorar o lugar, e Cosme se roía de ciúmes, pois não era mais o tempo em que ela enchia os topos das árvores de cortinas e divãs: agora se preocupava com espaços onde ele jamais entraria. "Vou vigiar o pavilhão", Cosme disse para si. "Se marcou um encontro com um dos dois tenentes, só pode ser lá." E empoleirou-se no interior da copa de um castanheiro-da-índia.

Pouco antes do pôr do sol, ouviu-se um galope. Chega o napolitano. "Agora o desafio!", pensa Cosme e com uma zarabatana atira-lhe no pescoço uma bola de esterco de esquilo. O oficial se sobressalta, olha em torno. Cosme sobressai do galho, e ao mover-se vê além da sebe o tenente inglês que está descendo da sela, e amarra o cavalo num tronco. "Agora é a vez dele; talvez o outro estivesse passando aqui por acaso." E tome uma zarabatanada de esquilo no nariz.

— *Who's there?* — diz o inglês, e faz menção de atravessar a sebe.

Mas se encontra cara a cara com o colega napolitano, que, tendo também descido do cavalo, diz igualmente:

— Quem está aí?

— *I beg your pardon*, *sir* — diz o inglês —, mas devo convidá-lo a retirar-se imediatamente deste local.

— Se estou aqui é com todo o direito — diz o napolitano —, convido Vossa Senhoria a retirar-se!

— Nenhum direito pode sobrepor-se ao meu — replica o inglês. — *I'm sorry*, não lhe permito ficar.

— É uma questão de honra — diz o outro —, e tenha como penhor a minha tradição familiar: Salvatore di San Cataldo di Santa Maria Capua Venere, da Marinha das Duas Sicílias!

— Sir Osbert Castlefight, terceiro desta linhagem! — apresenta-se o inglês. — É minha honra que impõe a sua saída de campo.

— Não sem antes tê-lo expulso com esta espada! — E a retira da bainha.

— Senhor, queira bater-se — diz sir Osbert, pondo-se em guarda. Duelam.

— Era aqui que eu o desejava, colega, e não é de hoje! — E lhe dá uma estocada.

E sir Osbert, aparando:

— Há algum tempo seguia seus movimentos, tenente, e o esperava justamente para isso!

Equilibrando-se em força, os dois tenentes esgotavam-se em assaltos e fintas. Estavam no limite das energias, quando:

— Parem, em nome do céu! — No umbral do pavilhão surgira dona Viola.

— Marquesa, este homem... — disseram os dois militares a uma só voz, baixando a espada e apontando-se reciprocamente.

E dona Viola:

— Meus caros amigos! Guardem as armas, suplico-lhes! É este o modo de assustar uma mulher? Preferia este pavilhão por ser o lugar mais silencioso e secreto do parque, e acontece que mal adormeço me desperta o bater de suas espadas!

— Mas, milady — diz o inglês —, não tinha sido eu convidado aqui pela senhora?

— Estava aqui para me esperar, senhora... — diz o napolitano.

Da garganta de dona Viola elevou-se um riso leve como um bater de asas.

— Ah, sim, sim, tinha convidado o senhor... ou o senhor... Oh, esta minha cabeça tão confusa... Bem, o que esperam? Entrem, acomodem-se, por favor...

— Milady, pensei que se tratasse de um convite só para mim. Enganei-me. Cumprimento-a e peço licença.

— O mesmo queria dizer eu, senhora, e ausentar-me.

A marquesa ria:

— Meus bons amigos... Meus caros amigos... Sou tão aérea... Pensava ter convidado sir Osbert a uma certa hora... e dom Salvatore noutro momento... Não, não, desculpem-me: na mesma hora, mas em lugares diferentes... Oh, não, como pode ser?... Bem, visto que estão os dois aqui, por que não podemos sentar-nos e conversar civilmente?

Os dois tenentes se olharam, depois olharam para ela.

— Devemos entender, marquesa, que demonstrava aceitar nossas atenções só para jogar com os dois?

— Por quê, meus bons amigos? Ao contrário, ao contrário... A assiduidade de vocês não podia me deixar indiferente... São ambos tão simpáticos... Esta é minha tristeza... Se escolhesse a elegância de sir Osbert, eu o perderia, meu apaixonado dom Salvatore... E, optando pelo fogo do tenente de San Cataldo, deveria renunciar a um sir! Oh, por quê... por que não...

— Não o quê? — perguntaram em uníssono os dois oficiais. E dona Viola, baixando a cabeça:

— Por que não poderia pertencer aos dois ao mesmo tempo...?

Do alto do castanheiro-da-índia ouviu-se um estalar de galhos. Era Cosme que já não conseguia manter-se calmo.

Mas os dois tenentes estavam demasiado sobressaltados para ouvi-lo. Retrocederam juntos de um passo.

— Isto nunca, senhora.

A marquesa ergueu o belo rosto com seu sorriso mais radioso:

— Bem, eu serei do primeiro que, como prova de amor, para satisfazer-me em tudo, se declarar pronto a dividir-me também com o rival!

— Senhora...
— Milady...

Os dois tenentes, inclinando-se para Viola numa seca reverência de despedida, viraram-se um de frente para o outro, estenderam-se as mãos, e apertaram-nas.

— *I was sure you were a gentleman*, *signor Cataldo* — disse o inglês.

— Nem eu duvidava de sua honra, mister Osberto — respondeu o napolitano.

Deram as costas para a marquesa e dirigiram-se para os cavalos.

— Amigos... Por que tão ofendidos... Tolinhos... — dizia Viola, mas os dois oficiais já tinham o pé no estribo.

Era o momento que Cosme aguardava havia um bom tempo, antecipando o sabor da vingança que preparara: agora os dois teriam uma dolorosa surpresa. Acontece que, perante a atitude viril deles ao se despedirem da pouco modesta marquesa, Cosme se sentiu inesperadamente reconciliado com eles. Tarde demais! Já agora o terrível dispositivo de vingança não podia mais ser travado! No espaço de um segundo, Cosme generosamente decidiu avisá-los:

— Alto lá! — gritou da árvore —, não se sentem na sela! Os dois oficiais levantaram vivamente a cabeça.

— *What are you doing up there?* O que faz aí em cima? Como se permite? *Come down!*

Atrás deles ouviu-se o riso de dona Viola, uma de suas risadas em cascata.

Os dois estavam perplexos. Havia um terceiro, que segundo tudo indicava assistira à cena. A situação se complicava.

— *In any way* — disseram-se —, nós dois permanecemos solidários!

— Por nossa honra!

— Nenhum dos dois consentirá em dividir milady com quem quer que seja!

— Jamais em toda a vida!

— Mas se um dos dois decidisse consentir...

— Neste caso, sempre solidários! Consentiremos juntos!

— De acordo! E agora, a caminho!

Diante desse novo diálogo, Cosme mordeu um dedo de raiva por ter tentado evitar a realização da vingança. "Que se cumpra, sem mais!", e retraiu-se entre as frondes. Os dois oficiais saltavam em arco. "Agora gritam", pensou Cosme, e teve vontade de tapar os ouvidos. Ressoou um berro duplo. Os dois tenentes tinham se sentado em cima de dois porcos-espinhos ocultos sob as gualdrapas das selas.

— Traição! — E voaram para o chão, numa explosão de saltos e gritos e rodopios sobre eles mesmos, e parecia que quisessem zangar-se com a marquesa.

Mas dona Viola, mais indignada do que eles, gritou para cima:

— Macaco maligno e monstruoso! — E trepou pelo tronco do castanheiro-da-índia, desaparecendo tão depressa da vista dos oficiais que imaginaram que tivesse sido engolida pela terra.

Entre os ramos Viola encontrou-se diante de Cosme. Olhavam-se com olhos chamejantes, e tal ira lhes dava uma espécie de pureza, como arcanjos. Pareciam a ponto de devorar-se, quando a mulher:

— Oh, meu querido! — exclamou. — Assim, é assim mesmo que desejo você: ciumento, implacável! — Já lhe atirara os braços no pescoço, e se abraçavam, e Cosme não se lembrava de mais nada.

Ela se desvencilhou, afastou o rosto do dele, como se refletisse, e depois:

— Contudo, também eles dois, como me amam, você viu? Estão prontos a dividir-me entre eles...

Cosme ameaçou lançar-se contra ela, depois ergueu-se entre os ramos, mordeu a folhagem, bateu a cabeça contra o tronco:

— São dois vermeees...!

Viola se afastara dele com seu rosto de estátua.

— Você tem muito a aprender com eles. — Virou-se, desceu rápido da árvore.

Os dois cortejadores, esquecidos das disputas, não haviam encontrado outra solução além de começar com paciência a tirar os espinhos um do outro. Dona Viola interrompeu-os.

— Rápido! Subam na minha carruagem!

Desapareceram atrás do pavilhão. A carruagem partiu. Cosme, no castanheiro-da-índia, escondia o rosto entre as mãos.

Começou uma fase de tormentos para Cosme, mas também para os dois ex-rivais. E para Viola, talvez se pudesse falar de um tempo de alegrias? Creio que a marquesa atormentava os outros só porque desejava atormentar-se. Os dois nobres oficiais estavam sempre por perto, inseparáveis, sob as janelas de Viola, ou convidados ao seu salão, ou em longas paradas solitárias na hospedaria. Ela lisonjeava ambos e pedia-lhes sempre novas provas de amor, para as quais eles se declaravam todas as vezes prontos, e já estavam dispostos a possuí-la pela metade, e não só, mas a dividi-la também com terceiros, e tendo chegado às concessões não podiam mais parar, levados pelo desejo de assim conseguir finalmente comovê-la e obter a manutenção de suas promessas, e ao mesmo tempo, empenhados pelo pacto de solidariedade com o rival, e devorados pelo ciúme e pela esperança de superá--lo, e agora também por um apelo da obscura degradação em que se sentiam afundar.

A cada nova promessa arrancada dos oficiais da Marinha, Viola montava a cavalo e ia dizê-lo a Cosme.

— Sabe que o inglês está disposto a isso e aquilo... E o napolitano também... — gritava-lhe, apenas o via lugubremente empoleirado numa árvore.

Cosme não respondia.

— Isso é amor absoluto — ela insistia.

— Patifarias absolutas, dignas de vocês! — berrava Cosme, e desaparecia.

Era este o modo cruel que agora tinham de amar-se, e não encontravam mais a maneira de escapar disso.

A nau capitânea inglesa ia zarpar.

— O senhor fica, não é? — disse Viola a sir Osbert.

Sir Osbert não se apresentou a bordo; foi declarado desertor. Por solidariedade e emulação, dom Salvatore também desertou.

— Eles desertaram! — anunciou triunfalmente Viola a Cosme. — Por mim! E você...

— E eu??? — urrou Cosme com um olhar tão feroz que Viola não disse nem mais uma palavra.

Sir Osbert e Salvatore di San Cataldo, desertores da Marinha das respectivas Majestades, passavam dias inteiros na hospedaria, jogando dados, pálidos, inquietos, tratando de desbancar-se reciprocamente, enquanto Viola estava no auge do descontentamento consigo e com tudo o que a circundava.

Pegou o cavalo, rumou para o bosque. Cosme estava num carvalho. Ela parou embaixo, num prado.

— Estou cansada.
— Daqueles dois?
— De todos vocês.
— Ah.
— Eles me deram as maiores provas de amor...

Cosme cuspiu.

— ...Mas não me bastam.

Cosme ergueu os olhos para ela.

E ela:

— Você não acredita que o amor seja dedicação absoluta, renúncia de si mesmo...

Estava ali no prado, linda como nunca, e a frieza que endurecia de leve os seus traços e o seu porte orgulhoso teria bastado um nada para pacificá-los, e voltar a tê-la nos braços... Podia dizer qualquer coisa, Cosme, uma coisa qualquer para ir ao encontro dela, poderia dizer: "Diga-me o que deseja que eu faça, estou pronto...", e teria sido outra vez a felicidade para ele, a felicidade juntos e sem sombras. Ao contrário, disse:

— Não pode haver amor se não somos nós mesmos com as nossas próprias forças.

Viola fez um movimento de contrariedade que era também de cansaço. Contudo, ainda teria podido entendê-lo, como de

193

fato o entendia, e mais, tinha nos lábios as palavras para dizer: "Você é como eu gosto..." e logo subir até ele... Mordeu um lábio. Disse:

— Pois então, seja você mesmo sozinho.

"Mas então ser eu mesmo não faz sentido...", eis o que desejava dizer Cosme. Porém, falou:

— Se prefere aqueles dois vermes...

— Não lhe permito desprezar os meus amigos! — ela gritou, e ainda pensava: "Só você me importa, é só por você que faço tudo o que faço!".

— Só eu posso ser desprezado...

— O seu modo de pensar!

— Sou uma coisa inteira com ele.

— Então adeus. Parto esta noite. Não me verá mais.

Correu para a vila, fez as malas, partiu sem dizer nada aos tenentes. Manteve a palavra. Não regressou a Penúmbria. Foi para a França, e os acontecimentos históricos sobrepuseram-se à sua vontade, quando ela só desejava voltar. Estourou a revolução, depois a guerra; a marquesa, de início interessada pelo novo curso dos acontecimentos (estava na *entourage* de La Fayette), emigrou depois para a Bélgica e de lá para a Inglaterra. Na névoa de Londres, durante os longos anos das guerras contra Napoleão, sonhava com as árvores de Penúmbria. Mais tarde, voltou a casar-se com um lorde interessado pela Companhia das Índias e se estabeleceu em Calcutá. Do seu terraço olhava as florestas, as árvores ainda mais estranhas do que aquelas do jardim da sua infância, e a todo momento parecia-lhe ver Cosme abrir caminho entre as folhas. Mas era a sombra de um macaco, ou de um jaguar.

Sir Osbert Castlefight e Salvatore di San Cataldo permaneceram ligados para sempre, e dedicaram-se à carreira de aventureiros. Foram vistos nas casas de jogo de Veneza, em Göttingen, na faculdade de teologia, em São Petersburgo na corte de Catarina II, e depois perderam-se suas pistas.

Cosme ficou vagabundeando pelos bosques durante muito tempo, chorando, maltrapilho, recusando-se a comer. Chorava alto, como os recém-nascidos, e os pássaros que antigamente fugiam em bandos ao se aproximarem daquele infalível caçador, agora ficavam junto dele, nos cumes das árvores ao redor ou voando-lhe sobre a cabeça, e os pássaros gritavam, gorjeavam os pintassilgos, arrulhava a rolinha, cantava o tordo, chilreava o tentilhão e a carriça; e dos altos esconderijos saíam os esquilos, os seretazes, os ratos do campo, e uniam seus chiados ao coro, e assim se movia meu irmão em meio àquela nuvem de lamentos.

Depois veio o tempo da violência destruidora: toda árvore, começava da extremidade e, corta uma folha, corta outra, rapidíssimo tornava-a pelada como no inverno, mesmo que não fosse do tipo desfolhante. Depois subia de novo e quebrava todos os ramos até que só restassem os grandes galhos, voltava a subir, e com um canivete começava a arrancar a casca, e viam-se as plantas despojadas exibirem o branco com arrepiante expressão ferida.

E, em toda essa fúria, não havia mais ressentimento contra Viola, mas apenas o remorso de tê-la perdido, de não ter sabido mantê-la ligada a ele, de tê-la ferido com um orgulho injusto e idiota. Porque, agora o compreendia, ela lhe fora sempre fiel, e se arrastava outros dois homens atrás dela era para dar a entender que considerava apenas Cosme digno de ser o seu único amante, e todas as suas insatisfações e birras não passavam da sede insaciável de fazer sua paixão aumentar sem admitir que tocasse um ponto máximo, e ele, só ele, não entendera nada disso e a provocara até perdê-la.

Durante algumas semanas permaneceu no bosque, sozinho como jamais estivera; não tinha mais nem Ótimo Máximo, pois Viola o levara embora. Quando meu irmão voltou a aparecer em Penúmbria, estava mudado. Nem eu podia mais ter ilusões: desta vez Cosme tinha mesmo ficado louco.

24

QUE COSME ERA LOUCO, em Penúmbria sempre se disse, desde quando aos doze anos subira nas árvores recusando-se a descer. Mas em seguida, como costuma acontecer, aquela sua loucura fora aceita por todos, e não falo somente da sua fixação de viver lá em cima, mas das várias esquisitices de seu caráter, e todos o consideravam um original, nada mais do que isso. Depois, em plena estação de seu amor por Viola houve as manifestações em idiomas incompreensíveis, especialmente aquela durante a festa do padroeiro, que alguns julgavam sacrílega, interpretando suas palavras como um grito herético, talvez em cartaginês, língua dos pelagianos, ou uma declaração de socinianismo, em polonês. Desde então, começou a circular a versão: "O barão enlouqueceu!", e os bem pensantes acrescentavam: "Como pôde enlouquecer alguém que sempre foi louco?".

Em meio a esses juízos contrastantes, Cosme se tornara louco de verdade. Se antes andava vestido com peles da cabeça aos pés, agora começara a enfeitar a cabeça com penas, como os aborígines da América, penas de poupa ou de verdilhão, com cores vivas, e além de usá-las na cabeça espalhava algumas pelas roupas. Acabou por fazer casacas totalmente recobertas de penas, e a imitar os hábitos dos diferentes pássaros, como o pica-pau, extraindo dos troncos lombrigas e larvas e considerando-as como grande riqueza.

Fazia também apologias dos pássaros, para as pessoas que se reuniam para ouvi-lo e zombar dele sob as árvores: e de caçador se fez advogado das aves e se proclamava ora abelheiro ora coruja ora pintarroxo, com camuflagens adequadas, e pronunciava discursos de acusação contra os homens, que não sabiam reconhecer nos pássaros seus verdadeiros amigos, discursos que afinal eram de acusação contra toda a sociedade humana, sob a forma de parábolas. Também os pássaros tinham se dado conta dessa sua mudança de ideias, e se aproximavam dele, mesmo quando embaixo havia gente a escutá-lo. Assim ele podia ilustrar o seu discurso com exemplos vivos que indicava nos ramos ao redor.

Por essa sua virtude, muito se falou entre os caçadores de Penúmbria em usá-lo como chamariz, mas ninguém se atreveu a atirar nos pássaros que pousavam perto dele. Porque o barão, mesmo agora que andava tão fora de esquadro, continuava a provocar uma certa sujeição; caçoavam dele, sim, e muitas vezes havia embaixo da árvore um bando de moleques e desocupados que zombavam dele, mas o barão era também respeitado, e ouvido sempre com atenção.

Suas árvores agora eram enfeitadas com folhas escritas e também com máximas de Sêneca e Shaftesbury, e com objetos: cocares de penas, círios de igreja, pequenas foices, coroas, bustos de mulher, pistolas, balanças, ligados uns aos outros numa certa ordem. A gente de Penúmbria passava horas tentando adivinhar o que queria dizer aquele quebra-cabeça: os nobres, o papa, a virtude, a guerra, e eu acho que às vezes não tinham nenhum significado, mas só serviam para aguçar a mente e fazer entender que mesmo as ideias mais fora do comum podiam ser justas.

Cosme se pôs também a escrever certos textos, como *O verso do Melro*, *O Pica-Pau que bate*, *Os diálogos das Corujas*, e a distribuí-los publicamente. E mais, foi justamente nesse período que aprendeu a técnica da imprensa e começou a imprimir espécies de libelos ou gazetas (dentre as quais *A Gazeta das Pegas*), todas reunidas mais tarde sob o título: *O Monitor dos Bípedes*. Transportara para o alto de uma nogueira um banco de carpinteiro, um tear, uma prensa, uma caixa de tipos, um garrafão de tinta, e passava os dias a compor suas páginas e a tirar cópias. Às vezes entre o tear e o papel apareciam aranhas, borboletas, e a sua marca ficava impressa na página; às vezes um caxinguelê saltava na folha fresca de tinta e borrava tudo com batidas de cauda; às vezes os esquilos pegavam uma letra do alfabeto e a carregavam para suas tocas pensando que fosse comestível, como aconteceu com a letra Q, a qual devido à forma redonda e pedunculada foi confundida com um fruto, e Cosme teve de começar alguns artigos com *cuando* e *cual*.

Tudo muito bonito, porém eu tinha a impressão de que naquele tempo meu irmão não só havia enlouquecido completamente, mas estava também se imbecilizando um pouco, o que é mais grave e doloroso, pois a loucura é uma força da natureza, no mal ou no bem, enquanto a cretinice é uma fraqueza da natureza, sem contrapartida.

De fato, no inverno, ele pareceu reduzir-se a uma espécie de letargia. Estava pendurado num tronco embutido em seu saco, só com a cabeça de fora, como ave de ninho, e já era muito se, nas horas mais quentes, dava quatro saltos para chegar ao amieiro na torrente Merdança para fazer suas necessidades. Ficava no saco lendo um pouco (acendia, no escuro, uma lanterninha a óleo), resmungando ou cantarolando. Mas passava a maior parte do tempo dormindo.

Para comer, tinha suas provisões misteriosas, mas aceitava pratos de sopa e de ravióli, quando alguma boa alma ia levá-los até lá, com uma escada. De fato, criara-se uma espécie de superstição entre a gente do povo, no sentido de que fazer uma oferta ao barão trazia fortuna; sinal de que ele suscitava ou temor ou bem-querer, e eu creio que era o segundo. O fato de que o herdeiro do título baronial de Rondó se punha a viver de esmolas públicas me pareceu degradante; e pensei sobretudo no falecido papai, se tivesse sabido disso. Quanto a mim, até então estava com a consciência tranquila, pois meu irmão sempre desprezara as comodidades da família, e assinara uma declaração segundo a qual, após lhe destinar uma pequena renda (quase toda aplicada na compra de livros), não tinha obrigações em relação a ele. Mas agora, ao vê-lo incapaz de procurar comida, tentei fazer subir até ele, numa escada, um de nossos lacaios usando libré e peruca branca, com um quarto de peru e um copo de borgonha numa bandeja. Pensei que fosse recusar, por uma daquelas misteriosas questões de princípio, mas aceitou logo de boa vontade e, desde então, todas as vezes que nos lembrávamos, mandávamos uma porção dos nossos alimentos para ele na árvore.

198

Em resumo, era uma decadência lastimável. Por sorte houve a invasão dos lobos, e Cosme voltou a dar prova das suas melhores qualidades. Era um inverno gélido, a neve caíra até em nossos bosques. Bandos de lobos, expulsos dos Alpes pela fome, chegaram às nossas praias. Alguns lenhadores os encontraram e trouxeram a notícia aterrorizados. Os penúmbrios, que desde o tempo da guarda contra os incêndios haviam aprendido a unir-se nos momentos de perigo, começaram a fazer turnos de sentinela nos arredores da cidade, para impedir a aproximação daquelas feras famintas. Mas ninguém se atrevia a sair do povoado, especialmente à noite.

— É uma pena que o barão não seja mais aquele de antigamente! — comentava-se em Penúmbria.

Aquele inverno violento tivera consequências para a saúde de Cosme. Ficava ali balançando enrolado em seu odre como uma lagarta no casulo, com o nariz pingando, o ar distante e o rosto inchado. Houve o alarme por causa dos lobos, e as pessoas passando embaixo o apostrofavam:

— Ah, barão, antes era você quem fazia a guarda para nós de cima das árvores, e agora somos nós que fazemos a guarda para você.

Ele permanecia com os olhos semicerrados, como se não entendesse ou não lhe importasse nem um pouco. Contudo, de repente levantou a cabeça, respirou fundo e disse, rouco:

— As ovelhas. Para caçar os lobos. Devem ser colocadas ovelhas nas árvores. Amarradas.

As pessoas já se reuniam embaixo para ouvir que loucuras dizia, e zombar dele. Ele, ao contrário, bufando e escarrando, ergueu-se do saco e disse:

— Vou mostrar-lhes onde. — E correu pelos galhos.

Em cima de algumas nogueiras e carvalhos, entre o bosque e a área cultivada, em posições escolhidas com grande cuidado, Cosme exigiu que conduzissem ovelhas ou carneiros e os amarrou ele mesmo nos ramos, vivos, balindo, mas de um jeito que não pudessem despencar. Em cada uma das árvores escondeu um fuzil carregado. Ele também se vestiu de ovelha: capuz, juba, calças, tudo de pelagem ovina encaracolada. E se pôs a esperar a noite no sereno em cima das árvores. Todos acreditavam que era a maior de suas loucuras.

Ao contrário, naquela noite chegaram os lobos. Sentindo o cheiro das ovelhas, ouvindo o balido e vendo-as lá em cima, o bando inteiro parava em volta da árvore, e ululavam, com famintas goelas abertas, e arranhavam o tronco com as garras. Eis que então, balançando-se nos ramos, aproximava-se Cosme, e os lobos vendo aquela forma entre a ovelha e o homem que saltava lá em cima como um pássaro ficavam tontos com a boca escancarada. Até que — bum! bum! — recebiam duas balas bem na goela. Duas: porque Cosme carregava um fuzil com ele (e voltava a carregá-lo de cada vez) e um outro estava ali pronto com a bala no cano em cada árvore; portanto, a cada vez eram dois lobos que ficavam estendidos no chão gelado. Exterminou assim um grande número e a cada disparo os bandos passavam a girar desorientados, e os caçadores correndo para o local de onde vinham os urros e os disparos faziam o resto.

Em seguida, Cosme contava episódios desta caça aos lobos em muitas versões, e não sei dizer qual era a correta. Por exemplo:

— A batalha caminhava bem quando, dirigindo-me para a árvore em que se encontrava a última ovelha, encontrei três lobos que haviam conseguido subir e estavam acabando com ela. Meio cego e aturdido pelo resfriado como estava, cheguei quase ao focinho dos lobos sem me dar conta. Os lobos, ao verem aquela outra ovelha que caminhava em pé entre os ramos, voltaram-se contra ela, escancarando as bocarras ainda rubras de sangue. Eu tinha descarregado o fuzil, porque depois do tiroteio ficara sem pólvora; e o fuzil preparado naquela árvore, não podia alcançá-lo porque ali estavam os lobos. Estava num ramo secundário e meio frágil, mas acima de mim existia um galho mais forte ao alcance do braço. Comecei a recuar no meu ramo, afastando-me lentamente do tronco. Um lobo, bem devagar, me seguiu. Mas eu me pendurava com as mãos no ramo de cima, e fingia mover os pés sobre o galho tenro; na verdade estava suspenso sobre ele. O lobo, enganado, confiou em seguir avançando, e o ramo se quebrou, enquanto eu pulava para o galho de cima. O lobo caiu esboçando um latido de cão, e arrebentou os ossos no chão, morrendo ali mesmo.

— E os outros dois lobos?

— ...Os outros dois estavam me estudando, imóveis. Então, de um golpe só, tirei a juba e o capuz de pele de ovelha e joguei em cima deles. Um dos dois lobos, ao ver que lhe voava em cima aquela sombra branca de carneiro, tratou de agarrá-la com os dentes, mas, como tinha se preparado para receber um grande peso e sendo aquilo um despojo vazio, balançou e perdeu o equilíbrio, acabando ele também por arrebentar patas e pescoço no chão.

— Resta um ainda...

— ...Resta um ainda, mas, como fiquei inesperadamente mais leve ao atirar a juba, me veio um daqueles espirros de fazer tremer o céu. O lobo, diante daquela irrupção tão inesperada e nova, teve um sobressalto tão grande que caiu da árvore, quebrando o pescoço como os outros.

Assim meu irmão contava sua noite de batalha. O que é certo é que o frio que sentira, doente como já estava, quase lhe foi fatal. Esteve alguns dias entre a vida e a morte, e foi tratado à custa da prefeitura de Penúmbria, em sinal de reconhecimento. Estendido numa rede, foi cercado por um sobe e desce de médicos pelas escadas. Os melhores especialistas das vizinhanças foram consultados, e havia quem se ocupasse dos pequenos serviços, quem fizesse sangrias, cataplasmas, massagens com bálsamos. Ninguém mais falava do barão de Rondó como de um louco, mas todos como de um dos maiores talentos e fenômenos do século.

Isso enquanto ficou doente. Quando se curou, voltaram a considerá-lo sábio como antes, ou louco como sempre. O fato é que não fez mais tantas esquisitices. Continuou a publicar um semanário, não mais intitulado *O Monitor dos Bípedes*, e sim *O Vertebrado Racional*.

25

NÃO SEI SE NAQUELE TEMPO já tinha sido fundada em Penúmbria uma loja de francomaçons: fui iniciado na maçonaria muito mais tarde, depois da primeira campanha napoleônica, junto com grande parte da burguesia abastada e da pequena aristocracia da nossa região e por isso não sei dizer quais tenham sido os primeiros contatos de meu irmão com a loja. A propósito, citarei um episódio ocorrido mais ou menos no período sobre o qual estou narrando, e que várias testemunhas poderiam confirmar.

Chegaram um dia a Penúmbria dois espanhóis, viajantes de passagem. Dirigiram-se à casa de um certo Bartolomeu Cavador, confeiteiro, conhecido como maçom. Parece que se teriam apresentado como irmãos da loja de Madri, de forma que ele os levou para assistir a uma sessão da maçonaria penúmbria, que então se reunia à luz de tochas e círios numa clareira no meio do bosque. Sobre tudo isso só se tem notícias por meio de boatos e suposições: o que é certo é que no dia seguinte os dois espanhóis, assim que saíram de casa, foram seguidos por Cosme de Rondó, que sem ser visto os vigiava do alto das árvores.

Os dois viajantes entraram no pátio de uma hospedaria fora dos muros da cidade. Cosme empoleirou-se numa glicínia. Numa das mesas, estava um freguês que esperava por eles; não se distinguia o seu rosto, protegido por um chapéu preto de abas largas. Aquelas três cabeças, ou melhor, aqueles três chapéus, convergiram para o quadrado branco da toalha; e, após ter confabulado um pouco, as mãos do desconhecido passaram a escrever num papel estreito alguma coisa que os demais lhe ditavam e que, pela ordem em que alinhava as palavras uma debaixo da outra, parecia uma lista de nomes.

— Bom dia, meus senhores! — disse Cosme.

Os três chapéus se levantaram deixando aparecer três rostos com os olhos arregalados em direção ao homem em cima da glicínia. Mas um dos três, o das abas largas, abaixou-se logo, tanto que tocou a mesa com a ponta do nariz. Meu irmão tivera tempo de entrever uma fisionomia que não lhe parecia estranha.

— *Buenos días a usted!* — disseram os dois. — Mas é um costume do lugar apresentar-se aos forasteiros caindo do céu como um pombo? Espero que pretenda descer logo e explicar-nos isso!

— Quem está no alto acha-se bem à vista de qualquer ângulo — disse o barão —, ao passo que existe quem se arraste para ocultar o rosto.

— Saiba que nenhum de nós é obrigado a mostrar-lhe o rosto, *señor*; não mais de quanto seja obrigado a mostrar as nádegas.

— Sei que para determinados tipos de pessoas é um ponto de honra manter o rosto na sombra.

— Quais, por favor?

— Espiões, por exemplo!

Os dois compadres sobressaltaram-se. O que estava inclinado permaneceu imóvel, mas pela primeira vez se ouviu a sua voz.

— Ou, para dar outro exemplo, os membros de sociedades secretas... — escandiu lentamente.

Essa observação poderia ser interpretada de várias formas. Cosme pensou e a seguir disse alto:

— Esta observação, senhores, pode ser interpretada de várias formas. Vocês dizem "membros de sociedades secretas" insinuando que eu o seja, ou insinuando que vocês o sejam, ou que o sejamos todos, ou que nós não o sejamos, mas outros, ou porque de todo modo é uma observação que pode servir para verificar o que digo eu depois?

— *Como como como?* — disse desorientado o homem com o chapéu de abas largas, e em sua desorientação, esquecendo que devia manter a cabeça inclinada, ergueu-se até olhar Cosme nos olhos.

203

Cosme o reconheceu: era dom Sulpício, o jesuíta inimigo seu dos tempos de Olivabaixa!

— Ah! Não estava enganado! Tire a máscara, reverendo padre! — exclamou o barão.

— O senhor! Tinha certeza — fez o espanhol e tirou o chapéu, inclinou-se, descobrindo a coroinha. — Dom Sulpício de Guadalete, *superior de la Compañia de Jesus.*

— Cosme de Rondó, francomaçom, membro efetivo!

Também os outros dois espanhóis se apresentaram com uma breve inclinação.

— Dom Calisto!

— Dom Fulgêncio!

— Jesuítas os senhores também?

— *Nosotros también!*

— Mas a ordem de vocês não foi recentemente dissolvida por ordem do papa?

— Não para dar trégua aos libertinos e aos hereges de sua laia! — disse dom Sulpício, desembainhando a espada.

Eram jesuítas espanhóis que após a dissolução da ordem haviam ido para o campo, tentando formar uma milícia armada em todos os povoados, a fim de combater as ideias novas e o teísmo.

Também Cosme desembainhara a espada. Muita gente se reunira em volta.

— Faça o favor de descer, se quiser bater-se *caballerosamente* — disse o espanhol.

Ali perto havia um bosque de nogueiras. Era o tempo da colheita e os camponeses haviam estendido lençóis de uma árvore a outra, para receber as nozes que derrubavam. Cosme correu até uma nogueira, saltou no lençol, e ali se manteve ereto, travando os pés que escorregavam sobre o tecido naquela espécie de grande rede.

— Suba o senhor dois palmos, dom Sulpício, pois eu já desci mais do que costumo! — E puxou ele também a espada.

O espanhol pulou para o lençol estendido. Era difícil manter-se ereto, porque o lençol tendia a fechar-se em forma de saco em volta deles, mas os dois contendores estavam tão decididos que conseguiram cruzar os ferros.

— *Para maior glória de Deus!*
— *Pela glória do Grande Arquiteto do Universo!*
E pelejavam a golpes contínuos.
— Antes que lhe enfie esta lâmina no piloro — disse Cosme —, dê-me notícias da *señorita* Úrsula.
— Morreu num convento!

Cosme ficou perturbado com a notícia (que imagino tivesse sido inventada ali mesmo) e o ex-jesuíta aproveitou para dar um golpe com a canhota. Com um movimento atingiu uma das pontas que, amarradas aos galhos da nogueira, sustentavam o lençol do lado de Cosme, e a cortou. Cosme teria certamente caído se não tivesse sido ágil em pular para o lado de dom Sulpício e agarrar-se a uma borda. No salto, a sua espada rompeu a guarda do espanhol e penetrou-lhe o ventre. Dom Sulpício abandonou-se, escorregou pelo lençol inclinado na parte em que fora cortado, e caiu no chão. Cosme subiu na nogueira. Os outros dois ex-jesuítas ergueram o corpo do companheiro ferido ou morto (jamais se soube direito), fugiram e não apareceram mais.

O povo se reuniu ao redor do lençol ensanguentado. Daquele dia em diante meu irmão ganhou fama de franco-maçom.

O segredo da sociedade não me permitiu saber mais. Quando passei a fazer parte dela, conforme disse, ouvi falar de Cosme como de um antigo irmão cujas relações com a loja não eram bem claras, e havia quem o definisse como "adormecido", e quem dissesse ser ele um herético que havia adotado outro rito; que se tornara um apóstata; mas sempre com grande respeito por sua atividade passada. Não excluo sequer que pudesse ter sido ele o lendário mestre "Pica-pau pedreiro", a quem se atribuía a fundação da loja O Leste de Penúmbria, e que além do mais a descrição dos primeiros ritos que teriam existido se ressentiriam da influência do barão: basta dizer que os neófitos eram vendados, obrigados a subir numa árvore e descer pendurados em cordas.

É certo que entre nós as primeiras reuniões dos maçons aconteciam à noite no meio dos bosques. Portanto, a presença de Cosme seria mais do que justificada, tanto no caso de que tenha sido ele a receber de seus correspondentes estrangeiros os opúsculos com os regulamentos maçônicos e a fundar aqui a loja, quanto no caso de que tenha sido algum outro, provavelmente após ter sido iniciado na França ou na Inglaterra, a introduzir os ritos também em Penúmbria. Talvez seja possível que a maçonaria já existisse havia tempos, sem que Cosme o soubesse, e ele casualmente numa noite, movimentando-se pelas árvores do bosque, tenha descoberto numa clareira uma reunião de homens com estranhas roupagens e instrumentos, à luz de candelabros, tenha parado para escutar, e depois tenha intervindo provocando desconcerto com uma de suas saídas, como, por exemplo: "Se levantas uma parede, pensa naquilo que permanece de fora!" (frase que o ouvi repetir várias vezes), ou uma outra das suas, e os maçons, reconhecida a sua profunda doutrina, o tenham feito entrar na loja, com incumbências especiais, e introduzindo um grande número de novos ritos e símbolos.

O fato é que, durante todo o tempo em que meu irmão dela participou, a maçonaria ao ar livre (como a chamarei para distingui-la daquela que se reunirá depois num edifício fechado) teve um ritual muito mais rico, em que entravam corujas, telescópios, pinhas, bombas hidráulicas, cogumelos, diabinhos de Descartes, teias de aranha, tabuletas pitagóricas. Havia também uma certa exibição de crânios, não apenas humanos, mas também de vacas, lobos e águias. Objetos desse gênero e outros ainda, tais como colheres de pedreiro, esquadros e compassos da habitual liturgia maçônica, eram encontrados naquela época pendurados nos galhos em conjuntos bizarros, e sempre atribuídos à loucura do barão. Só poucas pessoas deixavam entender que agora esse quebra-cabeça tinha um significado mais sério; contudo, nunca se conseguiu estabelecer uma separação nítida entre os signos de antes e os posteriores, e excluir que desde o princípio fossem sinais esotéricos de alguma sociedade secreta.

Porque Cosme, bem antes da maçonaria, já se filiara a várias associações ou confrarias de profissionais, como a de São Crispim ou dos Sapateiros, ou à dos Virtuosos Tanoeiros, dos Justos Armeiros ou dos Chapeleiros Conscienciosos. Fazendo por conta própria todas as coisas de que se utilizava, conhecia as técnicas mais variadas, e podia declarar-se membro de muitas corporações, que por seu lado ficavam bem contentes de ter entre os seus um membro de família nobre, de talento bizarro e de desinteresse comprovado.

Como essa paixão que Cosme sempre demonstrou pela vida associativa se conciliava com a sua perpétua fuga da convivência civil, nunca entendi bem, e isso permanece uma das singularidades não menores do seu caráter. Dir-se-ia que ele, quanto mais decidido estava a ficar escondido entre seus galhos, mais sentia necessidade de criar novas relações com o gênero humano. Contudo, por mais que às vezes se lançasse, de corpo e alma, a organizar uma nova associação, estabelecendo meticulosamente os estatutos, as finalidades, a escolha dos homens mais adequados para cada cargo, jamais seus companheiros sabiam até que ponto podiam contar com ele, quando e onde encontrá-lo, e quando ao contrário seria inesperadamente absorvido por sua natureza de pássaro e não se deixaria mais apanhar. Talvez, se realmente se pretender reconduzir tais atitudes contraditórias a um único impulso, seja preciso pensar que ele era igualmente avesso a todo tipo de convivência humana vigente em sua época, e por isso fugia de todos, e se obstinava em experimentar novos; mas nenhum deles lhe parecia suficientemente justo e diferente dos outros: daí seus contínuos intervalos de selvageria absoluta.

O que tinha em mente era uma ideia de sociedade universal. E todas as vezes que se ocupou em associar pessoas, seja para fins bem precisos como a vigilância contra incêndios ou a defesa contra os lobos, seja em fraternidades de artesãos como os Perfeitos Afiadores ou os Iluminados Curtidores de Couros, como conseguia sempre levá-los a se reunir no bosque, noite adentro, em volta de uma árvore, da qual ele pregava, daí resultava sempre um clima de conjuração, de seita, de heresia, e naquele clima também os discursos passavam facilmente do particular ao geral e das simples regras de uma ocupação artesanal passava-se com a maior naturalidade para o projeto de instauração de uma república mundial de iguais, de livres e de justos.

Portanto, na maçonaria Cosme apenas repetia o que já fizera nas outras sociedades secretas ou semissecretas de que participara. E, quando um certo lorde Liverpuck, enviado pela grande loja de Londres para visitar os irmãos do continente, chegou a Penúmbria enquanto era mestre meu irmão, ficou tão escandalizado com sua pouca ortodoxia que escreveu a Londres que a de Penúmbria devia ser uma nova maçonaria de rito escocês, financiada pelos Stuart para fazer propaganda contra o trono dos Hanôver, pela restauração jacobita.

Depois disso ocorreu o fato que contei, dos dois viajantes espanhóis que se apresentaram como maçons a Bartolomeu Cavador. Convidados a uma reunião da loja, eles acharam tudo muito normal, chegando a dizer que era tal e qual no O Leste de Madri. Foi isso que despertou suspeitas em Cosme, que sabia bem quanto daquele ritual era invenção sua: por isso, seguiu a pista dos espiões e os desmascarou, triunfando contra seu velho inimigo dom Sulpício.

Contudo, sou de opinião que tais mudanças de liturgia eram uma necessidade pessoal dele, pois de todas as profissões poderia adotar os símbolos a justo título, exceto os de pedreiro, ele que jamais quisera construir nem habitar casas de alvenaria.

26

PENÚMBRIA ERA UMA TERRA DE VINHAS, também. Jamais o destaquei porque ao acompanhar Cosme tive sempre de me restringir às plantas de grande porte. Mas havia vastas colinas de vinhedo, e em agosto, sob a folhagem das fileiras, a uva vermelha inchava em cachos de um suco denso já cor de vinho. Algumas vinhas estavam dispostas em parreira: digo isso também porque Cosme, ao envelhecer, se tornara tão miúdo e leve e aprendera tão bem a arte de caminhar sem peso que as traves dos parreirais o aguentavam. Ele podia, portanto, passar sobre as videiras, e assim andando, e ajudando-se com as árvores de fruta ao redor, e apoiando-se nas estacas chamadas de *scarasse*, podia realizar muitos trabalhos como a poda, no inverno, quando as vides são garatujas nuas em torno do arame, ou reduzir o excesso de folhas no verão, ou caçar insetos, e finalmente em setembro a vindima.

Para a vindima toda a gente de Penúmbria vinha trabalhar nas vinhas, recebendo por dia, e entre o verde das fileiras só se viam saias de cores vivas e gorros com a borla. Os tropeiros carregavam cestos cheios ao longo das cercas e os descarregavam nas tinas; outras eram requisitadas pelos vários exatores que chegavam com tropas de guardas para controlar os tributos para os nobres da região, para o governo da República de Gênova, para o clero e outros dízimos. Todo ano ocorriam algumas brigas.

As questões relativas às partes da colheita a serem entregues à direita e à esquerda foram as que deram origem aos maiores protestos nos "registros de queixas" quando ocorreu a revolução na França. Sobre tais registros se puseram a escrever também em Penúmbria, para ver o que acontecia, embora aqui não levasse a nada. Fora uma das ideias de Cosme, que naquele tempo não precisava mais ir às reuniões da loja para discutir com aqueles maçons esvaziadores de garrafões. Ficava nas árvores da praça e era rodeado pelo pessoal do porto e do campo que desejava explicações sobre as notícias, pois ele recebia as gazetas pelo correio, e além disso alguns amigos lhe escreviam, entre eles o astrônomo Bailly, que depois foi *maire* de Paris, e outros membros de clubes. A todo momento havia uma novidade: o Necker, e o tênis, e a Bastilha, e La Fayette com o cavalo branco, e o rei Luís disfarçado de lacaio. Cosme explicava e recitava tudo saltando de um galho para outro, e num ramo imitava Mirabeau na tribuna, e noutro Marat entre os jacobinos, e o noutro ainda o rei Luís, em Versalhes, colocando o gorro vermelho para satisfazer as comadres que vinham a pé de Paris.

Para explicar o que eram os "registros de queixas", Cosme disse: "Vamos experimentar fazer um". Pegou um caderno escolar e o pendurou numa árvore com um barbante; cada um ia até ali e assinalava o que não andava bem. Apareciam problemas de todo o tipo: sobre o preço do peixe os pescadores, e os vinhateiros sobre os dízimos, e os pastores sobre os limites dos pastos, e os lenhadores sobre os bosques de domínio público, e ainda todos aqueles que tinham parentes presos, e os que haviam recebido umas pancadas por algum crime, e os que tinham disputas com os nobres por causa de mulheres: não acabava mais. Cosme pensou que embora fosse um "registro de queixas" não era bom que fosse tão triste, e lhe veio a ideia de pedir a cada um que escrevesse a coisa que mais desejava. E de novo cada um ia dar sua contribuição, dessa vez de modo positivo: um escrevia sobre bolos, outro falava de sopas; um queria uma loura, outro duas morenas; um gostaria de dormir o dia inteiro, outro gostaria de procurar cogumelos o ano todo; um desejava uma carruagem com quatro cavalos, outro se contentava com uma cabra; um gostaria de rever sua mãe morta, outro encontrar os deuses do Olimpo: em resumo, tudo quanto existe de bom no mundo era escrito no caderno, ou então desenhado, pois muitos não sabiam escrever, ou até colorido. Também Cosme escreveu: um nome — Viola. O nome que havia anos escrevia por toda a parte.

Resultou um belo caderno, e Cosme o intitulou "Registro das dores e das alegrias". Mas quando ficou pronto não havia nenhuma assembleia para a qual mandá-lo, por isso continuou ali, pendurado na árvore com um barbante, e quando choveu começou a se apagar e ensopar, e aquela visão oprimia o coração dos penúmbrios pela miséria presente e os enchia de desejos de rebelião.

Em suma, também entre nós existiam todas as causas da Revolução Francesa. Só que não estávamos na França, e a revolução não se fez. Vivemos num país onde se verificam sempre as causas e não os efeitos.

Em Penúmbria, porém, houve igualmente tempos difíceis. Contra os austro-sardos o exército republicano fazia guerra a dois passos dali. Masséna em Collardente, Laharpe no Nervia, Mouret ao longo da Corniche, com Napoleão que então era apenas general de artilharia, por isso as explosões que às vezes chegavam a Penúmbria com o vento era exatamente ele quem as provocava.

Em setembro preparavam-se para a vindima. E parecia que se gestava algo de secreto e de terrível.

Os conciliábulos de porta em porta:

— A uva está madura!
— Está madura! Claro que sim!
— Mais do que madura! Está na hora de colher!
— Está na hora de amassar!
— Vamos todos! Aonde vai você?
— Para a vinha do outro lado da ponte. E você? E você?
— Para a propriedade do conde Pigna.
— Eu para a vinha do moinho.
— Viu quantos guardas? Parecem melros que baixaram para roubar os cachos.
— Mas este ano não levam!
— Se os melros são tantos, aqui somos todos caçadores!
— Contudo, há quem não se queira apresentar. Há quem fuja.

— Como é que este ano a vindima não agrada mais a tanta gente?
— Em nossa região queriam adiá-la. Mas a uva já está madura!
— Bem madura!

No dia seguinte a vindima começou silenciosa. As vinhas estavam cheias de gente em cadeia ao longo das fileiras, mas não nascia nenhum canto. Algum chamado esparso, gritos; "Vocês também por aqui? Está madura!", uma agitação de grupos, algo de tenso, talvez um pouco por causa do céu, que não estava inteiramente coberto mas um tanto pesado, e se uma voz iniciava uma canção parava logo no meio, não acompanhada pelo coro. Os tropeiros carregavam os cestos cheios de uva para as tinas. Antes costumava-se fazer as partes para os nobres, o bispo e o governo; este ano não, parecia que haviam esquecido.

Os exatores, vindos para cobrar os dízimos, estavam nervosos, não sabiam bem que peixe apresar. Mais passava o tempo, menos coisas aconteciam, mais se sentia que algo devia acontecer, mais percebiam os guardas que era preciso mover-se, mas menos entendiam o que fazer.

Cosme, com seus passos de gato, começara a caminhar pelas parreiras. Com uma tesoura na mão, cortava um cacho aqui e outro lá, sem ordem, entregando-o aos vindimadores e às vindimadoras lá de baixo, sussurrando a cada um alguma coisa.

O chefe dos policiais não aguentava mais. Disse:
— Bem, então, vamos acertar estes dízimos? — Acabara de dizê-lo e já se arrependera.

Pelas vinhas ressoou um ruído entre o estrondo e a sibilação: era um vindimador que soprava numa concha em forma de buzina e difundia um som de alarme pelos vales. De cada morro responderam sons iguais, os vinhateiros ergueram as conchas como trompas, e também Cosme, do alto de uma parreira.

Pelas fileiras se propagou um canto; de início quebrado, dissonante, que não se entendia o que era. Depois as vozes encontraram um entendimento, sintonizaram, pegaram a ária, e cantaram como se corressem, num voo, e os homens e as mulheres firmes e meio escondidos ao longo das fileiras, e as estacas as videiras os cachos, tudo parecia correr, e a uva vindimar-se sozinha, lançar-se dentro das tinas e pisar-se, e o ar, as nuvens, o sol, tornar-se tudo mosto, e já se começava a entender aquele canto, primeiro as notas da música e depois algumas das palavras, que diziam: *Ça ira! Ça ira! Ça ira!*, e os jovens pisavam a uva com pés descalços e vermelhos — *Ça ira!* —, e as moças enterravam as tesouras apontadas como punhais no verde denso ferindo os torcidos cabos dos cachos — *Ça ira!* —, e nuvens de mosquitinhos invadiam o ar acima dos montes de racimos prontos para a prensa — *Ça ira!* —, e foi então que os guardas perderam o controle e:

— Alto lá! Silêncio! Basta com a putaria! Quem cantar leva um tiro! — E começaram a descarregar os fuzis para cima.

Respondeu-lhes um trovão de fuzilaria que parecia regimentos distribuídos para batalha nas colinas. Todas as espingardas de caça de Penúmbria explodiam, e Cosme no topo de uma alta figueira comandava a carga na concha em forma de trompa. Em todos os vinhedos houve movimento de gente. Não se entendia mais o que era vindima e o que era luta: homens uva mulheres varas foices parras *scarasse* fuzis cestos cavalos arames socos coices de mula canelas peitos e todos cantando: *Ça ira!*

— Aqui estão os dízimos!

Terminou com os policiais e exatores atirados de cabeça nas tinas cheias de uva, com as pernas de fora dando pontapés no vazio. Voltaram sem ter obtido nada, sujos dos pés à cabeça de suco de uva, de grãos amassados, de vinhaça, de bagaço, de racimos que ficavam agarrados nos fuzis, nas cartucheiras, nos bigodes.

A vindima prosseguiu como uma festa, todos convencidos de terem abolido os privilégios feudais. Entretanto, nós, nobreza e pequena nobreza, ficamos barricados nos palácios, armados, prontos a vender caro a pele. (Eu na verdade limitei-me a não pôr o nariz fora do esconderijo, sobretudo para não escutar dos outros nobres que estava de acordo com aquele anticristo do meu irmão, considerado o pior instigador, jacobino e organizador de clubes de toda a região.) Mas durante a jornada, expulsos os exatores e a tropa, não se tocou num fio de cabelo de ninguém.

Estavam todos muito ocupados em preparar festas. Montaram uma Árvore da Liberdade para acompanhar a moda francesa; só que não sabiam bem como eram feitas, e como tínhamos tamanha quantidade de árvores não valia a pena fazer uma falsa. Assim enfeitaram uma árvore de verdade, um olmo, com flores, cachos de uva, festões, escritas: *Vive la Grande Nation!* Bem no alto estava meu irmão, com o tricórnio tricolor sobre gorro de pele de gato, e fazia uma conferência sobre Rousseau e Voltaire, da qual não se ouvia nem uma palavra, pois todo o povo fazia rodas cantando: *Ça ira!*

A alegria durou pouco. Vieram tropas em grande quantidade: genovesas, para exigir os dízimos e garantir a neutralidade do território, e austro-sardas, pois já se difundira o boato de que os jacobinos queriam proclamar a anexação à "Grande Nação Universal", isto é, à República Francesa. Os rebeldes tentaram resistir, construíram algumas barricadas, fecharam as portas da cidade... Mas era preciso muito mais! As tropas entraram na cidade por todos os lados, puseram postos de controle em todas as estradas do campo, e aqueles que tinham fama de agitadores foram presos, exceto Cosme, pois era preciso alguém muito esperto para apanhá-lo, e outros poucos que ficaram com ele.

O processo contra os revolucionários foi montado às pressas, mas os acusados conseguiram demonstrar que não tinham nada a ver com aquilo e que os verdadeiros chefes eram justamente aqueles que haviam conseguido fugir. Assim foram todos libertados, tanto que com as tropas estacionadas em Penúmbria não havia o que temer dos outros súditos. Instalou-se também uma guarnição de austro-sardas, para garantir-se contra possíveis infiltrações do inimigo, e no comando estava nosso cunhado D'Estomac, o marido de Batista, emigrado da França no séquito do conde de Provença.

Portanto, tive de aturar minha irmã Batista, deixo a vocês imaginar com quanto prazer. Instalou-se em minha casa, com o marido oficial, os cavalos, as tropas de ordenanças. Ela passava as noitadas contando-nos as últimas execuções capitais em Paris; possuía inclusive uma miniatura de guilhotina, com uma lâmina autêntica, e para explicar o final de todos os seus amigos e parentes adquiridos, decapitava lagartixas, lombrigas e também ratos. Assim passávamos as noites. Eu invejava Cosme, que vivia os seus dias e as suas noites na clandestinidade, escondido quem sabe em que bosques.

27

A PROPÓSITO DAS FAÇANHAS por ele executadas nos bosques durante a guerra, Cosme contou uma infinidade, e tão incríveis, que não tenho coragem de avalizar nenhuma das versões. Deixo a palavra a ele, reportando fielmente alguns de seus relatos:

Aventuravam-se pelo bosque patrulhas de exploradores dos exércitos adversários. Do topo dos galhos, a cada passo que escutava entre os arbustos, apurava o ouvido para distinguir se eram de austro-sardos ou de franceses.

Um tenentinho austríaco, louro louro, comandava uma patrulha de soldados perfeitamente uniformizados, com rabo de cavalo e fita, tricórnio e polainas, faixas brancas atravessadas, fuzil e baioneta, e os fazia marchar em filas de dois, tentando manter o alinhamento naqueles caminhos íngremes. Desconhecendo como era feito o bosque, mas convicto de seguir à risca as ordens recebidas, o oficialzinho procedia conforme as linhas traçadas no mapa, dando continuamente com o nariz nos troncos, fazendo a tropa escorregar com seus calçados ferrados sobre pedras lisas ou furar os olhos nas sarças, mas sempre cônscio da supremacia das armas imperiais.

Eram soldados magníficos. Eu os esperava num vau escondido num pinheiro. Tinha nas mãos uma pinha de meio quilo e deixei-a cair na cabeça do abre-alas. O infante abriu os braços, dobrou os joelhos e caiu entre as samambaias da vegetação rasteira. Ninguém se deu conta; o grupo continuou a sua marcha.

Alcancei-os de novo. Dessa vez joguei um porco-espinho enrolado no pescoço de um caporal. O caporal inclinou a cabeça e desmaiou. O tenente percebeu o fato, mandou que dois homens apanhassem uma padiola, e prosseguiu.

A patrulha, como se fizesse de propósito, embrenhava-se nos trechos mais densos do bosque. E deparava sempre com um novo atentado. Juntei num cartucho certas lagartas peludas, azuis, que ao mais leve toque faziam inchar a pele mais do que urtiga, e derramei uma centena sobre eles. O pelotão passou, desapareceu no mato, reapareceu coçando-se, com mãos e rostos transformados em bolinhas vermelhas, e marchou para a frente.

Maravilhosa tropa e magnífico oficial. Tudo no bosque lhes era tão estranho, que nem distinguiam o que havia de insólito, e prosseguiam com os efetivos reduzidos, mas sempre altaneiros e indomáveis. Recorri então a uma família de gatos selvagens: jogava-os pelo rabo, depois de tê-los agitado um pouco pelo ar, o que os enraivecia além da conta. Houve muito barulho, especialmente felino, depois silêncio e trégua. Os austríacos medicavam os feridos. A patrulha, esbranquiçada de ataduras, retomou a marcha.

Aqui a única solução é fazê-los prisioneiros!, pensei, apressando-me a precedê-los, esperando encontrar uma patrulha francesa a quem avisar a aproximação do inimigo. Mas há um bom tempo os franceses pareciam não dar sinal de vida naquele front.

Ao superar certos locais cheios de musgo, vi algo se mover. Parei, apurei o ouvido. Ouvia-se uma espécie de rumor de córrego, que foi se escandindo num gargarejo contínuo e agora podiam-se distinguir palavras como: *Mais alors... Crénom-de... foutez-moi-donc... tu m'emmer... quoi...* Aguçando os olhos na penumbra, verifiquei que aquela vegetação suave era composta sobretudo de colbaques de pele e grandes bigodes e barbas. Era um pelotão de hussardos franceses. Tendo se impregnado de umidade durante a campanha invernal, todas as peles que os protegiam estavam florescendo de mofo e musgo.

Comandava o posto avançado o tenente Agripa Borboleta, de Rouen, poeta, voluntário na Armada republicana. Persuadido da bondade da natureza em geral, o tenente Borboleta não queria que seus soldados arrancassem as agulhas de pinheiro, as bolas de castanha, os raminhos, as folhas, as lesmas que grudavam neles ao atravessarem o bosque. E a patrulha já se estava fundindo de tal maneira com a natureza circundante que era necessário o meu olho apurado para identificá-la.

Entre seus soldados estacionados, o oficial-poeta, com longos cabelos encaracolados que lhe emolduravam o rosto magro sob o chapéu de bicos, declamava aos bosques:

— Ó floresta! Ó noite! Eis-me em vosso poder! Um tenro ramo de avenca, enleado no tornozelo destes valorosos soldados, poderá impedir o destino da França? Ó Valmy! Quanto estás distante!

Adiantei-me:

— *Pardon, citoyen*.

— O quê? Quem está aí?

— Um patriota destes bosques, cidadão oficial.

— Ah! Aqui? Onde está?

— Bem em cima do seu nariz, cidadão oficial.

— Vejo! De que se trata? Um homem-pássaro, um filho das harpias? Será talvez uma criatura mitológica?

— Sou o cidadão Rondó, filho de seres humanos, asseguro-lhe que tanto por parte de pai quanto de mãe, cidadão oficial. Mais ainda, minha mãe foi um valoroso soldado, nos tempos das Guerras de Sucessão.

— Entendo. Ó tempos, ó glória. Acredito, cidadão, e estou ansioso por ouvir as notícias que parece ter vindo me transmitir.

— Uma patrulha austríaca está penetrando em suas linhas!

— O que diz? É a batalha! Chegou a hora! Ó riacho, suave riacho, pronto, dentro em pouco estará tinto de sangue! Vamos! Às armas!

Ao comando do tenente-poeta, os hussardos reuniram armas e objetos, mas se moviam de modo tão desencontrado e mole, espreguiçando-se, escarrando, xingando, que comecei a ficar preocupado com sua eficiência militar.

— Cidadão oficial, já tem um plano?

— Um plano? Marchar sobre o inimigo!

— Sim, mas como?
— Como? Em filas cerradas!
— Bem, se me permite um conselho, eu manteria os soldados parados, em ordenação esparsa, deixando que a patrulha inimiga caia na armadilha sozinha.

O tenente Borboleta era um homem conciliador e não fez objeções ao meu plano. Os hussardos, espalhados pelos bosque, mal se distinguiam das moitas, e o tenente austríaco era certamente o menos indicado para captar tal diferença. A patrulha imperial marchava seguindo o itinerário traçado no mapa, com um eventual e brusco "alinhar à direita!" ou "alinhar à esquerda!". Assim, passaram debaixo do nariz dos hussardos franceses sem se dar conta. Os hussardos, silenciosos, propagando ao redor apenas ruídos naturais como farfalhar de frondes e bater de asas, dispuseram-se em manobra circular. Do alto das árvores, eu lhes indicava com o assobio da codorna ou o grito da coruja os movimentos das tropas inimigas e os atalhos que deviam tomar. Os austríacos, alheios a tudo, estavam na armadilha.

— Alto lá! Em nome da liberdade, fraternidade e igualdade, declaro-os todos prisioneiros! — ouviram gritar de repente, de uma árvore, e apareceu entre os ramos uma sombra humana que brandia um fuzil de cano longo.

— *Urràh! Vive la Nation!* — E todas as moitas ao redor se revelaram hussardos franceses, tendo à frente o tenente Borboleta.

Ressoaram pesadas imprecações austro-sardas, mas antes que tivessem podido reagir já estavam desarmados. O tenente austríaco, pálido mas com a cabeça erguida, consignou a espada ao colega inimigo.

Tornei-me um precioso colaborador da Armada republicana, mas preferia fazer minhas caçadas sozinho, valendo-me da ajuda dos animais da floresta, como daquela vez em que pus para fugir uma coluna austríaca atirando um ninho de vespas contra os soldados.

219

Minha fama se espalhara no campo austro-sardo, ampliada a tal ponto que se dizia que o bosque pululava de jacobinos armados ocultos nas árvores. Caminhando, as tropas reais e imperiais apuravam os ouvidos: ao mais leve baque de castanha saindo da casca ou diante do mais sutil chiado de esquilo, já se viam circundadas por jacobinos, e mudavam de direção. Desse modo, provocando rumores e sussurros quase imperceptíveis, fazia desviar as colunas piemontesas e austríacas e conseguia conduzi-las para onde pretendia.

Um dia levei uma para um denso matagal de espinhos, e fiz com que se perdesse. Lá se escondia uma família de javalis; arrancados dos montes onde troavam os canhões, os javalis desciam em bandos para refugiar-se nos bosques mais baixos. Os austríacos desorientados marchavam sem enxergar um palmo diante do nariz, e de repente um bando de javalis hirsutos se levantou debaixo dos pés deles, emitindo grunhidos lancinantes. Lançando-se com as garras para a frente as feras se metiam entre os joelhos dos soldados jogando-os para o alto, e pisoteavam os caídos com uma avalanche de cascos afiados, e enfiavam presas nas barrigas. O batalhão inteiro foi arrastado. Postado nas árvores junto com meus companheiros, nós os perseguimos com golpes de fuzil. Dos que voltaram para o campo, alguns contaram sobre um terremoto que inesperadamente havia sacudido o terreno espinhoso sob os pés deles; outros falaram de uma batalha contra jacobinos que tinham surgido de subterrâneos, pois esses jacobinos não eram outra coisa senão diabos, metade homens e metade animais, que viviam nas árvores ou no fundo das moitas.

Já disse que preferia executar meus golpes sozinho, ou com aqueles poucos companheiros de Penúmbria que se refugiaram comigo nos bosques após a vindima. Com a Armada francesa tratava de ter o mínimo de relações possível, porque os exércitos sabe-se como são, cada vez que se movem provocam desastres. Porém, eu me afeiçoara ao posto avançado do tenente Borboleta, e estava bastante preocupado com sua sorte. De fato, a imobilidade do front ameaçava ser fatal ao pelotão comandado pelo poeta. Musgos e liquens cresciam sobre as fardas dos soldados, e às vezes até urzes e samambaias; sobre os colbaques faziam ninho as cambaxirras, ou despontavam e floresciam plantas liliáceas; as botas soldavam-se com o húmus num bloco compacto: todo o pelotão estava a ponto de deitar raízes. A rendição do tenente Agripa Borboleta fazia mergulhar aquele grupo de valentes num amálgama animal e vegetal.

Era preciso despertá-los. Mas como? Tive uma ideia e me apresentei ao tenente para propô-la. O poeta declamava para a lua.

— Ó lua? Redonda como uma boca de fogo, como uma bola de canhão que, exausto o impulso da pólvora, continua a sua lenta trajetória rolando silenciosa pelos céus! Quando detonará, lua, erguendo uma alta nuvem de pó e centelhas, submergindo os exércitos inimigos, e os tronos, e abrindo para mim uma brecha de glória no muro compacto da escassa consideração em que me têm meus concidadãos! Ó Rouen! Ó lua! Ó sorte! Ó Convenção! Ó rãs! Ó donzelas! Ó vida minha!

E eu:

— *Citoyen*...

Borboleta, aborrecido por ser sempre interrompido, disse seco:

— E então?

— Queria dizer, cidadão oficial, que existe um sistema para despertar seus homens de uma letargia que se torna perigosa.

— Queira o Céu, cidadão. Eu, como vê, me consumo com a ação. E qual seria esse sistema?

— As pulgas, cidadão oficial.

— Lamento desiludi-lo, cidadão. O Exército republicano não tem pulgas. Morreram todas de inanição em consequência do bloqueio e da carestia.

— Eu posso fornecê-las, cidadão oficial.

— Não sei se fala com bom senso ou por brincadeira. Contudo, farei uma exposição aos comandos superiores, e veremos. Cidadão, eu lhe agradeço por aquilo que faz pela causa republicana! Ó glória! Ó Rouen! Ó pulgas! Ó lua! — E se afastou delirando.

Compreendi que devia agir por minha iniciativa. Providenciei uma grande quantidade de pulgas, e das árvores, assim que via um hussardo francês, com a zarabatana lhe atirava uma em cima, tentando com minha mira precisa fazê-la entrar pela gola. Depois comecei a distribuí-las por todo o regimento, a mancheias. Eram missões perigosas, pois, se fosse apanhado em flagrante, de nada me valeria a fama de patriota: teria sido feito prisioneiro, levado à França e guilhotinado como um emissário de Pitt. Felizmente, minha intervenção foi providencial: o prurido das pulgas reacendeu para valer nos hussardos a humana e civil necessidade de coçar-se, de esfregar-se, de tirar piolhos; jogavam para o alto as indumentárias musgosas, as mochilas e os fardos recobertos de cogumelos e teias de aranha, lavavam-se, barbeavam-se, penteavam-se, em suma, retomavam a consciência de sua humanidade individual, e reassumiam o sentido da civilidade, da libertação da natureza bruta. Além do mais eram tomados por um estímulo de atividade, um zelo, uma combatividade, havia tempos esquecidos. O momento do ataque encontrou-os dominados por este afã: as Armadas da República superaram a resistência inimiga, levaram de roldão o front, e avançaram até as vitórias de Dego e Millésimo...

28

DE PENÚMBRIA, NOSSA IRMÃ E O EMIGRADO D'Estomac fugiram bem a tempo, não tendo sido capturados pelo Exército republicano. O povo de Penúmbria parecia ter voltado aos dias da vindima. Ergueram a Árvore da Liberdade, dessa vez mais semelhante aos exemplos franceses, isto é, mais ou menos parecida com um pau de sebo. Cosme, nem é preciso dizer, subiu no alto, com o gorro frígio na cabeça; mas se cansou logo e foi embora.

Ao redor dos palácios dos nobres houve um pouco de barulho, de gritos: "Sinhô, sinhô, à lanterna, *ça ira*!". A mim, por ser irmão de quem era e por sermos nobres de pouca importância, deixaram-me em paz; ou melhor, em seguida me consideraram um patriota (assim, quando as coisas mudaram de novo, tive problemas).

Estabeleceram a *municipalité*, o *maire*, tudo à francesa; meu irmão foi nomeado para a junta provisória, embora muita gente não estivesse de acordo, por considerá-lo demente. O pessoal do velho regime ria e afirmava que era tudo um bando de loucos.

As sessões da junta tinham lugar no antigo palácio do governador genovês. Cosme se empoleirava numa alfarrobeira, à altura das janelas, e acompanhava as discussões. Às vezes intervinha, gritando, e dava o seu voto. Sabe-se que os revolucionários são mais formalistas do que os conservadores: encontraram o que criticar, que era um sistema inconveniente, que reduzia o decoro da assembleia, e assim por diante, e, quando no lugar da República oligárquica de Gênova criaram a República Lígure, não elegeram mais meu irmão para a nova administração.

E dizer que Cosme naquele período havia escrito e difundido um *Projeto de Constituição para cidades republicanas com declaração dos direitos dos homens, das mulheres, das crianças, dos animais domésticos e selvagens, incluindo pássaros, peixes e insetos, e tanto plantas de grande porte quanto hortaliças e ervas.* Era um belíssimo trabalho, que podia servir como orientação para todos os governantes; contudo, ninguém o tomou em consideração e permaneceu letra morta.

Porém, Cosme passava a maior parte do tempo no bosque, onde os sapadores do Gênio da Armada francesa abriram uma estrada para o transporte da artilharia. Com as longas barbas que saíam por baixo dos colbaques e se perdiam nos aventais de couro, os sapadores eram diferentes de todos os outros militares. Talvez isso dependesse do fato de que atrás de si não carregavam aquela trilha de desastres e de destruição das outras tropas, mas a satisfação pelas coisas que ficavam e a ambição de fazê-las o melhor que podiam. Além do mais tinham tanto para contar: tinham atravessado nações, vivido assédios e batalhas; alguns deles tinham visto também as grandes coisas que haviam acontecido em Paris, quedas de bastilhas e guilhotinas; e Cosme passava as noites a escutá-los. Guardadas as enxadas e as pás, sentavam-se ao redor do fogo, fumando cachimbos e ruminando lembranças.

Durante o dia Cosme ajudava os medidores a delinear o percurso da estrada. Ninguém melhor do que ele estava em condições de fazê-lo: sabia todas as passagens pelas quais os carros poderiam passar com menos desnível e menos perdas de plantas. E sempre tinha em mente, mais do que as artilharias francesas, as necessidades das populações daquelas regiões sem estradas. Pelo menos, de todo o vaivém de soldados ladrões de galinhas, resultava uma vantagem: uma estrada feita por conta deles.

Menos mal: porque agora as tropas ocupantes, em especial quando passaram de republicanas a imperiais, pesavam sobre todos. E todo mundo ia desabafar com os patriotas: "Vejam os seus amigos o que andam fazendo!". E os patriotas abriam os braços, levantavam os olhos para o céu e respondiam: "É fogo! Soldados! Esperemos que passe logo!".

Dos estábulos, os napoleônicos requisitavam porcos, vacas, até cabras. Quanto a taxas e a dízimos era pior do que antes. Além disso foi imposto o serviço militar obrigatório. Essa história de ser soldado, entre nós, ninguém quis entender: e os jovens convocados se refugiavam nos bosques.

Cosme fazia o que podia para aliviar estes males: controlava o rebanho no bosque quando os pequenos proprietários, com medo de uma rapina, soltavam-no na mata; ou fazia a vigilância para os transportes clandestinos de trigo para o moinho ou de azeitonas para o lagar, de modo que os napoleônicos não tomassem uma parte; ou indicava aos jovens convocados as cavernas do bosque onde poderiam esconder-se. Em suma, tratava de defender o povo das prepotências, mas ataques contra as tropas ocupantes não promoveu nunca, se bem que naquele período tivessem começado a circular pelos bosques bandos de "barbudos" armados que tornavam a vida difícil para os franceses. Cosme, teimoso como era, jamais queria ser desmentido e, tendo sido amigo dos franceses antes, continuava achando que lhes devia lealdade, embora tantas coisas tivessem mudado e fosse tudo diferente do que imaginava. Depois, é preciso também considerar que começava a ficar velho, e não se empenhava muito mais, nem a favor de um lado nem de outro.

Napoleão foi a Milão para ser coroado e a seguir fez algumas viagens pela Itália. Em cada cidade o acolhiam com grandes festas e o levavam para conhecer as raridades e os monumentos. Em Penúmbria incluíram no programa uma visita ao "patriota em cima das árvores", pois, como costuma acontecer, aqui ninguém ligava para Cosme, mas fora era muito comentado, especialmente no exterior.

Não foi um encontro bem-sucedido. Foi uma coisa arranjada pelo comitê municipal dos festejos para causar boa impressão. Escolheu-se uma bela árvore; queriam um carvalho, porém o que aparecia melhor era uma nogueira, e então disfarçaram a nogueira com folhagens de carvalho, acrescentaram fitas com as três cores francesas e o tricolor lombardo, rosetas, festões. Fizeram com que meu irmão se empoleirasse lá em cima, vestido de festa mas com o característico boné de pele de gato, e um esquilo nas costas.

Tudo estava marcado para as dez, havia uma multidão ao redor, mas naturalmente até as onze e meia Napoleão não apareceu, provocando grande incômodo para meu irmão que, envelhecendo, começava a sofrer da bexiga e de vez em quando tinha de se esconder atrás do tronco para urinar.

Chegou o imperador, com o séquito ondulante de chapéus de dois bicos. Já era meio-dia, Napoleão observava Cosme entre os galhos e recebia o sol nos olhos. Começou a dirigir a Cosme algumas frases de circunstância:

— *Je sais très bien que vous, citoyen...* — E tome sol: — *...parmi les forêts...* — E dava um pulinho de lado para desviar os olhos do sol; *...parmi les frondaison de votre luxuriante...* — E dava outro pulinho, pois Cosme num movimento para elevar-se descobrira de novo o sol.

Percebendo a inquietude de Bonaparte, Cosme perguntou, cortês:

— Posso fazer algo pelo senhor, *mon empereur*?

— Sim, sim — disse Napoleão —, fique um pouco mais deste lado, por favor, para proteger-me do sol, isso, assim, parado... — Depois se calou, como assaltado por um pensamento, e virou-se para o vice-rei Eugênio: — *Tout cela me rappelle quelque chose... Quelque chose que j'ai déjà vu...*

Cosme correu em seu auxílio:

— Não era Vossa Senhoria, Majestade: era Alexandre Magno.

— Ah, certamente! — disse Napoleão. — O encontro de Alexandre e Diógenes!.

— *Vous n'oubliez jamais votre Plutarque, mon empereur* — bajulou Beauharnais.

— Só que então — acrescentou Cosme — era Alexandre quem perguntava a Diógenes o que podia fazer por ele, e Diógenes quem pedia a ele que se deslocasse...

Napoleão estalou os dedos como se tivesse finalmente encontrado a frase que procurava. Assegurou-se com uma olhadela que os dignitários do séquito o estavam ouvindo, e disse, num italiano perfeito:

— Se eu não fosse o imperador Napoleão, gostaria de ser o cidadão Cosme Rondó!

E se virou e foi embora. O séquito o acompanhou com um grande rumor de esporas.

Tudo se encerrou ali. Daria para imaginar que dentro de uma semana chegaria para Cosme a cruz da Legião de Honra. Nada disso. Meu irmão talvez não ligasse nem um pouco, mas nossa família teria gostado muito.

29

A JUVENTUDE PASSA RÁPIDO NA TERRA, imaginem nas árvores, onde tudo está destinado a cair: folhas, frutos. Cosme envelhecia. Tantos anos, com todas as noites passadas no frio, no vento, na água, sob frágeis abrigos ou sem nada em torno, cercado de ar, sem jamais ter uma casa, um fogo, um prato quente... Cosme se tornara um velho encolhido, pernas arqueadas e braços longos como um macaco, corcunda, enfiado num casaco de pele que terminava num capuz, como um frade peludo. O rosto estava tostado pelo sol, enrugado como uma castanha, com claros olhos redondos entre as rugas.

A armada de Napoleão mandada de volta em Berezina, a esquadra inglesa prestes a desembarcar em Gênova, passávamos os dias esperando as notícias dos acontecimentos. Cosme não aparecia em Penúmbria: estava empoleirado num pinheiro do bosque, à beira do caminho da artilharia, lá onde haviam passado os canhões para Marengo, e olhava para leste, na direção do deserto batido em que agora se encontravam pastores com cabras ou mulas carregadas de lenha. O que esperava? Encontrara Napoleão, sabia como terminara a revolução, só se podia esperar o pior. Mesmo assim estava ali, com os olhos fixos, como se de um momento para outro a Armada imperial fosse aparecer na curva ainda recoberta de gelo russo, com Bonaparte montado, o queixo mal barbeado inclinado no peito, febril, pálido... Teria parado sob o pinheiro (atrás dele, um confuso amortecer de passos, barulho de mochilas e fuzis no chão, descontrair de soldados exaustos à beira da estrada, alívio de pés feridos), e haveria de dizer: "Tinha razão, cidadão Rondó: entregue-me as constituições redigidas por você, devolva-me o conselho que nem o Diretório nem o Consulado nem o Império quiseram escutar: recomecemos tudo, vamos erguer de novo as Árvores da Liberdade, salvemos a pátria universal!". Certamente esses eram os sonhos, as esperanças de Cosme.

Pelo contrário, um dia, avançando pelo caminho da artilharia, do leste surgiram três figuras. Um, manco, apoiava-se numa muleta, o outro tinha a cabeça num turbante de ataduras, e o terceiro era o mais saudável, pois tinha apenas um tapa-olho. Os farrapos desbotados que vestiam, os retalhos de alamares que lhes pendiam do peito, o colbaque sem a parte superior mas com o penacho que um deles ainda tinha, as botas desfeitas ao longo das pernas, pareciam ter pertencido a uniformes da guarda napoleônica. Armas já não possuíam: ou seja, um deles brandia um estojo de baioneta vazio, um outro trazia no ombro um cano de fuzil à maneira de bastão, para segurar uma trouxa. E avançavam cantando:

— *De mon pays... De mon pays... De mon pays...* — Como três bêbados.

— Ei, forasteiros — gritou-lhes meu irmão —, quem são vocês?

— Olha que raça de pássaro! O que faz aí em cima? Come pinhas?

E um outro:

— Quem nos quer dar pinhas? Com a fome atrasada que sentimos, quer nos obrigar a comer pinhas?

— E a sede! A sede que temos de tanto comer neve!

— Somos o terceiro regimento dos hussardos!

— Completo!

— Todos os que restaram!

— Três em trezentos: não é pouco!

— Para mim, escapei eu e já me basta!

— Ah, não é definitivo, ainda não levou a pele até sua casa!

— Que uma peste pegue você!

— Somos os vencedores de Austerlitz!

— E os fodidos de Vilna! Alegria!

— Diga, pássaro falante, explique-nos onde existe uma cantina, por estes lados!

— Esvaziamos barris por meia Europa, mas a sede não passa!

— É porque estamos cravados de balas, e o vinho escorre.
— Você foi baleado naquele lugar!
— Uma cantina que nos ofereça crédito!
— Passaremos para pagar noutro dia!
— Napoleão paga!
— Prrr...
— Quem paga é o czar! Está vindo atrás de nós, apresentem a conta para ele!
Cosme disse:
— Vinho por estas bandas, nada, mais adiante há um riacho e podem saciar a sede.
— Afogue-se você, no riacho, corujão!
— Se não tivesse perdido o fuzil no Vístula já teria disparado em você e o teria assado no espeto como um tordo.
— Esperem: eu vou pôr os pés de molho neste riacho, pois me queimam...
— Não esquece de lavar também o traseiro...
Entretanto, foram todos os três para o riacho, tirar o que restava das botas, pôr os pés de molho, lavar o rosto e os panos. Receberam o sabão de Cosme, que era um daqueles que depois de velho torna-se limpo, porque lhe vem um certo nojo de si mesmo que na juventude não se percebe; assim andava sempre com um sabonete. A frescura da água aliviou um pouco a bebedeira dos três sobreviventes. E passada a embriaguez ia-se a alegria, voltava a tristeza por sua condição e suspiravam e gemiam; mas naquela tristeza a água límpida se tornava um prazer, e aproveitavam, cantando:

— *De mon pays... De mon pays...*

Cosme voltara ao seu posto de observação à beira da estrada. Ouviu um galope. Eis que chegava um pelotão de cavalaria ligeira, levantando muita poeira. Envergavam uniformes desconhecidos; e sob os pesados colbaques mostravam certos rostos louros, barbudos, meio amassados, com olhos verdes semicerrados. Cosme cumprimentou-os com o chapéu:

— Que bom vento os traz, cavaleiros?

Pararam.

— *Sdrastvuy!* Diga, *batjuska*, quanto falta para chegar?
— *Sdrastvujte*, soldados — disse Cosme, que aprendera um pouco de todas as línguas e também do russo. — *Kudà vam?* para chegar onde?
— Para chegar ao final desta estrada...
— Bem, esta estrada leva a tantos lugares... Para onde se dirigem?
— *V Pariž.*
— Bem, para Paris existem outras mais cômodas...
— *Niet, nie Pariž. Vo Frantsiu, za Napoleonom. Kudà vedjòt eta doroga?*
— Ah, por tantos lugares: Olivabaixa, Pedrapequena, Emboscada...
— *Kak?* Aliviaembaixo? *Niet, niet.*
— Bem, se quiserem podem chegar até Marselha...
— *V Marsel... da, da, Marsel... Frantsia...*
— E o que vão fazer na França?
— Napoleão veio fazer guerra ao nosso czar, e agora o czar corre atrás de Napoleão.
— E por onde andaram?
— *Iz Charkova. Iz Kieva. Iz Rostova.*
— Então viram belas terras! E gostam mais daqui ou da Rússia?
— Lugares bonitos, lugares feios, gostamos mais da Rússia.
Um galope, uma poeirada, e um cavalo parou ali, montado por um oficial que gritou aos cossacos:
— *Von! Marš! Kto vam pozvolil ostanovitsja?*
— *Do svidanja, batjuska!* — disseram aqueles a Cosme. — *Nam porà...* — E partiram esporeando os cavalos.
O oficial permaneceu embaixo do pinheiro. Era alto, esguio, o ar nobre e triste; mantinha erguida a cabeça descoberta em direção ao céu toldado de nuvens.
— *Bonjour, monsieur* — disse a Cosme —, *vous connaissez notre langue?*
— *Da, gospodin ofitsèr* — respondeu meu irmão —, *mais pas mieux que vous le français, quand-même.*

— *Êtes-vous un habitant de ce pays? Êtiez-vous ici pendant qu'il y avait Napoléon?*

— *Oui, monsieur l'officier.*

— *Comment ça allait-il?*

— *Vous savez, monsieur, les armées font toujours des dégâts, quelles que soient les idées qu'elles apportent.*

— *Oui, nous aussi nous faisons beaucoup de dégâts... mais nous n'apportons pas d'idées...*

Estava melancólico e inquieto, contudo era um vencedor. Cosme simpatizou com ele e queria consolá-lo:

— *Vous avez vaincu!*

— *Oui. Nous avons bien combattu. Très bien. Mais peut-être...*

Ouviu-se uma explosão de berros, um baque, um tinir de metais.

— *Kto tam?* — perguntou o oficial. Voltaram os cossacos, e arrastavam pelo chão corpos seminus, e na mão seguravam algo, na esquerda (a direita empunhava o largo sabre curvo, desembainhado e — sim — gotejante de sangue), e a coisa eram as cabeças barbudas dos três hussardos bêbados. — *Frantsuzy! Napoleon!* Todos mortos!

O jovem oficial mandou levá-los embora com ordens secas. Virou a cabeça. Falou ainda para Cosme:

— *Vous voyez... La guerre... Il y a plusieurs années que je fais le mieux que je puis une chose affreuse: la guerre... et tout cela pour des idéals que je ne saurais presque expliquer moi même...*

— Também eu — respondeu Cosme — vivo há muitos anos por ideais que não saberia explicar nem a mim mesmo: *mais je fais une chose tout à fait bonne: je vis dans les arbres.*

O oficial de melancólico se pusera nervoso.

— *Alors* — disse —, *je dois m'en aller.* — Saudou militarmente. — *Adieu, monsieur... Quel est votre nom?*

— *Le baron Cosme de Rondeau* — gritou-lhe Cosme, enquanto ele partia. — *Proščajte, gospodin... Et le vôtre?*

— *Je suis le prince Andrèj...* — E o galope do cavalo carregou o sobrenome.

30

Não sei o que nos trará este décimo nono século, que começou mal e continua sempre pior. Pesa sobre a Europa a sombra da Restauração; todos os inovadores — jacobinos ou bonapartistas que fossem — derrotados; o absolutismo e os jesuítas retomaram o campo; os ideais de juventude, as Luzes, as esperanças do nosso décimo oitavo século, tudo é cinzas.

Confio meus pensamentos a este caderno, nem saberia exprimi-los de outra maneira: fui sempre um homem tranquilo, sem grandes entusiasmos ou ideias fixas, pai de família, de nobre estirpe, iluminado em ideias, cumpridor das leis. Os excessos da política jamais me provocaram comoções muito fortes, e espero que continue assim. Mas por dentro, que tristeza!

Antes era diferente, havia meu irmão; dizia para mim mesmo: "já existe ele que pensa". E eu tratava de viver. O sinal de que as coisas mudaram para mim não foi nem a chegada dos austro-russos nem a anexação ao Piemonte nem as novas taxas ou sei lá mais o quê, mas não poder mais vê-lo, ao abrir a janela, lá em cima em equilíbrio. Agora que ele não existe, tenho a impressão de que deveria pensar em tantas coisas, a filosofia, a política, a história, acompanho os jornais, leio os livros, quebro a cabeça, mas as coisas que ele queria dizer não estão ali, ele pensava em muito mais, algo que abarcasse tudo, e não podia dizê-lo com palavras, mas apenas vivendo como viveu. Somente sendo tão impiedosamente ele mesmo como foi até a morte, podia dar algo a todos os homens.

Lembro quando ficou doente. Pudemos percebê-lo porque levou seu saco para a grande nogueira no meio da praça. Antes, os lugares onde dormia foram mantidos sempre ocultos, com seu instinto selvagem. Agora sentia necessidade de estar sempre à vista dos outros. A mim, me apertava o coração: sempre pensara que não lhe agradaria morrer sozinho, e aquilo talvez já fosse um sinal. Mandamos um médico, que chegou até ele com uma escada; quando desceu fez uma careta e abriu os braços.

Subi eu pela escada.

— Cosme — comecei a dizer-lhe —, você passou dos sessenta e cinco anos, como pode continuar aqui em cima? O que você tinha para dizer já foi dito, entendemos, foi uma grande força de ânimo a sua, conseguiu, agora pode descer. Mesmo para quem passou a vida inteira no mar chega o momento do desembarque.

Que nada. Fez sinal negativo com a mão. Quase não falava mais. Levantava, de vez em quando, enrolado numa coberta quase até a cabeça, e sentava-se num galho para apanhar um pouco de sol. Não ia mais longe. Havia uma velha do povo, uma santa mulher (quem sabe uma antiga amante), que ia fazer a faxina, levar pratos quentes. Mantinham a escada apoiada no tronco, porque havia sempre necessidade de ir ajudá-lo, e também porque se esperava que se decidisse de um momento para outro a descer. (Esperavam os outros; eu sabia bem de que massa ele era feito.) Ao redor, na praça, havia sempre um círculo de gente que lhe fazia companhia, conversando entre eles e às vezes também lhe dirigindo uma piada, embora se soubesse que não tinha mais vontade de falar.

Piorou. Içamos uma cama à árvore, conseguimos mantê-la em equilíbrio; ele se deitou de boa vontade. Tivemos um certo remorso por não ter pensado nisso antes; para dizer a verdade ele não recusava as comodidades desde que fosse em cima das árvores, tratara sempre de viver o melhor que podia. Então nos apressamos em oferecer-lhe outros confortos: esteiras para protegê-lo do vento, um baldaquim, um braseiro. Melhorou um pouco, e lhe levamos uma poltrona, conseguimos firmá-la entre dois galhos; passou a ficar ali, enrolado nas suas cobertas.

Certa manhã não o vimos nem na cama nem na poltrona, erguemos o olhar, atemorizados: subira ao topo de uma árvore e estava empoleirado num galho altíssimo, vestindo apenas um camisolão.

— O que faz aí em cima?

Não respondeu. Estava meio rígido. Parecia estar lá em cima por milagre. Preparamos um grande lençol daqueles que serviam para colher azeitonas, e ficamos num grupo de umas vinte pessoas para mantê-lo estendido, pois se receava que caísse.

Entretanto, subiu um médico; foi uma subida difícil, foi preciso emendar duas escadas. Desceu e disse:

— É a vez do padre.

Já tínhamos combinado que um certo dom Péricles tentasse, amigo dele, padre constitucional no tempo dos franceses, inscrito na loja quando ainda era permitido ao clero, e recentemente readmitido em suas atividades pelo arcebispado, após muitas complicações. Subiu com os paramentos e o cibório, tendo atrás o coroinha. Ficou um pouco lá em cima, pareciam confabular, depois desceu.

— Então, recebeu os sacramentos, dom Péricles?

— Não, não, mas diz que está bem, que para ele está tudo certo. — Não se conseguiu saber mais nada.

Os homens que seguravam o lençol estavam cansados. Cosme estava lá no topo e não se movia. O vento começou a soprar, era o vento africano, o cume da árvore ondulava, nós estávamos prontos. Naquele momento apareceu um balão no céu.

Alguns aeronautas ingleses faziam experiências de voo com *montgolfières* na costa. Era uma bela construção, enfeitada de franjas, festões e laços, com uma barqueta de vime pendurada: dentro desta dois oficiais com dragonas douradas e pontudos chapéus de dois bicos observavam com telescópio a paisagem de que fazíamos parte. Apontaram o telescópio para a praça, examinando o homem na árvore, o lençol esticado, a multidão, aspectos estranhos do mundo. Também Cosme erguera a cabeça, e olhava atento o balão.

Eis que o balão foi apanhado por uma virada do vento africano; começou a dar voltas como uma piorra, e dirigia-se para o mar. Os aeronautas, sem desanimar, trataram de reduzir — creio — a pressão do balão e ao mesmo tempo desenrolaram a âncora para baixo, tentando fixar-se em algum ponto. A âncora voava prateada no céu, pendurada numa longa corda, e seguindo oblíqua a corrida do balão agora passava sobre a praça, estava mais ou menos na altura da nogueira, tanto que receamos que atingisse Cosme. Mas não podíamos supor o que dentro de um instante nossos olhos iriam ver.

O agonizante Cosme, no momento em que a corda da âncora passou perto dele, deu um salto daqueles que costumava dar em sua juventude, agarrou-se na corda, com os pés na âncora e o corpo enrolado, e assim o vimos levantar voo, levado pelo vento, refreando um pouco a corrida do balão, até desaparecer no mar...

A *montgolfière*, superado o golfo, conseguiu aterrizar na outra margem. Pendurada na corda havia somente a âncora. Os aeronautas, demasiado preocupados em manter uma rota, não tinham percebido nada. Imaginou-se que o velho moribundo tivesse desaparecido enquanto voava sobre o golfo.

Assim desapareceu Cosme, e não nos deu nem a satisfação de vê-lo voltar para a terra depois de morto. No jazigo da família há uma esteia que o recorda com a escrita: "Cosme Chuvasco de Rondó — Viveu nas árvores — Amou sempre a terra — Subiu ao céu".

Enquanto escrevo de vez em quando vou até a janela. O céu está vazio, e a nós, velhos de Penúmbria, habituados a viver sempre sob aquelas verdes cúpulas, faz mal aos olhos observá-lo. Dir-se-ia que as árvores não resistiram, depois que meu irmão se foi, ou que os homens tenham sido dominados pela fúria do machado. Mais tarde, a vegetação mudou: não mais as azinheiras, os olmos, os carvalhos. Agora a África, a Austrália, as Américas, as Índias alongam até aqui ramos e raízes. As plantas antigas retrocederam para as partes altas: nas colinas, as oliveiras, e nos bosques dos montes, pinheiros e castanheiros; próximo à costa existe uma Austrália vermelha de eucaliptos, elefantesca de *ficus*, plantas de jardim enormes e solitárias, e todo o resto são palmeiras, com seus tufos descarnados, árvores inóspitas do deserto.

Penúmbria não existe mais. Olhando para o céu vazio, pergunto-me se terá existido algum dia. Aquele recorte de galhos e folhas, bifurcações, copas, miúdo e sem fim, e o céu apenas em clarões irregulares e retalhos, talvez existisse só porque ali passava meu irmão com seu leve passo de abelheiro, era um bordado feito no nada que se assemelha a este fio de tinta, que deixei escorrer por páginas e páginas, cheio de riscos, de indecisões, de borrões nervosos, de manchas, de lacunas, que por vezes se debulha em grandes pevides claros, por vezes se adensa em sinais minúsculos como sementes puntiformes, ora se contorce sobre si mesmo, ora se bifurca, ora une montes de frases com contornos de folhas ou de nuvens, e depois se interrompe, e depois recomeça a contorcer-se, e corre e corre e floresce e envolve um último cacho insensato de palavras ideias sonhos e acaba.

Italo Calvino (1923-85) nasceu em Santiago de Las Vegas, Cuba, e foi para a Itália logo após o nascimento. Participou da resistência ao fascismo durante a guerra e foi membro do Partido Comunista até 1956. Publicou sua primeira obra, *A trilha dos ninhos de aranha*, em 1947.

OBRAS PUBLICADAS PELA COMPANHIA DAS LETRAS

Os amores difíceis
Assunto encerrado
O barão nas árvores
O caminho de San Giovanni
O castelo dos destinos cruzados
O cavaleiro inexistente
As cidades invisíveis
Coleção de areia
Contos fantásticos do século XIX (org.)
As cosmicômicas
O dia de um escrutinador
Eremita em Paris
A especulação imobiliária
Fábulas italianas

Um general na biblioteca
Marcovaldo ou As estações na cidade
Mundo escrito e mundo não escrito
Os nossos antepassados
Palomar
Perde quem fica zangado primeiro
Por que ler os clássicos
Se um viajante numa noite de inverno
*Seis propostas para o próximo milênio —
     Lições americanas*
Sob o sol-jaguar
Todas as cosmicômicas
A trilha dos ninhos de aranha
O visconde partido ao meio

1ª edição Companhia das Letras [1991] 7 reimpressões
2ª edição Companhia das Letras [2004] 2 reimpressões
1ª edição Companhia de Bolso [2012] 5 reimpressões

Esta obra foi composta pela Verba Editorial
em Janson Text e impressa pela Gráfica Bartira em
ofsete sobre papel Pólen Natural da Suzano S.A.

A marca FSC® é a garantia de que a madeira utilizada na fabricação do papel deste livro provém de florestas que foram gerenciadas de maneira ambientalmente correta, socialmente justa e economicamente viável, além de outras fontes de origem controlada.